btb
Aus Freude am Lesen

btb

Buch

Wenn es ans Sterben geht, dann spürt man das. So stellt sich das jedenfalls Prälat Abel vor, 93 Jahre alt und Bewohner des St.-Ludgerus-Stifts irgendwo im Sauerland. Er hat seinen Frieden mit dem Herrgott gemacht und sich in sein Schicksal gefügt, als er abends in seinem Bett mit einem letzten Blick auf das Kreuz hinüberdämmert. Sein Gefühl hat ihn nicht getrogen, doch was den Zeitpunkt angeht, da lag er falsch. Er starb erst um 3 Uhr in der Früh. Und auch nicht friedlich im Bett, sondern gewaltsam und anderswo …

Autor

Gunnar Steinbach, geboren 1955, arbeitet seit langen Jahren als Journalist und lebt im Westfälischen. »Prälat Abels letzte Fahrt« ist sein erster Roman.

Gunnar Steinbach bei btb

Schneller als der Hunger. Böse Geschichten (73112)

Gunnar Steinbach

Prälat Abels letzte Fahrt

Roman

btb

Dieses Buch ist ein Krimi. Ähnlichkeiten mit Personen, Institutionen und Schauplätzen sind rein zufällig.

Umwelthinweis:
Alle bedruckten Materialien dieses Taschenbuches sind chlorfrei und umweltschonend.

Der btb Verlag ist ein Unternehmen der Verlagsgruppe Random House.

1. Auflage
Deutsche Originalausgabe Mai 2005

Umschlaggestaltung: Design Team München
Umschlagfoto: fotonica, firstlight
Satz: IBV Satz- und Datentechnik GmbH, Berlin
RK · Herstellung: Augustin Wiesbeck
Made in Germany
ISBN 3-442-73254-9
www.btb-verlag.de

Prälat Abel starb zweimal. Kein Spaß so etwas. In dem Alter schon gar nicht. Allerdings war es nicht das Sterben an sich, das ihn belastete, sondern die Zeit dazwischen. Da blieb einiges offen, die eine oder andere Frage unbeantwortet.

Erstens: Wenn es ans Sterben geht, spürt man das. Wenn es so weit ist, bleibt kein Raum für Zweifel. Unabhängig davon, wie sehr Altersdemenz Körper und Geist zugesetzt haben mag, wenn die Stunde gekommen ist, weiß man es. Prälat Abel, 93 Jahre alt und Bewohner des St.-Ludgerus-Stifts, hatte gefühlt, dass es der Wunsch des Herrn war, ihn abzuberufen, sich in sein Schicksal gefügt und war am Abend des 18. Mai gegen 22.30 Uhr in seinem Bett still und mit einem letzten Blick auf das Kreuz hinübergedämmert. Alleine, aber ohne das Gefühl von Einsamkeit. So wie er die letzten Jahre verbracht hatte.

Zweitens: Der Kofferraum eines in Fahrt befindlichen Subaru Impreza, Baujahr 89, ist unter diesen Bedingungen ein äußerst irritierender Ort, lässt er doch jede paradiesische Anmutung vermissen. Wer in guter Hoffnung bereits mit allem abgeschlossen hatte und dann zusam-

mengestaucht unter der Heckklappe eines Impreza wieder Bewusstsein erlangt, hat zwangsläufig noch Fragen. Denn nicht jeder erkennt den Impreza auf Anhieb und schon gar nicht aus der Perspektive des Kofferraums. Im Fall des Prälaten kam hinzu, dass er mit einer gewissen Berechtigung davon ausgehen konnte, nach einem Leben im Einklang mit christlichen Grundsätzen unter ganz anderen Umständen wieder Empfindungen zu haben.

Die Fragen des Prälaten blieben unbeantwortet, denn die Fahrt im Impreza war lediglich ein kurzes Zwischenspiel. Das Gefühl um 22.30 Uhr war schon korrekt gewesen, nur die Uhrzeit nicht. Er starb um 3 Uhr in der Früh. Aber nicht im Bett und ganz anders als geplant.

KAPITEL 1

Hauptkommissar Elmar Kugelmeyer hatte die Beobachtung vor längerer Zeit gemacht, trug sie mit sich herum und behandelte sie wie ein Geheimnis, das er mit niemandem teilen konnte: sich zu ekeln, war seiner Meinung nach eine Fähigkeit, die für viele Männer – wenn sie sie denn besessen hatten – mit den Jahren an Bedeutung verlor und irgendwann ganz verschwand. Die eigene Entwicklung forderte Toleranz. Die Dumpfheit im Kopf, zunehmende Geschwätzigkeit und der Schwabbel am Körper setzten die Maßstäbe jedes Jahr ein bisschen weiter nach unten. Im Kollegenkreis darüber zu reden war unmöglich. Betroffen waren mehr oder weniger alle. Er selber auch.

Die paar Kilometer waren deshalb auch nicht ganz leicht für ihn. Geburtstag, Matschke, der Fünfzigste. Große Feier im IPA-Haus. IPA: International Police Association, der lokale Ableger hatte ein Haus am See gemietet. Traumhafte Lage, aber weit vom Schuss. Kugelmeyer hatte Bereitschaft, trank also keinen Alkohol. Es war selbstverständlich, dass er den Heimtransport der Kollegen übernahm. VW Passat, Dienstwagen, flammneu, noch keine hundert Kilometer. Neues Blech vor der

Wache war selten geworden, das Land pleite. Nicht unangenehm, damit unterwegs zu sein.

Was ihm zusetzte, entspannte auf dem Beifahrersitz. Jürgen Lamers, Oberkommissar, ein paar Jahre jünger, ein paar Kilo schwerer. Er hatte sich gesetzt, die Wagentür zugezogen und schlief, bevor Kugelmeyer den Motor startete. Die Lehne nach hinten geneigt, lag er mehr im Sitz, als dass er saß. Den Kopf im Nacken, den Mund weit offen. Er schnarchte. Keine Konturen mehr im Gesicht, Augenhöhlen, Nase, Kinn, der Rest eine Fläche. Ein blondes, schlank geschnittenes Bärtchen flankierte die Bierbacken, und das Schnarchen öffnete ein Tor ins Innere des Oberkommissars. Etwas in ihm vibrierte, kämpfte mit Schleim, schluckte und sog Luft. Völlig entspannt der Oberkommissar, vermutlich zufrieden und ganz im Reinen mit sich selbst.

Ganz im Gegenteil zu Kugelmeyer. Es wäre nicht so schlimm gewesen, wenn er nur Lamers neben sich gesehen hätte. Lamers war Lamers. Aber er sah sich selbst und hörte das Gejammer seiner Frau, die sich über sein Schnarchen beschwerte. Kugelmeyer wachte immer öfter solo auf. Seine Frau war dann umgezogen, lag auf dem Sofa. Er fragte sich, wie groß der Unterschied zwischen ihm selber und dem japsenden Grunzen neben ihm war. Dass seine Frau nervte, war das eine, dass er so wirken könnte wie Lamers, etwas ganz anderes. Die Vorstellung, im Bett so eine Figur abzugeben, entsetzte ihn. Es gab keine Frau in seinem Leben, deren Beschwerden über sein Schnarchen ihm etwas bedeutet hätten. Aber es gab die Hoffnung, dass er sie vielleicht nur noch nicht kannte. Und die sollte ihn so nicht sehen.

Manchmal war es schwierig, Elmar Kugelmeyer zu

sein. Auch deshalb, weil ihn das Gefühl, den rechten Augenblick verpasst zu haben, ekelig wie der Oberkommissar zu sein, schockierte. Nicht so, dass es lähmte, aber genug, um den Blick nicht loszubekommen von diesem Wanst neben ihm, der sich hob und senkte, Geräusche aus seinem Innersten schickte, nach Bier und Schweiß stank.

Natürlich kann Auto fahren unter diesen Umständen zum Risiko werden, auch nachts, auch auf einer normalerweise kaum befahrenen Kreisstraße. Kugelmeyer sah den Wanst, die Bremslichter sah er auch, aber nur aus den Augenwinkeln und nur kurz. Dann waren sie verdeckt. Vom Airbag.

Ihm war Kugelmeyers Beobachtungsgabe nicht gewachsen. Auch das geschulteste Polizistenhirn schaltet ab, wenn ihm ein Airbag entgegenkommt. Noch Stunden danach marterte er sein Gedächtnis auf der Suche nach weiteren Einzelheiten – zu finden war nichts außer »Bremslicht«, »Grün«, »Subaru« und »OE –«.

*

Kugelmeyer war krankgeschrieben, Schleudertrauma, hatte Schmerzen. Schmerzen an der Grenze. Gerade so, dass er sie ohne Tabletten aushalten konnte. Auf Tabletten verzichten zu können, war ihm wichtig – ein Fortschritt. Trotzdem war seine Stimmung im Keller. Er saß daheim vor dem Fernseher, quälte sich durch ein an diesem Montagmittag unerträgliches Programm. Eine Talkshow der untersten Kategorie, nichts zur Ablenkung. Er konzentrierte sich deshalb auf das, was er eigentlich vergessen wollte. Auf die Schmerzen und den Ärger über seine Frau. Dass sie in die Schule gefahren war, hatte er erwartet. Dass sie ihn nicht gefragt hatte, ob er zurechtkommen würde, auch, aber dass sie ihn gebeten hatte, für das Mittagessen einzukaufen, nahm er ihr übel. Keinerlei Einfühlungsvermögen, nichts, gar nichts. Frauen können so sein.

Schon richtig, er bewegte sich im Haus scheinbar unbehindert. Aber warum tat er das? Doch wohl deshalb, weil ihm alles Gehabe fremd war. Wenn es in dieser Ehe einen Hypochonder gab, dann war es sicher nicht er. Er meldete sich zum Dienst, auch wenn es bei einer Erkältung in den Stirnhöhlen ein bisschen drückte. Er, sie nicht. »Sag doch, was dir fehlt«, hatte ihn seine Mutter als Kind stets auffordern müssen. Meistens vergeblich.

Kugelmeyer schaltete den Fernseher aus, kippte den Sessel nach hinten und entlastete den Nacken. Auch nach fast zwei Tagen war Stille nicht gut für ihn. Er hatte immer noch keinen Abstand, alles war noch zu frisch. Die Stille im Haus erinnerte ihn an die Stille unmittelbar nach dem Aufprall. Erst der Airbag, dann der Aufschlag. Falsche Reihenfolge, aber so hatte er es erlebt: Airbag, Aufschlag, Stille. Die war furchtbar gewesen. Augenblicke, in denen das Gehirn begann, das Erlebte langsam zu verarbeiten, den eigenen Widerstand gegen die Realität zu brechen. Kugelmeyer schloss die Augen und war wieder gefangen in den ersten Sekunden nach dem Unfall. Gefangen zwischen dem Blick auf den schlaffen Airbag und der Hoffnung, dies alles möge nicht wahr sein. Irgendetwas in ihm hatte gefleht, gebettelt und geschrien. Mitten in der Nacht war er mit einem flammneuen Dienstwagen auf ein an einer roten Ampel haltendes Auto aufgefahren. Unerklärbar und unentschuldbar. Jetzt, zwei Tage später, saß er im Sessel und hatte wieder Schweißausbrüche. Nur ein paar Sekunden völlige Stille nach dem Aufprall, und trotzdem hatte er da schon alles gewusst. Nicht geahnt, gewusst. Das ganze Horrorszenario war abrufbar gewesen. Nicht in Bildern oder Sätzen, aber im Gefühl: Das war der Untergang.

Lamers hatte als Erster wieder einen Laut von sich gegeben. Kugelmeyer richtete sich in seinem Wohnzimmersessel auf und blickte nach rechts, so wie er in der Nacht nach rechts geblickt hatte. Kurz nach dem Unfall eine merkwürdige Zweiteilung im Kopf. Einerseits die Panik vor dem, was kommen würde, andererseits ganz Polizist. Einer, der schon viel gesehen hatte und sachlich analysieren konnte: »Submarining«. Als er Lamers im Fußraum sah und schnaufen hörte, dachte er nur »Submarining«. In der einschlägigen Literatur beschrieben: Bei nicht korrekter Sitzhaltung besteht die Gefahr, dass Fahrer oder Beifahrer unter dem Gurt hindurchrutschen und so die kombinierte Schutzwirkung von Gurt und Airbag nur teilweise oder gar nicht zur Wirkung kommt. Bei Lamers traf teilweise zu. Allerdings mit einer starken Tendenz zu gar nicht. War nach unten gerutscht und dort ein bisschen gestaucht worden. Sicherlich unangenehm. Hinzu kam, dass ihn auf dem Weg in den Fußraum der explodierende Airbag unglücklich am Kopf getroffen hatte. Wirkte alles in allem ziemlich mitgenommen und desorientiert. Redete nur Unverständliches. Nachvollziehbar – Alkohol und der Airbagtreffer, da muss sich jeder erst sortieren, das braucht seine Zeit. »Reg dich nicht auf«, hatte er zu Lamers gesagt, »reg dich bloß nicht auf. Ist nicht viel passiert.«

Was hätte er sonst sagen sollen? Kugelmeyer stand

auf und ging in die Küche, er hatte Durst. Schwitzte viel in den letzten Stunden, war auch in der Nacht aufgewacht. Albtraum, schweißgebadet, Schmerzen im Nacken. War am frühen Morgen aufgestanden und hatte geduscht. Heißes Wasser, so heiß wie möglich. Hatte sich dann wieder hingelegt, aber lange gebraucht, bis er wieder eingeschlafen war.

Was folgte in der Unfallnacht, war bei den Kollegen nicht gut angekommen. Lamers hatte sich später beschwert. Keine Hilfe von Kugelmeyer. Er hätte schwer verletzt über Funk selber Hilfe rufen müssen. Nicht einfach, wenn die Schneidezähne wegen des Airbags fehlen. Aussprache undeutlich, musste mehrfach wiederholen. »Der Arsch hat nur rumgestanden und dem Subaru hinterher geguckt.« »Der Arsch …«, das war die Lamers-Version. Seine interessierte niemanden.

Kugelmeyer goss sich ein Glas Sprudel ein. Hätte gerne gemischt. Mineralwasser-Orangensaft, halb und halb, trank er gerne. Orangensaft war aber keiner mehr da. Tomatensaft in Mengen, das Zeug, das sie trank. Er konnte Tomatensaft nicht ausstehen. Sie war am Vortag, am Sonntag, noch zur Tankstelle gefahren, um Vergessenes zu besorgen. Hätte fragen können »Hast du alles?«, »Brauchst du etwas?«. Hatte sie natürlich nicht.

Heute wollte sie für das Mittagessen belegte Brötchen mitbringen. Der Bäcker lag am Weg.

»Für mich nicht.«

»Ist gut.«

Keine Nachfrage, kein Alternativangebot. »Ist gut« war alles. Belegte Brötchen! Hatte gesagt, dass er sich beim Unfall auf die Zunge gebissen hatte. Tat immer noch weh. Im Hinausgehen der Hinweis auf die Suppe.

Instantzeug im Küchenschrank. »Wenn du was Warmes willst.« Kugelmeyer ging zurück ins Wohnzimmer und nahm die Zeitung. Alles schon zweimal gelesen. Er hatte den Lokalteil nach der Unfallmeldung durchforstet. Wusste, dass es sie nicht geben würde, und hatte trotzdem gesucht. Der ganze klein karierte Käse aus den kleinen und ganz kleinen Dörfern wurde breitgetreten. Die angesteckte Mülltonne an der Rückseite des Pastorats, deren Qualm die Mauer geschwärzt hatte, war ein Foto wert. Der Bericht über das für den Abstieg entscheidende Derby mit der sechsspaltigen Schlagzeile »Der Sturz ins Nichts« füllte eine halbe Seite. Aber von dem nächtlichen Geschehen auf der Kreisstraße keine Zeile. Wie auch, die Polizei würde schweigen, und der einzige Zeuge war auf der Flucht.

Das war's, was Kugelmeyer keine Ruhe ließ: Der einzige Zeuge war auf der Flucht.

Er stand auf, stieg die Treppe hinauf ins Schlafzimmer, zog sich erst die Gartenhose, dann die alten Sportschuhe an und ging wieder runter ins Wohnzimmer. Auf der Treppe hatte er gezögert: die Schuhe im Haus angezogen, Dreck auf der Treppe. Kugelmeyer hatte ihr Gemaule schon im Ohr. Dachte an den Orangensaft und ließ den Dreck, wo er war. Auf der Terrasse holte er tief Luft. Wollte eigentlich den Rasen mähen, setzte sich aber. Nicht auszuhalten. Saß wieder im Passat, hörte Lamers jammern und dann den Subarumotor aufheulen. Grüner Subaru Impreza mit OE-Kennzeichen. Hatte an der roten Ampel gestanden, und Kugelmeyer war ihm ins Heck gedonnert. Der Kofferraum hatte übel ausgesehen. Die Schuldfrage so klar wie nur was, und der Fahrer verschwunden. Der Passat fahruntüchtig, der Subaru nicht. Kugelmeyer war raus aus dem Auto und hatte ihm nachgesehen. Er musste unter Schock gestanden haben, anders war es nicht zu erklären, dass er sich die Nummer nicht gemerkt hatte – nur dem Subaru nachgeglotzt. Er hatte Lamers' Gestammel nicht wahrgenommen, dafür aber etwas anderes. An dem Subaru war etwas faul.

»Besoffen«, hatte Müller vermutet, »der Kerl war besoffen.« Kongo-Müller und Sichelschmidt waren die Ersten, die am Unfallort eingetroffen waren. Sichelschmidt ein Freund von Lamers, Müller manchmal ein Idiot. Den Zusatz »Kongo« hatte er sich selbst verliehen. Müllers gab es viele, Kongo-Müller nur einen. Deutscher Söldner, der in den 70ern in Afrika gewütet hatte. Vorbildlich, meinte Müller.

Die Flucht des Subaru ließ Kugelmeyer keine Ruhe. Schwerer Schaden am Heck. So etwas nimmt keiner ohne Not auf sich.

»Wenn er besoffen war und Schiss um seinen Führerschein hatte, schon«, hatte Kongo-Müller eingewandt, während sich Sichelschmidt bis zum Eintreffen des Notarztes um seinen Freund gekümmert hatte. »Logisch ist das. Wenn das Schwein besoffen ist, dann schon«, bestätigte Kongo sich selbst.

Aber Kugelmeyers Gefühl hatte nichts mit Logik zu tun. An der Sache war was faul. Das hatte er gespürt, als der Subaru wieder rollte, körperlich gespürt. Alkohol war nicht der Grund für die Flucht gewesen.

Er stand auf, griff sich an den Bund und zog die Hose hoch. Sie rutschte. Musste abgenommen haben, sogar kräftig: Er zog den Bund nach vorne. Ein hübscher kleiner Spalt, der sich da auftat. Vor zweieinhalb Tagen hätte er über diesen Spalt noch gejubelt. Hätte sich schon gefreut, wenn er die flache Hand zwischen Bauch und Hosenbund hätte quetschen können, ohne die Befürchtung haben zu müssen, den obersten Knopf in Gefahr zu bringen. Die Hose war fünf Jahre alt. Damals schon knapp gekauft, jetzt brauchte er einen Gürtel. Eigentlich nicht schlecht. Aber wer sich noch am Rande der Depression befindet, freut sich nicht über ein paar verlorene Pfunde. Substanzverlust traf es besser. So wollte er nicht abnehmen.

Er holte den Rasenmäher aus dem Gartenhäuschen und tankte nach. Benzinmäher, laut und launisch. Muckte meistens rum beim Starten. Als Starthilfe träufelte Kugelmeyer etwas Benzin auf den Luftfilter, griff nach dem Starterkabel und hielt inne. Rechter Fuß und Blick auf den Mäher. War vielleicht keine glückliche Entscheidung, den Rasen zu mähen. Er war krankgeschrieben wegen eines Schleudertraumas. Unter diesen Bedingungen kommt, wer einen Benzinrasenmäher starten kann, schnell in Erklärungsnot. Trotzig zog Kugelmeyer am Kabel. Schmerzen im Rücken, aber nichts, was ihn stoppen konnte. Einmal, zweimal, beim dritten Mal lief der Mäher. Die Nachbarn ging es nichts an, und auf der Wache war er nicht gut gelitten. Den neuen Passat verschrottet, und dazu Lamers' Erzählungen.

Gott, Lamers! Ein bisschen viel Wirbel um nichts. Der war doch quasi unverletzt. Die Zähne waren, wie Kongo meinte, sowieso falsch gewesen, und alles andere gehörte in die Kategorie Prellung und Stauchung. Kugelmeyer hatte ihm die Lehne nicht zurück gedreht. Das musste der Oberkommissar schon auf die eigene Kappe nehmen. Kugelmeyer hatte trotzdem keinen leichten Stand. Auch nicht beim Polizeidirektor. Den hatte er am Sonntagmorgen angerufen. War ihm wichtig gewesen, denn er ahnte ja, wie es im Kollegenkreis nach dem Unfall um ihn stand. Hatte ihm keine Ruhe gelassen. Er hatte geduscht und mit dem Telefonhörer in der Hand noch nackt vor dem Badezimmerspiegel gestanden. Ein absehbar unangenehmes Gespräch, aber es musste erledigt werden.

»Guten Morgen Herr Möllendiek, wollte mich nur kurz melden. Tut mir furchtbar Leid, die Sache. Ich habe keine Ahnung, wie das passieren konnte. Wirklich nicht, ich habe die ganze Nacht kein Auge zugetan, glauben Sie mir.«

Kugelmeyer hatte eine kurze Pause gemacht, vielleicht nicht unbedingt auf Tröstendes gehofft, dafür war es noch etwas früh. Sicherlich war Möllendiek sauer, darauf hatte er ein Recht. Aber Kugelmeyer hoffte auf eine Bemerkung, die die Situation relativierte, auf etwas, das den Menschen in seinem Chef erkennen ließ. Es kam aber nichts.

»Ich war nicht müde«, erklärte er unsicher, »sonst wäre ich nicht gefahren. Muss trotzdem einen kurzen Aussetzer gehabt haben, anders kann ich es mir nicht erklären. Das kenne ich normalerweise gar nicht an mir. Tut mir wirklich Leid, auch wegen des neuen Autos.«

Er legte eine zweite kurze Pause ein, sie verpuffte ebenfalls.

»Ist mehr als unglücklich, ich weiß, aber so etwas ist mir in den ganzen Jahren noch nicht passiert. Ich hatte nichts getrunken, keinen Tropfen, das wissen Sie. Ich kann mich nur entschuldigen, auch bei den Kollegen.«

In der dritten Pause hoffte er auf nichts mehr. Er nutzte das eisige Schweigen Möllendieks, um Schwung zu holen. Fühlte sich in der Defensive und brauchte Entlastung, wollte Aufmerksamkeit für das seiner Meinung nach Entscheidende.

»Eines ist mir noch aufgefallen, deshalb rufe ich schon so früh an: Mit dem Subaru stimmt was nicht. Glauben Sie mir, da ist was oberfaul. Den muss man finden. Grün, älteres Modell, und OE-Kennzeichen. So viele kann es davon ja nicht mehr geben.«

»Muss man finden« hatte er gesagt und vorsichtshalber ein bisschen vage formuliert. Die erste Person Plural wollte er im Krankenstand vermeiden, und eine direkte Aufforderung an seinen Chef hielt er ebenfalls für unangemessen. Aber seine Zurückhaltung hatte nichts genutzt, es war ein sehr frostiges Gespräch gewesen. Auf Führungsebene bestand offensichtlich die Bereitschaft, die Dinge weitestgehend auf sich beruhen zu lassen.

»Was wir jetzt tun müssen, überlassen Sie gefälligst mir, Kugelmeyer.«

Möllendiek redete sich in Rage. Ließ seine Fantasie spielen, als es um mögliche Schlagzeilen in der Presse und Bilder im Privatfernsehen ging. Das Wort »dämlich« fiel mehrfach. Aus Versicherungsgründen wollte er auch keine weiteren Fragen zum Zweck der Fahrt. In diesem Zusammenhang meinte Möllendiek, noch deutlicher werden zu müssen. Wäre aber nicht nötig gewesen. Machte dann noch eine Bemerkung zu der Tatsache, dass Lamers hatte Hilfe rufen müssen, beendete das Gespräch abrupt mit tonlos formulierten Genesungswünschen und der Hoffnung, Kugelmeyer bis dahin nicht mehr zu sehen. Eigentlich hatte Kugelmeyer ihm noch ein Datum nennen wollen, hatte sagen wollen, dass er damit rechne, spätestens in einer Woche wieder im Dienst zu sein, vielleicht auch früher. War aber nicht mehr dazu gekommen. Grußloses Ende, beidseitig. Blick auf das Telefon, Blick in den Spiegel.

Solche Telefongespräche führt man besser nicht nackt vor dem Badezimmerspiegel. Tobt der Chef, ist man der Blödmann – übel. Wenn man sich aber beim Blödmannsein auch noch zusehen kann, wird es ganz übel. Er hatte gesehen, wie sein Mund sich öffnete, um etwas zu erwidern, dann aber still geblieben war. Hatte seine Überraschung gesehen. Nicht nur gespürt, auch gesehen. Polizeidirektor Möllendiek war seit fünf Jahren sein Chef. Kugelmeyer hatte irrtümlich angenommen, ihn zu kennen. Er sah sich an und suchte nach etwas, das ihn aufrichtete. Vergebens. In den zwei stillen Minuten vor dem Badezimmerspiegel sank er in bislang unerreichte Tiefen. Begegnete ein paar bekannten Monstern, vor allem aber immer wieder sich selbst. Der ganze verdrängte Mist, die Lügerei, es könnte richtige Momente im falschen Leben geben. Er steckte fest: am falschen Ort, im falschen Beruf und in der falschen Ehe. Trilogie des Entsetzens. Ein schmaler Grat: links das Grauen, rechts das Nichts. Elmar Kugelmeyer: 44 Jahre alt, 1,79 Meter groß, 88 Kilogramm schwer, volles, lockiges Haar, Polizist, verheiratet, keine Kinder, vermutlich 16 Jahre vor der Rente, vermutlich 36 Jahre plus oder minus Unwichtigem vor dem Tod. Das ganze Leben nackt, schwabbelig und heruntergewirtschaftet auf der Fuge zwischen zwei Badezimmerfliesen. Links das Grauen, rechts das Nichts.

Zuerst war es wie kurz nach dem Zusammenstoß. Er

stand da und hatte noch die Hoffnung, dass der Bekümmerte im Spiegel nicht der wahre Kugelmeyer sei. Dass es nicht so war, wie es sich anfühlte, dass Gesehenes und Gefühltes nicht zu ein und derselben Person gehörten. Die Hoffnung auf einen Traum, auf Kino und einen erlösenden Abspann. Aber der Dicke im Spiegel, der, den er spürte, war Realität. Keine Möglichkeit, sich etwas einzureden. Das Entsetzen kam hoch und machte sich breit. Er hatte wieder die Titanic im Kopf. Seit seiner Kindheit für ihn der nicht zu steigernde Schrecken: sich von einem sinkenden Schiff mit einem Sprung ins Wasser retten, wegschwimmen und dann spüren, wie man doch noch in die Tiefe gezogen wird. Ein Albtraum, der ihn nachts schreckte: das Gefühl, wie der Sog nach einem greift, und das Gefühl, nicht die Kraft zu haben, ihm zu widerstehen. Normalerweise war es am Morgen vergessen. Jetzt, vor dem Spiegel, gab es keine Hoffnung auf Vergessen. Seine Titanic war die Frage nach dem Sinn. Hatte ihn immer etwas mehr beschäftigt als andere. Sie war auch der Grund für seine Berufswahl gewesen. Hatte es sich als Polizist in diesem Punkt ein wenig einfacher machen wollen. War aber schief gegangen. Er jagte Einbrecher in den Dörfern. Dumme kleine Jungs, die Krempel und ein bisschen Bares stahlen, und er beriet dumme alte Jungs, die Angst um ihren Krempel und ihr bisschen Bares hatten. Sein beruflicher Höhepunkt im vergangenen Jahr war die Konzeption eines Flyers »Das sichere Haus« gewesen. Er hatte am Schreibtisch gesessen, den Flyer in Händen gehalten und den Sog gespürt. Hatte sich die Frage nach dem Sinn gar nicht bewusst gestellt, aber den Flyer sofort weggelegt. Schwer zu ertragen. Wusste, dass er besser war, als er zeigen konnte, dass er in anderer Position Dinge ordnen, vorantreiben könnte. Seine besten Jahre. Erstickt in Routine, im Unwillen anderer, etwas zu ändern. Ein Flyer »Das sichere Haus«. Ein paar Hundert wurden verteilt, boten Lesestoff für dreieinhalb Minuten und flogen in den Papierkorb. Einer kam in die Akten. Der würde überdauern.

Kugelmeyer gab auf und legte sich wieder ins Bett. Das Telefon nahm er mit. Hatte irgendwie die Hoffnung, dass sein Chef doch noch anrufen und sich entschuldigen könnte. Es dauerte bis kurz vor 22 Uhr, bis er ein Gefühl für seinen Realitätsverlust bekam und den Hörer wieder in die Ladestation stellte.

Beschissene Nacht.

Seine Frau war spät heimgekommen. Geburtstagsfeier bei einer Freundin oder so. Er hatte getan, als würde er schlafen. Sie hatte getrunken, schlief sofort. Stank nach Kneipe.

Gegen Mittag des darauf folgenden Tags war er wieder so weit, dass er Rasen mähen wollte und den Dreck auf der Treppe liegen ließ. Es ging bergauf. Gar nicht so einfach die Mäherei. Alles in allem vielleicht hundert Quadratmeter Rasen hinter dem Haus. Ebene Fläche, normalerweise eine Sache von einer halben Stunde. Aber wem die Depression eine Handbreit Luft in den Hosenbund schnürt, der spürt den Mäher. Kugelmeyer musste dreimal den Fangkorb leeren. Beim dritten Mal blieb er stehen und machte eine Pause, um zu verschnaufen, ihm war schwindelig. Es war ein warmer Maitag, er stand an der Komposttonne. Sie wurde nur alle 14 Tage abgefahren. Unter diesen Bedingungen kein angenehmer Ort fürs Luftholen. Viel Leben in der

Tonne. Eine Zumutung. Er hatte das immer so empfunden. Die Verpflichtung, den Müll zu trennen, und im Frühjahr blieb die Tonne zwei Wochen stehen, egal, wie warm es war. Das hatte er hinnehmen müssen. Keine Chance, etwas zu ändern. Jetzt stand er müde neben der Tonne, nahm unfreiwillig einen Lungenzug Kompost und begann, sich zu ärgern. Normalerweise hielt er die Luft neben der Tonne an. Er hatte die Vorstellung, dass die Hinterlassenschaften dessen, was dort krabbelte, verdaute und verweste durch die Atemluft irgendwie den Weg in seine Lungen, in sein Inneres finden könnten. Wahrscheinlich Blödsinn, aber einmal gedacht war es unauslöschlich.

Kugelmeyer legte den Fangkorb zur Seite, ließ den Mäher tuckernd auf dem Rasen stehen.

Den Gestank der Komposttonne nahm er hin, alles andere nicht. Es war ein Reflex. Zu einem Entschluss fehlte noch die Kraft. Konnte eigentlich noch nicht einmal vernünftig nachdenken. Alles, was denkbar war, hatte er in der Nacht abgearbeitet und sich am Ende doch nicht umgebracht. Er hätte keine Begründung dafür geben können. War einfach nur liegen geblieben. War immer schon schlecht aus dem Bett gekommen. Hätte nie gedacht, dass das einmal lebenserhaltend sein könnte. Er hielt Kurs aufs Wohnzimmer, Kurs aufs Telefon, hatte wieder Vertrauen zu seinen Reflexen. Die stimmten, und der Subaru hatte sie ausgelöst. An der Sache war etwas faul. Auch wenn es kein anderer wissen wollte, Kugelmeyer wollte. Vielleicht musste man alles in einem etwas anderen Licht sehen, vielleicht war das Unglück doch zu etwas gut. Einer dieser Zufälle, die der Anfang für eine erfolgreiche Ermittlungsarbeit sein können. Kugelmeyer wählte die Nummer der Kfz-Zulassungsstelle.

»Walter? Hallo, Elmar hier. Wie sieht's aus?«

»Bei mir? Ach Gott, könnte mal wieder Urlaub gebrauchen.«

»Ja, sicher, so geht es uns allen. Was macht dein Rücken?«

»Ach!«

»Du, hör mal, weswegen ich anrufe. Du musst mir was raussuchen. Subaru Impreza, grün, älteres Baujahr.«

»Ja richtig, OE-Kennzeichen. Erst mal nur die mit Baujahr '97 und älter.«

»Was? Nee, ist eilig.«

»Ja, ist ja gut, ich weiß, dass gleich Mittag ist. Pass auf, fax mir die Liste nach Hause. Ich bin schon auf dem Sprung.«

»Was denn? Doch, wenn's nicht eilig wäre, würde ich es nicht sagen. Kann ich mich auf dich verlassen?«

»Danke.«

Kugelmeyer stand neben dem Fax, wusste, dass es dauern würde, er getrost noch den Rasenmäher ins Gartenhäuschen hätte schieben können und blieb trotzdem stehen. Stierte auf das Fax, rührte sich nicht und war dennoch in Bewegung geraten. Er ging auf Konfrontationskurs. Möllendieks Rede hatte keinen Raum für Interpretationen gelassen. Finger weg von der Sache! Die Angelegenheit war peinlich, teuer und versicherungstechnisch am äußeren Rand der Legalität. Sein Chef hatte einen Strich gemacht, zusammengerechnet und war zu seinem Ergebnis gekommen: »dämlich«. Möllendieks privater Superlativ. Verwendete er sparsam, darüber hinaus ging er nie. Kugelmeyer erinnerte sich an den Bankräuber, der versucht hatte, eine Sparkassenfiliale in einem Dorf zu überfallen. War mit Strumpfmaske und Spielzeugpistole aus dem Auto gestürmt und an der geschlossenen Tür gescheitert. Mittagspause, stand auch dran. Alle hatten gewiehert vor Lachen, Möllendiek nicht. Der hatte nur die Schultern gezuckt und »dämlich« gesagt. Kugelmeyer nickte das Faxgerät aufmunternd an und setzte sich. Fünfzehn Minuten gab er seinem Spezi. Dann würde er Druck machen. Er wollte die Liste mit den paar Namen. Einer von denen hatte Dreck am Stecken, und er würde rausbekommen wer.

Für einen Moment hatte er nur noch dieses eine Gefühl: Entschlossenheit. Alles Drumherum versank im großen Scheißegal. So konnte Kugelmeyer es aushalten. Er hatte ein Ziel und wurde nicht abgelenkt. Dafür sorgte das große Scheißegal.

KAPITEL 2

Frank Altmann hatte zur gleichen Zeit Ähnliches durchlitten, war aber zu einem anderen Ergebnis gekommen. Er hing mit langer Trainingshose und im T-Shirt an einem Hanfseil, der Knoten drückte den Kopf leicht auf die rechte Seite. Unter ihm ein Stapel Zeitschriften und die Adiletten. Er war durchtrainiert, Sportler, Trainer des örtlichen Landesligisten. Frühaufsteher, einer, der immer leicht aus den Federn gekommen war. Keiner, der sich auf die Suche nach Sinn hätte begeben müssen. Einer, der über Kampf zum Spiel findet, hat immer eine Antwort. Gewinnen, das 1:0 reicht. Fußballer, Erfolgsmensch mit der Gabe der Konzentration auf die entscheidenden neunzig Minuten in der Woche. Er hing am Hanfseil, und trotzdem war's anders, als man auf den ersten Blick vermuten mochte. In Kugelmeyer hatte die Verzweiflung getobt, in Altmann nicht.

»Ich hör auf«, hatte er gesagt. Ein Satz mit Vorgeschichte.

Wenn man als Trainer draußen sitzt, nichts mehr tun, nur noch zusehen kann, wie alles kaputtgeht, dann kommt dieser Satz irgendwann. Ausdruck von Resignation und Drohung an alle.

»Ich hör auf, hat doch alles keinen Sinn mehr.« Die erweiterte Version, die, die eine Begründung nachschiebt. Sie steht am Beginn der Krise. Die schlichte, die aus den drei Worten, am Ende. Fußballer sagen: »Ich hör auf«, Nichtfußballer: »Ich bring mich um.« Das wäre die grammatikalisch korrekte 1:1-Übersetzung, die, wie so oft, wenn man sich einem anderen Kulturkreis nähert, nicht ganz den Kern trifft. »Ich hör auf«, ist schon die Drohung mit dem Ende, dem Abschied, dem Eingeständnis der finalen Niederlage. Aber ein Fußballer kann sich nicht umbringen. Das wäre unmöglich, Fußballer hängen vielleicht am Seil, aber sie sterben nie. Wer gespielt hat, lebt ewig, der biologische Status ist unerheblich. Er lebt in den Archiven der Zeitungen, der Medien, in den Rückschauen und in den Köpfen anderer Fußballer, der realen und der virtuellen am Spielfeldrand. Also in den Köpfen derer, die den Fußball ihren Anlagen entsprechend mehr als eine verbale Möglichkeit der Sinngebung begreifen.

»Ich hör auf«, hatte Frank Altmann gesagt. Leidenschaftslos, fast sachlich. So wie es nur einer sagen kann, der am Ende ist, weil er vorher alles gegeben hat. Und das hatte er. Als Spieler und als Trainer. Als Spieler immer außerhalb jeder Kritik. Stürmer, Strafraum, immer da, wo es sonntags wirklich wehtat. War getreten, geschlagen und bespuckt worden, aber er hatte seine Leistung gebracht. Nur zwei Spielzeiten weniger als fünfzehn Tore. Die erste nach dem Wechsel von der A-Jugend in die Seniorenmannschaft und die eine Oberligasaison. Da war er drei Monate lang verletzt gewesen und hatte sich wieder rankämpfen müssen. Neun Tore – immer noch aller Ehren wert. Alles gespielt, von der

Kreisliga bis zur Oberliga und ein Probetraining beim VfL Bochum. Kein Vertrag, die letzte Schnelligkeit fehlte. Alles kann man trainieren und verbessern, Schnelligkeit muss man mitbringen.

Daheim als Trainer Durchmarsch von der Kreisliga in die Landesliga. Da wird man zur Ikone im Lokalsport, was das Leben nicht einfacher macht. Druck! Aber vorwerfen konnte ihm niemand was. Wie als Stürmer hatte er auch als Trainer alles gegeben. Er war ein Arbeiter, einer, der für sein Spiel, seine Mannschaft lebte. Hatte Lehrgänge besucht, Lizenzen erworben, las, was man lesen musste, kannte alle Mannschaften der Liga. Trainer sein begann um sieben Uhr morgens und endete, wenn bleierne Müdigkeit es so wollte.

Dann der Einbruch: Vor vier Monaten hatte er zum ersten Mal »Ich hör auf« gedacht. Bis zur 88. Minute 2:0 vorne gelegen und am Ende 2:3 verloren. Nachspielzeit, grausam. Die Mannschaft war regelrecht auseinander gefallen, er ohne jeglichen Einfluss gewesen. Das war dann immer öfter passiert. Er hatte es nicht verhindern können, er erreichte die Spieler nicht mehr, hatte im Training das Gefühl, allein auf dem Platz zu stehen. Er hatte sich gegen den Abstieg gestemmt, versucht, mit einer letzten, verzweifelten Aktion außerhalb des Rasens das Ruder herumzureißen, zu verhindern, was nicht zu verhindern war. Vergeblich. Der Rausschmiss nur noch Formsache. Also war er den Hetzern zuvorgekommen und hatte aufgehört. Er hing auf dem Dachboden seines Elternhauses am alten Hanfseil der Kinderschaukel.

Die Schaukel hatte er vielleicht dreißig Jahre nicht mehr benutzt, das Gestell war längst aus dem Garten verschwunden, aber das Seil gab es noch. Sein Vater hatte nie etwas wegwerfen können. Nichts, was man noch mal gebrauchen kann. Unter ihm der »Kicker«. Alle Jahrgänge seit 1986 komplett und gebündelt. 1996 hatte oben gelegen. Kein Zufall, seine stärkste Zeit. Das war der, den er mit den Füßen heruntergestoßen hatte, nachdem er sich den Strick um den Hals gelegt hatte. Vorher hatte er noch mal reingesehen, ihn dann wieder gepackt, zusammengeschnürt und auf den Stapel gelegt. 21. September 1996, der VfL zu Hause gegen den HSV. Er auf der Tribüne. War die Saison nach seinem Probetraining. Der VfL im Sturm mit Hendryk Baluszynski und Georgi Donkov. Am Ende 3:1, und der Baluszynski macht in der 18. Minute die 1:0-Führung: vom Strafraum aus spitzem Winkel ins kurze Eck. Eine Chance, ein Tor. Trotzdem war der Pole kein Knippser, auch nicht besonders schnell. Auf seinen Platz hatte Altmann heimlich spekuliert. Donkov zu stark, aber Baluszynski? War damals trotzdem ohne Groll nach Hause gefahren.

Jetzt war er am Ende und deshalb auch ohne Groll auf den Kicker-Stapel geklettert. Das nächste Spiel ein Auswärtsspiel. Fußballer leben ewig, nur ihr biologischer Status ändert sich.

Eine Nacht und einen Vormittag blieb er auf dem Dachboden. Die Eltern waren schon ein bisschen tüdelig. Er hatte sich herzlich verabschiedet und war nach oben gegangen. Der Fernseher lief, beide waren ein wenig abgelenkt. Sie hatten angenommen, er wäre zum Training, und waren ins Bett gegangen. Am nächsten Morgen war alles wie immer. Wenn der Wind nicht zugenommen hätte, wäre er noch länger dageblieben, wo er war. Aber die Tür zum Dachboden knarrte und schlug. Das ging Mutter auf die Nerven. Sie wollte Vati schicken, aber der hatte zu tun. Ein Wort gab das andere, bis er sich im Keller verkroch und sie sich genervt zurückzog. Irgendwann hielt sie das Knarren einfach nicht mehr aus – die Nerven – und ging dann selber.

Gegen 11.20 Uhr war Frank Altmann wieder unten. Ziemlich genau zu der Zeit, als Kugelmeyer beschloss, seinen Rasen zu mähen und neben der Komposttonne wieder Vertrauen zu sich selber fand.

Auf Erich Altmann kam in den folgenden Tagen einiges zu. Die Vorbereitungen für die Beerdigung und Trauerfeier mussten getroffen, das Haus versorgt werden. Alles hing an ihm. Rein zeitlich nicht ideal. In seiner kleinen Werkstatt im Keller hatte er angefangen, ein Schränkchen fürs Badezimmer zu bauen. Die Bretter brauchten den zweiten Anstrich. Sicher, das konnte theoretisch warten, aber er unterbrach nicht gerne. War nie seine Art gewesen. Er konnte sich auf nichts anderes konzentrieren, wenn er wusste, dass im Keller etwas rumlag, was eigentlich gemacht werden musste. Alles lag bereit: Farbe, Pinsel, Verdünnung. Ein Stündchen, vielleicht anderthalb, und die Farbe wäre drauf gewesen. Trocknen lassen und lackieren, dann hätte er Ruhe gehabt. Ging aber nicht wegen des furchtbaren Durcheinanders im Kopf. Im Januar war er sechsundsechzig Jahre alt geworden. Da wünscht man sich eigentlich ein bisschen Ruhe.

Er hatte sich in die Küche gesetzt und erst mal versucht, seine Gedanken zu ordnen. Immer wieder hatte er dem Jungen gesagt, dass er den Fußball nicht so wichtig nehmen und lieber an die Zeit danach denken sollte. Die, die er aus dem Betrieb kannte, hatten doch alle etwas: Knie kaputt, Gelenke verschlissen oder etwas anderes. »Irgendetwas geht kaputt«, hatte er ihm gesagt. Aber der Junge hörte nicht, hörte nie. Hatte immer gemacht, was er wollte. »Irgendetwas geht kaputt. So sieht's aus«, sagte er halblaut und nickte in der Küche vor sich hin. Aber niemand hörte ihm zu. Er saß allein in der Küche, sechsundsechzig Jahre alt und hatte sein Kind überlebt.

Erich Altmann hatte das Gefühl, Hilfe brauchen zu können, und rief Krawotz an. Bernd Krawotz war Wirt der Klosterschänke. Bei ihm hatten sie auch seinen Fünfundsechzigsten gefeiert. Schön war es gewesen. Für so etwas hatte der Krawotz ein Händchen. Pauschalarrangement: Geburtstag, fünfundzwanzig Personen, Mittagessen, Kaffee und Kuchen mit Blumen auf dem Tisch. Da hatte keiner gemeckert. Außerdem war die Klosterschänke das Vereinslokal. Wenn Trauerfeier, dann da.

Nach dem Gespräch war es ihm besser gegangen. Der Krawotz hatte zugehört und versprochen, am nächsten Tag vorbeizukommen. Den Frank hatte er ja auch gut gekannt. Waren Kollegen gewesen, wenn man so will. Sein Sohn war Hausmeister im St.-Ludgerus-Stift, der Krawotz machte die Küche. Das ließ sich gut vereinbaren: Klosterschänke und die Küche vom Stift. Kochen konnte der Krawotz, das war bekannt. Die Lendchen beim Fünfundsechzigsten – ein Gedicht! Reichlich Beilage und die Soße nicht so eine Mehltunke ohne Geschmack, wie man es sonst kennt. Hatte wirklich keiner gemeckert. Was der Krawotz machte, machte er richtig. Er wollte am Dienstagvormittag vorbeikommen, um alles zu besprechen. Das war Erich Altmann ganz recht.

So blieb Zeit für das Schränkchen, und ins Krankenhaus musste er auch.

Annegret hatte die Sache schlecht aufgenommen. Wie's passiert war, konnte man nur ahnen. Vielleicht der Schreck? War wohl rückwärts die Treppe hinuntergefallen, nachdem sie die Tür zum Dachboden geöffnet hatte. Erich Altmann hatte es rumpeln gehört. Sie lag am Fuß der Treppe und sagte nichts. Telefon, Notarzt, er konnte ihr nicht helfen, sie war nicht ansprechbar. Als alle wieder weg waren, war er selber rauf, um die Tür zu schließen. Konnte er vorher ja nicht, Annegret lag auf der Treppe. Kleidergröße sechsundfünfzig, da kommt man nicht so leicht vorbei. Wieder Telefon, wieder Notarzt. Nicht einfach zu erklären das alles. Die in der Leitstelle waren ein bisschen misstrauisch geworden. Da tut einer wie der Krawotz gut. Einer, der die Ruhe hat, der zuhört, versteht und vorbeikommt. Erich Altmann stand auf, zog den Mantel an und setzte seine Kappe auf. Der Gang ins Krankenhaus war nicht leicht, lieber wäre er in den Keller gestiegen. Er mochte Krankenhäuser nicht. Die Atmosphäre dort machte ihn nervös. Krawotz hatte es gut. Der behielt immer die Ruhe. Er hatte ihn beobachtet bei der Feier. Selbst als es mal dicke kam, als es mal nicht klappte beim Servieren, der Krawotz blieb ruhig.

*

Das war aber ein Irrtum. Mit Krawotz' Ruhe war's vorbei, als er von Frank Altmanns Tod erfuhr. Er wusste, was der Altmann wusste. Oder besser, was der Altmann gewusst hatte. Jetzt war er der Einzige, der die Zusammenhänge kannte. Ein Gefühl, das selbst Bernd Krawotz die Gelassenheit aus dem Körper trieb.

Er ging in sein Büro, setzte sich an den Computer und schrieb auf, was er wusste: Die Hintergründe, die Zusammenhänge. Dazu eine Liste mit Namen. Nur die Namen, alles andere würde sich durch die Gerichtsmedizin beweisen lassen. Nahm er jedenfalls an. Er staunte selber, als er fertig war. Hübsche kleine Liste, anderthalb Seiten lag.

Der Frank war tot, er konnte ihm nicht mehr helfen, aber die Dinge würden sich jetzt ändern. Sogar ganz entscheidend ändern.

KAPITEL 3

Unsere Ehe ist wie ein altes Wohnzimmer, in dem man jeden Quadratzentimeter kennt und in dem man nichts verändern kann, weil alles festgeschraubt ist. Der Tisch, die Stühle, sogar die Bilder an der Wand.« So hatte Ursel Kugelmeyer im kleinen Kreis einmal ihr Zusammenleben mit Elmar geschildert und es umgehend bereut. Es war ihr rausgerutscht, sie hatte den Satz gedacht und zeitgleich ausgesprochen. Das war sonst nicht ihre Art. Sie hatte es bereut, weil sich an ihre Äußerung erwartungsgemäß eine ganze Reihe ähnlicher Erfahrungen und Ratschläge anschloss. Alle lebten in mehr oder weniger vergleichbaren Situationen und hatten eine Vorstellung, was zu tun wäre. Aber das Schweigen war neben dem festgeschraubten Inventar die zweite Unabänderlichkeit. Sie hatten eigentlich nie miteinander gesprochen, nur viel geredet.

Anfangs musste man das ja auch nicht. Es passte – die gleichen bescheidenen Träume, die gleichen bescheidenen Ziele, die gleichen Bekannten mit den gleichen Zielen und derselbe Sex. Beide waren sie in der Stadt geblieben, in der sie geboren worden waren. Olpe im Südsauerland. Katholische Beamtenstadt mit Dünkel, eine stille Stadt, nicht richtig tot, nur sehr still. So still, dass das Rauschen der beiden Autobahnen, die sich im Südwesten der Stadt kreuzten, das beherrschende Geräusch war. Das Rauschen und am Sonntag die Glocken. Von den Menschen hörte man nicht viel, nur das Lamento der alten Säcke. Die klagen, wenn es ans Verschwinden geht, immer und überall, aber in Olpe hörte man ihnen zu, weil es sonst nichts gab. Vielleicht einmal im Jahr die Suche nach Identität im kulturellen Vakuum. Mit Schützenkappe! Sie endete im Suff und reichte für zwölf Monate dumpfe Zufriedenheit im unteren Mittelmaß. Sonst gab es nichts, gar nichts.

Sie Lehrerin an einer Grundschule, er Polizist. Finanziell nicht überragend, aber sicher und komfortabel. Schönes Haus, erträglicher Kredit und eine Zukunft. Planbar, wenn man will. Wer nicht will, muss sich keine Gedanken machen. Es reicht, morgens aufzustehen, das ist schon das Schwierigste. Der Rhythmus ist schnell verinnerlicht.

Wobei: So schlimm war's bei ihr gar nicht. Sie mochte ihren Job, ging gerne in die Schule. Manchmal mehr, manchmal weniger – normal. Mit den Jahren änderte sich nichts, nur die Befindlichkeit wurde schlechter. Ein trauriges Gefühl. Eine Art seelische Verarmung, die wohl unlösbar zum Älterwerden gehörte.

Ursel Kugelmeyer schloss die Tür, die Brötchentüte in der Hand. Sie sah Elmar vor dem Fax und den Dreck auf der Treppe. Stufe acht und neun, auf Augenhöhe, provozierend und unübersehbar. Sie wollte keinen Streit, den wollte sie eigentlich nie.

»Hat es geklappt mit dem Rasenmähen?«

»Jou.«

»Schön. Wartest du auf einen Anruf?«

»Nein, auf ein Fax.«

»Von wem?«

»Ist dienstlich.«

Ursel Kugelmeyer nickte, als habe sie nichts anderes erwartet, und ging in die Küche.

»Isst du was mit? Soll ich dir eine Suppe machen?«

»Gleich.«

Er war ihr vertraut, das bindet. Elmar, der Erste, mit dem sie im Kino gewesen war, der Erste, mit dem sie Händchen gehalten und den sie geküsst hatte und der Erste, mit dem sie im Bett gewesen war. Bis auf das Kino galt der Zusatz »und Einzige«. Manchmal ein schwer erträglicher Gedanke.

»Kommst du?«, fragte sie. Die Suppe war fertig, sie saß am Tisch und las Zeitung. Kugelmeyer hatte nicht geantwortet, musste er nicht, das Fax arbeitete, das konnte sie hören. Mit fünf, sechs Namen hatte er gerechnet, vielleicht auch zehn. Er staunte, als er die Liste in Händen hielt. Zählte zweimal nach. Dreiundzwanzig Fahrzeughalter waren gemeldet. Subaru Impreza, OE-Kennzeichen und älter als Baujahr '97. Viele Namen für ein Auto, das man nie sah, sehr viele für einen, der ein bisschen recherchieren wollte. Dreiundzwanzig Autos über das gesamte Kreisgebiet verteilt, das war mehr Arbeit als angenommen. Kugelmeyer rutschte unruhig auf seinem Stuhl hin und her, suchte nach jemandem, den er kannte. Vergeblich, immerhin konnte er den einen oder anderen einordnen, was nicht außergewöhnlich war. Auf dem Land kann ein Polizist eine Menge Leute einordnen, auch wenn er nicht dienstlich mit ihnen zu tun hat. Das hatte er mit niemandem auf der Liste, in diesem Punkt war er sicher. Er setzte sich an den Tisch und verlor ein wenig den Schwung, den er in den vergangenen Minuten mühsam aufgebaut hatte. Dreiundzwanzig Namen, dreiundzwanzig Adressen. Aber auch das konnte schnell gehen, wenn er Glück hatte. Die Liste war nach Baujahr sortiert. November 1996 oben, März '87 unten. Blieb die Frage, wo er anfing. Da gab es drei, von denen er wusste, dass sie zur Jagd gingen. Der Subaru war ein Jäger-Wagen, wegen des Allrads. Wie sollte er Jäger einordnen? Eher verdächtig oder eher unverdächtig? Kugelmeyer ließ den Bauch entscheiden und setzte die Jäger nach oben auf die Liste. Die erste Entscheidung im Subaru-Fall. War sich aber nicht sicher, ob er mit ihr glücklich werden würde. Ein fliehender Jäger konnte banal sein. Vielleicht hatte er nur gewildert? Das falsche Reh zur falschen Zeit im falschen Revier? Schulte, Hundt und Krawotz. Drei Jäger, drei Namen, ein Anfang.

Kugelmeyer sah auf und erschrak.

Eine Frau, die die Zeitung weglegt, obwohl sie noch kein einziges Mal umgeblättert hat, ist eine Drohung. Der Verzicht auf die Zeitung, verbunden mit einem Lächeln, war ein Signal. Seine Frau signalisierte Gesprächsbereitschaft. Sie legte die Zeitung weg und lächelte. Das bedeutete: »Komm, lass uns drüber reden, ich höre dir zu, vielleicht kann ich dir helfen.« Nonverbale Kommunikation. Kugelmeyer nahm den Löffel und ruderte konzentriert in der Suppe, tat, als sei sie zu heiß. Ebenfalls nonverbale Kommunikation. Was sollte er sagen? Er hatte einen Fehler gemacht, war abgerutscht und wieder hochgekommen. Er fühlte sich ungerecht behandelt und hatte das Gefühl, als Einziger an der

Wahrheit interessiert zu sein. Er hatte einen Entschluss gefasst und sich stabilisiert, hatte ein Gefühl in sich, das gehegt werden musste: das große Scheißegal. In solch ein Gefühl darf man nicht reinquatschen, schon gar nicht verständnisvoll. Das wäre das Schlimmste. Einen Fehler hatte er in der ganzen Zeit gemacht, einen einzigen. Dafür wurde er abgestraft, das war ungerecht. Nichts darf dann relativiert werden, alles muss so bleiben. Das Ungerechte und die Auflehnung dagegen. Denn die war jetzt eine Frage der Selbstachtung. Selbstachtung kann man nicht verrücken wie eine Blume mit Übertopf. Hier stört sie? Etwas zurück? Etwas weiter rechts? Selbstachtung ist unverrückbar. Keine Bewegung, keinen Zentimeter, null! Ende.

Frauen verstehen das nicht. Was sollte er sagen? »Ich will's wissen!« Sie würde es nicht verstehen. »Was?«, würde sie antworten. Und dann? Er hätte den Dialog schreiben können, bevor ein Wort gesprochen worden war. Sinnlos. Sie würde relativieren und ihm raten, auf Zeit zu spielen. Der im Spiegel, der Abgebürstete, der hätte noch auf Zeit gespielt. Elmar Kugelmeyer nicht mehr. Er wollte nicht reden, nicht auf Zeit spielen und auch keine Ratschläge.

»Ich will gleich noch mal weg.«

»Wohin?«

»Muss was klären, wegen der Liste.«

»Du bist doch krankgeschrieben.«

Kugelmeyer schwieg. Schwieg genau so lange, wie man schweigen muss, um zu signalisieren, dass man keine Lust zu reden hat.

»Ist nur eine Kleinigkeit.«

Er legte den Löffel neben die Tasse, griff nach der Liste, faltete sie und steckte sie in die Hosentasche. Niemand kann genötigt werden über etwas zu reden, das nicht existiert. So einfach ist das.

»Tut dir der Nacken denn nicht mehr weh?«

»Nein, kein Problem mehr, zieht nur noch ein bisschen.«

Kugelmeyer nahm die Tasse, kippte sie und konzentrierte sich aufs Restelöffeln: »Diese Sorte schmeckt gut. Was ist das?«

»Chinesische Gemüsesuppe. Willst du noch eine?«

»Nein, danke.«

»Hat aber nur fünfzig Kalorien.«

Kugelmeyer sah auf und leckte den Löffel ab: »Vielleicht doch.«

Sie stand auf, lächelte, nahm seine Tasse und verschwand in der Küche.

An allem, was folgte, war er selber schuld. Mit der zweiten Suppe versaute er sich fast den ganzen Nachmittag. Hätte vorsichtiger sein müssen. Er war Rekonvaleszent, einer der behutsam mit sich selber umgehen, Rücksichten nehmen muss. Er hätte sich denken können, was passiert, wenn er das Gespräch abblockt und dann sitzen bleibt. Auch, wenn es nur wegen einer zweiten Suppe ist.

Sie kam zurück, lächelte immer noch, die Suppentasse in der rechten Hand und in der Linken das, was Kugelmeyer in den Wahnsinn treiben konnte. In eine besonders hässliche Form des Wahnsinns. Seine Frau hatte ein Kartenspiel mitgebracht. Die Karten waren das Ausweichgleis in ihrer Ehe. Wenn die Züge aufeinander zu rollten und beide die Weichen früh genug stellten, konnten sie Schlimmeres verhindern. Beide spielten gerne, nicht zu oft, hin und wieder und dann mit Spaß. Das wäre die offizielle Erklärung gewesen, die, auf die sich beide hätten einigen können, wenn jemand, der sich wunderte, gefragt hätte.

Das war aber nicht Kugelmeyers Version.

Sie spielten Mau Mau, ein Kinderspiel. Hatten es gespielt, als sie sich kennen lernten, und waren dabei geblieben. Mau Mau war ihr Spiel. Es ging schnell, ließ sich dazwischenschieben, wenn mal Zeit war und man sonst zu nichts Lust hatte – was gar nicht so selten vorkam. Kugelmeyer hatte viele Spiele gewonnen, hatte schon 4:1 vorne gelegen und doch noch 4:5 verloren. Wenn es drauf ankam, hatte er immer verloren, jedes Mal, ohne Ausnahme. Es widersprach aller Logik, aller Wahrscheinlichkeit, allem, was man glauben konnte, aber es war die Wahrheit. Er führte Buch über jedes einzelne Match, nicht mit Stift und Papier, sondern im Kopf. Das konnte er, weil es so einfach war. Musste sich nur ein Wort merken: »verloren«.

Schlimm war, dass er nicht wusste, ob seine Frau ahnte, was in ihm vorging, ob sie wusste, dass sie jedes Mal als Siegerin vom Tisch aufstand. Vermutlich nicht. Im Spiel war sie eine andere. Wenn sie Karten in der Hand hatte, wurde sie zum Kind. Nicht plötzlich, nicht auf Knopfdruck, langsam, mit jeder neuen Karte. Die Vierzigjährige mit dem Chemielager hinter dem Badezimmerspiegel und der ewigen Unzufriedenheit wegen ihrer dünnen, blonden Haare wurde zum kleinen Mädchen und unschlagbar. Versteckte, aber leise glucksende Freude über jede Karte, die passte. Das Vertrauen des Kindes ins Glück und anschließend der Triumph. Meistens hatte Kugelmeyer das Gefühl, dass sie gar nicht mit ihm spielte, dass er nur die Karten hielt. Sie spielte mit den Karten, und die spielten mit ihr. Sie ging auf in der Spannung, es war ihr Spiel, gewinnen oder verlieren scheinbar ohne Bedeutung. Die Gelassenheit einer, die weiß, dass sie sowieso gewinnt. Die Karten mochten sie. Sie kamen, wie sie sie brauchte. Ließen sie sie doch einmal im Stich, dann war das nicht ernst gemeint, eine Laune, ein Farbtupfer. Sie machten es wieder gut. Die Karten liebten seine Frau. Sie ließen Kugelmeyer keine Chance, gestatteten ihm gelegentlich einen kleinen Erfolg, um ihn bei Laune zu halten. Mehr nicht.

»Magst du?«

Sie hatte die Suppentasse vor Kugelmeyer auf den Tisch gestellt und die Karten fragend hochgehalten. Kugelmeyer war sich völlig sicher: Er hatte erst sie und dann die Karten angesehen. Er hatte nichts gesagt, er hatte nicht einmal gezuckt. Es hatte absolut nichts in seinem Verhalten gegeben, was sie als Zustimmung hätte interpretieren können. Sie setzte sich, mischte, verteilte die Karten und lächelte.

Elmar Kugelmeyer war der Verlierer. Ein Verlierer mit chinesischer Gemüsesuppe und fünf Karten. Kurz darauf ein Verlierer mit chinesischer Gemüsesuppe und einunddreißig Punkten. Die Wandlung ging dieses Mal recht schnell bei ihr. Sie freute sich. Keine zur Schau gestellte Freude, eine stille. Für Kugelmeyer war es trotzdem zu viel. Er hatte sich gerade neu entdeckt, hatte entschieden, dass er sich nicht ohne Widerstand in die Deppenkategorie stecken lassen würde. Widerstand gegen den Vorgesetzten, das war der neue Elmar Kugelmeyer. Und jetzt gab er den Karten-August für seine Frau.

»Ich muss los.«

Kugelmeyer legte die Karten weg, massierte sich den fast schmerzfreien Nacken ein bisschen zu offensichtlich, bekam aber trotzdem die erhoffte Reaktion.

»Tut doch noch weh?«

»Ach, geht schon. Muss mich bewegen, beim Sitzen verkrampfe ich leicht.«

Das war Blödsinn, aber über den Nacken zu lügen war die sicherste Möglichkeit, kein Wort mehr zu dem Spiel sagen zu müssen. Er deutete ein Lächeln an, sagte: »Bis gleich«, und verschwand. Ganz so, als habe er es eilig.

Die Nummer eins auf der Liste hieß Friedhelm Schulte. Kugelmeyer war sich nicht sicher, aber möglicherweise war es der Friedhelm Schulte, den er kannte, weil er als Kassierer der Sparkasse in Finnentrop mal überfallen worden war. Wenn er es war, hätte er sich die Fahrt sparen können. Die verkörperte Harmlosigkeit in korrektem grauen Flanell. Dann war es auch noch der, der am weitesten entfernt wohnte. Fischbach, kleines Kaff, an der Grenze zum Siegerland. Die Fahrt dorthin würde dauern, aber das war ihm ganz recht. Er brauchte Zeit zum Nachdenken.

Kugelmeyer war lange unterwegs, kam aber trotzdem nicht richtig zum Nachdenken. Er ärgerte sich, dass er sich wieder auf das Spiel eingelassen hatte. Es nervte ihn gewaltig, und trotzdem hielt er die Karten. Ihm kam plötzlich der Verdacht, dass es eine Art Geschäft sein könnte. Er kam ihr beim Spielen entgegen, dafür ließ sie ihn sonst in Ruhe. Lief ja nicht mehr viel, genau genommen eigentlich gar nichts. Weder im noch außerhalb des

Betts. Er konnte nicht ausschließen, dass er das Gefühl hatte, ihr etwas schuldig zu sein.

Kugelmeyer schaltete das Radio ein und konzentrierte sich auf die Sorgen der Bauern und ihre Forderungen nach höheren staatlichen Beihilfen. Es war der Versuch, die Lufthoheit in seinem Kopf zurückzugewinnen. Er wollte nachdenken, aber nicht über den Zustand seiner Ehe. Dann schon lieber über die Klagen der Bauern. Er bestimmte, wann er über was nachdachte. Er ganz allein. Kein Möllendiek, keine Ehefrau und kein Lamers, auch nicht wenn er grunzte.

Ermittlungen im Sauerland können schwierig sein.

Können, müssen nicht. Sie werden aber mit Sicherheit schwierig, wenn man an den Falschen gerät.

Fischbach, Pater Kilian Straße 9. Ein gepflegtes Fachwerkhaus, das seine bäuerliche Vergangenheit mit ein paar üppigen Blumenkästen unterstrich. Klingel ohne Namen und ohne Geräusch. Diese Dinger gab es öfter in den Dörfern. Als Fremder war man immer der Blöde. Schwer zu sagen, ob man die Klingel nur draußen nicht hörte, ob man nicht gehört werden sollte oder wegen eines Defekts nicht gehört werden konnte. Die Dörfler untereinander klingelten vermutlich nicht, sie traten ein. Das glaubte Kugelmeyer jedenfalls, genau wusste er es nicht. Er drückte ein zweites Mal und begann, sich in die Stille hinein zu ärgern. Einen Augenblick später ärgerten sie sich zu zweit.

Missmut öffnete die Tür. Missmut im rosafarbenen Kittel und mit ergrautem Haar. Weit jenseits der Sechzig. Offensichtlich hatte Kugelmeyer bei einem Imbiss gestört. Sie kaute noch.

»Guten Tag, Hauptkommissar Kugelmeyer, Polizei Olpe. Den Friedhelm Schulte hätte ich gerne gesprochen.«

Hauptkommissar, Polizei – verbale Zündfunken, die normalerweise Reaktionen auslösten. Unterschiedliche Reaktionen, aber unbeachtet blieben sie nie. Schwer zu sagen, wie lange sich beide schweigend gegenüberstanden. Kugelmeyer war irritiert. So wie das Haus die Klingeltöne verschluckt hatte, schien der Kittel seine Worte zu verschlucken. Sie verschwanden, verursachten nichts, was auf ein Erfassen hätte schließen lassen.

»Dauert nicht lange.«

Der Kittel schwieg weiter, schluckte und schüttelte abweisend den Kopf.

»Mein Sohn ist nicht da.«

»Arbeitet er in der Sparkasse? Dann kennen wir uns. Ich war mir nicht sicher.«

Sie machte sich noch ein wenig breiter in der Tür.

»Um was geht es denn, ich bin die Mutter, Sie können mit mir reden.«

»Nichts von Bedeutung. Wir ermitteln im Zusammenhang mit einem Unfall.«

»Mein Sohn hatte keinen Unfall.«

»Das glaube ich, aber vielleicht kann er uns als Zeuge helfen.«

»Bestimmt nicht, dann hätte er etwas erzählt.«

»Vielleicht hat er es vergessen. Ich würde gerne mit ihm selber sprechen. Ist er da?«

»Nein.«

»In der Sparkasse?«

»Nein.«

Kugelmeyer sah sie fragend an.

»Er arbeitet nicht in der Sparkasse?«

»Doch, aber heute nicht.«

»Urlaub?«

Eigentlich wollte Kugelmeyer »oder ist er krank?« anhängen, schluckte es aber hinunter. Hätte er ruhig sagen können. Der Kittel wusste, was er dachte, und schwieg.

»Ist vielleicht auch gar nicht so wichtig. Es würde reichen, wenn ich einen Blick auf seinen Subaru werfen könnte. Aber vermutlich ist er mit ihm unterwegs.«

»Nein.«

Kugelmeyer stutzte. »Wie?«

»Friedhelm fährt einen Mercedes.«

»Hat er den Subaru verkauft?«

»Nein.«

»Er hat den Subaru noch, aber er fährt ihn nicht?«

»Ja.«

»Ja und? Wer fährt ihn dann?«

Wieder schwieg der Kittel. Wog ab, was von den Fragen zu halten war, und was von dem Gedachten man mitteilen sollte.

»Die Schwiegertochter.«

Kugelmeyer atmete auch für den Kittel vernehmlich auf. »Ist sie da?«

»Ja.«

»Und? Kann ich sie sprechen?«

»Nein.«

»Warum nicht?«

»Sie schläft.«

»Wie? Sie schläft? Das geht nicht. Ich kann nicht warten, bis sie aufwacht. Sie muss mit mir reden.«

»Sie muss nicht!«, trotzte der Kittel. Dachte es so laut, dass Kugelmeyer es verstand.

»Sie ist Krankenschwester, sie macht Nachtschicht. Sie braucht ihren Schlaf.«

Kugelmeyer kämpfte vergeblich um den verbliebenen Rest von Gelassenheit:

»Dann lassen Sie sie schlafen«, polterte er, »ich will nur einen Blick auf den Subaru werfen und wieder verschwinden.«

Der Kittel schwieg wieder. Kugelmeyers Erregung verschwand dort, wo alles verschwunden war. Die Klingel, die Fragen und sein wachsender Zorn. Aber er hatte verschwinden gesagt. Ein Wort, das half.

»Wo ist das Auto?«

Kugelmeyer sprach langsam und betonte aggressiv jede Silbe.

Der Kittel schob die Türe ein bisschen weiter zu, so, als bereite die Frau darin sich vor, das Haus unter Einsatz ihres Lebens zu verteidigen.

»In der Einfahrt«, sagte sie und nickte mit einer Winzigkeit von Bewegung in Richtung der linken Haushälfte. Kugelmeyer war von rechts gekommen. Er machte einen Schritt zurück, drei in Richtung Hausecke und sah den Subaru. Impreza, grün, der Lack verwittert, das Auto völlig unbeschädigt. Presste die Lippen zu einem Strich zusammen und verspürte den Wunsch, etwas Irrationales zu machen, zum Beispiel eine Beule in den Kotflügel zu treten, ließ es aber bleiben.

Auf dem Weg nach Hause fühlte er die Müdigkeit. Der Ärger über den Kittel flaute nur langsam ab. Um 16.25 Uhr war er zu Hause und traf seine Frau noch an der Tür. Milch fehlte, und die Kaffeedose war fast leer. Sie wollte anschließend noch wegen ein paar Sonderangeboten in den Baumarkt – Polster für Gartenmöbel. Die alten hätten es hinter sich, meinte sie. Fragte, ob er mitkommen wolle. Sie fänd's schön, wenn sie zusammen aussuchen würden.

Kugelmeyer hatte zwei Gründe, warum er nicht wollte.

»Ne, lass mal, ich bin wahnsinnig müde. Ich habe kaum geschlafen, das merke ich jetzt. Ich leg mich hin.«

Den anderen behielt er für sich: Einkaufen mit seiner Frau war eine Quälerei. Den Wagen schieben, während sie überlegte, was noch fehlte. Sie überlegte laut und ausschließlich in Frageform. Sie begann fast immer mit: »Willst du …« Nach zehn Minuten war der Wunsch, die Dienstwaffe zu ziehen, nur noch schwer zu kontrollieren. Dabei waren Milch und Kaffee die einfachen Dinge. Nach dem letzten Besuch in einem Möbelhaus mit der Absicht, Gardinenstoff auszusuchen, hatten sie vier Tage lang nicht mehr miteinander gesprochen.

Kugelmeyer ließ den Rollladen runter und legte sich ins Bett. Die missmutige Alte war noch nicht verschwunden aus seinem Kopf. Grauhaarige Sturheit an der Grenze zum Autismus im rosafarbenen Kittel. Das Bild klebte wie Harz in seinem Kopf. Trotzdem schlief er schnell ein.

KAPITEL 4

Gottfried Thanat leitete das St.-Ludgerus-Stift im benachbarten Drolshagen seit fast neun Jahren. Seitdem hatte das Haus eine Entwicklung hinter sich, die auf breite Anerkennung stieß. Das Stift genoss einen ausgezeichneten Ruf und war erste Adresse, wenn lokale Spitzen aus Wirtschaft und Politik Angehörige in guten Händen wissen wollten. Thanat hatte ein Beziehungsgeflecht von kurzen Wegen um das Stift gewoben. Kurze Wege in die Chefetagen heimischer Betriebe, kurze Wege in die Rathäuser und kurze Wege in die christdemokratische Mehrheitsfraktion. Die immer schon geplante bauliche Erweiterung, jahrelang wegen finanzieller Schwierigkeiten und absehbarer Probleme im Genehmigungsverfahren hinausgezögert, wurde unter seiner Ägide realisiert. In Monaten, nicht in Jahren. Geräuschloses Genehmigungsverfahren und eine ebenso geräuschlose Finanzierung. Stilles Sponsoring der Industrie und öffentliche Unterstützung für das, was noch fehlte. Für ein privates Altenheim – Träger war die Servimus GmbH aus dem fünfundvierzig Autobahnminuten entfernten Köln – eine schöne Anerkennung. Alles leise, effizient und unverdächtig geregelt, weil der, der gestaltete und organisierte, so bescheiden war. Hier und da mal eine Warteliste neu strukturiert und gelegentlich ein paar Kontakte hergestellt. Von der Politik in die Industrie, von der Industrie in die Politik. Thanat kannte und war bekannt.

Alle, die der Versuchung einer Laudatio auf den Macher Thanat nicht hatten widerstehen können, hatten hinzulernen müssen. Es sei eine Krankheit unserer Zeit, meinte er, Leistungsbereitschaft und Fortschritt immer nur mit dem an der Spitze zu identifizieren. Einer von vielen sei er, motivieren wolle er, für gute Bedingungen sorgen, es denen erleichtern, die die schwere Arbeit machten und dafür noch nicht einmal gerecht entlohnt würden: »Denn eins können Sie mir glauben, die Arbeit hier ist nicht einfach. Ganz sicher nicht. Ich sitze am Schreibtisch und beseitige technische Problemchen. Die großen, die menschlichen, die werden nicht an meinem Schreibtisch gelöst. Die bekomme ich manchmal gar nicht mit.«

Wer ihn so hörte, glaubte ihm. Alle glaubten ihm. Auch die, die ihn besser kannten. Sie glaubten ihm, so lange er vor ihnen stand. Thanat in Rage und Nähe war außerordentlich überzeugend.

Etwas gab es allerdings, auf das er wirklich stolz war und das er ganz unbescheiden auf seine Fahnen heftete. Das Bewusstsein im Haus für die richtige Ernährung im Alter war unter seiner Leitung in den Vordergrund gerückt. Da hatte er nicht locker gelassen, bis es begriffen war. Vorträge, Broschüren, Hinweise auf Lesenswertes in Büchern und im Internet. Was konnte nicht alles an Medikamenten gespart werden, wenn das Geld bei der Ernährung richtig ausgegeben wurde!

Melatonin war nur eines von vielen Beispielen. Reguliert den Biorhythmus, sorgt für einen gesunden, erfrischenden Schlaf. Allein das war ein Geschenk. In den USA ging man noch weiter: Dort sah man eine positive Wirkung gegen Alzheimer gegeben. Alzheimer! Im Stift musste niemandem erklärt werden, welche Geißel diese Krankheit ist. Selbst die vage Möglichkeit, etwas dagegen zu tun, war den Versuch doch wert. So sah er es. In den USA wurde Melatonin so selbstverständlich unter die Leute gebracht, wie man in Deutschland Vitamin C in der Drogerie verkauft. Aber warum kaufen? Warum? Melatonin gab es in Tomaten, Spargel, Reis, Mais, Gurken, Bohnen, Kiwis und Bananen.

An Bananen fehlte es deshalb nie im St.-Ludgerus-Stift. Sie lagen auf Obstschalen für jeden griffbereit. Überall waren die Schalen zu finden, gleich daneben ein Eimerchen für die Reste, für das, was in die Komposttonne sollte. Das Obst jahreszeitlich sortiert, aber die Bananen fehlten nie: Melatonin, gesunder, erfrischender Schlaf, in einem Altenheim ein Geschenk. Auch für das Personal.

Um 17.10 Uhr, Kugelmeyer hatte Kittel und Karten vergessen und lag in tiefem Schlaf, schälte sich Gottfried Thanat nachdenklich an seinem Schreibtisch sitzend bereits die fünfte Banane an diesem Tag. Erholsam war sein Schlaf in der letzten Nacht nicht gewesen. Und die weiteren Aussichten waren nicht gerade berauschend. Am Tag zuvor hatte es eine schlechte Nachricht gegeben, vierundzwanzig Stunden später waren es bereits zwei schlechte Nachrichten und ein schlechtes Gefühl. Den Prälat hatte man noch immer nicht gefunden, sein Hausmeister war tot, und irgendwo im Innersten, winzig klein, kaum zu spüren und doch vorhanden, keimte der Verdacht, dass die Dinge miteinander zu tun haben könnten.

*

In der Nacht zum Dienstag waren von Westen Wolken aufgezogen, gegen sechs Uhr hatte es angefangen zu regnen. Die Tristesse einer Mittelgebirgslandschaft bei Westwindlage und Wolkenstau: Wind aus grauen Wolken, Regen aus noch etwas graueren Wolken. Mal im Wechsel, mal gleichzeitig. Auf 51 Grad nördlicher Breite konnte das zu einer beklagenswert stabilen Angelegenheit werden. Ganze Sommer verschwanden so im Wolkenstau atlantischer Tiefdruckgebiete. Der Übergang zum Herbst war trotzdem leicht zu spüren: Das Grau der Wolken wurde noch dunkler, Regen und Wind noch kälter. Für Menschen schwer erträglich, für die Vegetation keine schlechte Voraussetzung. Wo man sie in Ruhe ließ, fing sie schnell an zu wuchern.

Alte Steinbrüche waren solche Orte. Für einen Naturfreund wie Theo Engel hatten sie etwas Tröstliches. Ein Ort, an dem die Natur Wunden schloss, die ihr geschlagen worden waren, Terrain zurückeroberte, das der Mensch an sich gerissen und ausgebeutet hatte. Tröstlich für jemanden, der trauerte, wenn er sah, wie Bagger immer neue Gräben rissen, damit Menschen bauen und Maschinen produzieren konnten. Der sich grämte, wenn er beobachten musste, wie Traktoren in Flüssen und Seen erstickenden Dünger verteilten, um auch die letzten Reste Energie aus einem Stück Land zu pressen und Früchte zu produzieren, die dann in der »Schmeckt-mir-nicht-Gesellschaft« verramscht und weggeschmissen wurden.

Wer so empfand, der suchte Erholung für die Seele in einem stillgelegten Steinbruch. Nicht nur die Artenvielfalt erfreute, mehr noch die Geschwindigkeit des Ganzen. Ein Gefühl, dass die Natur am Ende vielleicht doch stärker war als alles, was Menschen konstruierten und produzierten, ein Gefühl für die Vergänglichkeit des Menschen. Für Theo Engel hatte das durchaus etwas Tröstliches.

Er war 67 Jahre alt, hatte nach mittlerer Reife und einer Verwaltungsausbildung eine bescheidene Karriere im Rathaus der benachbarten Stadt Attendorn gemacht und siebzehn Jahre das Sozialamt der Stadt geleitet. Hatte damals zugegriffen, als ihm die Position des Amtsleiters angeboten worden war, und sofort gewusst, dass er einen Fehler gemacht hatte. Er meinte damals, keine andere Wahl zu haben. Es ging ihm auch um Renate. Er wusste, dass es ihr wichtig war. Ein bisschen war es ja auch ihre Karriere. Sie gehörte nicht zu denen, die einen Grund sahen, sich aufzuregen, wenn Briefe an Herrn und Frau Theo Engel gerichtet waren. Die Chance, ein Leben an der Seite eines Amtsleiters zu führen, hatte ihr viel bedeutet. Das war das Maximum, und mehr musste auch nicht sein. Zu Hause hatten sie die klassische Arbeitsteilung, mit der beide gut klarkamen. Sie hielt das Haus in Schuss, war da ganz souverän. Er machte es ihr aber auch nicht unnötig schwer. Sie hatten beide nicht den Hang, unnötig Geld auszugeben. Lagen fast überall auf einer Wellenlänge. Auch im Urlaub. Im Sommer zwei Wochen Tscherms, Südtirol, ein paar Kilometer südlich von Meran. Die Menschen dort unten waren nett, die Luft immer gut. Seit elf Jahren die gleiche Pension. Alles betont familiär. Sie hatten eigentlich schon alles gemacht: Weinprobe, Fackelumzüge, Konzerte. War aber trotzdem immer noch schön. Die Obstwiesenführung konnte man auch wiederholen. War doch interessant, wie sich alles veränderte. Die Konzerte sowieso. Einmal hatten sie ihr Reiseprogramm verändert, waren im Frühling zur Blütenwoche runter gefahren. Wunderschön, wirklich wunderschön. Das heißt, man konnte sich vorstellen, wie schön es sein konnte. In der Woche hatte es nämlich viel geregnet, war aber trotzdem schön gewesen. Im Herbst dann noch einmal eine Woche wandern in der Lüneburger Heide, oder, eher selten, auch mal große Kultur. Ein Musical in Hamburg mit Hafenrundfahrt – im Paket angeboten. Aber lieber gingen sie wandern. Außer Haus aß sie gern reichlich. Die Luftveränderung! Wenn man sich dabei bewegte, war's unbeschwerter. Sie war zufrieden, vielleicht sogar glücklich.

Er nicht: Die Aufgabe des Sozialamtes ist der Leistungstransfer, und der ist bis ins Detail geregelt. Der Klientel war er in der Mehrheit allerdings nicht gewachsen. Engel war zeit seines Lebens jemand gewesen, der Halt im Geschriebenen gefunden hatte. Vorschriften, Verordnungen und Gesetze – keine Gängelei, sondern Hilfe! Dazu da, ein gedeihliches Miteinander zu gewährleisten. Sein Paradies war ein Ort, an dem Regeln beachtet wurden, vielleicht so selbstverständlich beachtet wurden, dass sie am Ende überflüssig waren. Alles hätte so einfach sein können. Wer so denkt, packt morgens die Butterbrote ein, steigt ins Auto und verliert schon an der Hauseinfahrt den Mut. Im Amt lauert der Leistungsempfänger. Lauert! Nicht alle taten das, nicht die Stillen. Die gab es auch, aber sie verschwanden aus der Wahrnehmung. Den täglichen Kleinkrieg bestimmten die anderen, die Lauten. Die, die soffen, beleidigten und drohten.

Engel war mit den Jahren nicht abgebrühter, sondern dünnhäutiger geworden und vorzeitig aus dem Amt geschieden. Offiziell wegen seiner Herzerkrankung, versteckter Infarkt. Tatsächlich, weil er nach einem etwas aus dem Rahmen fallenden Vorfall psychotherapeutische Begleitung benötigt hatte. Das Amt war vorübergehend von vier Asylbewerbern aus dem Libanon besetzt worden. Ihr Anführer hatte mit ihm sprechen wollen und ultimativ die Herausgabe des ihm zustehenden Geldes gefordert. Er unterstellte Korruption. Seines Wissens bezahlte die UNO für angemessene Unterbringung und Versorgung der Asylbewerber in Deutschland. Geld, das, wie er sicher war, in dunklen deutschen Kanälen versickerte. Im Mittelpunkt seines Verdachtes stand Theo Engel. Eine gute Dreiviertelstunde hatten sie miteinander gesprochen. Kein wirklich übler Kerl, aber kräftig und sehr aufgebracht. Er versprach friedlich zu bleiben, wenn Engel ihm das UNO-Geld geben würde. Das Problem hatte sich durch Polizeipräsenz und gutes Zureden lösen lassen. Theo Engel blieb allerdings mit dem Gefühl zurück, mit seiner Darstellung über die Finanzierung der Sozialabgaben in kommunalen Haushalten, nicht zuletzt wegen seiner bescheidenen Englischkenntnisse, nicht überzeugt zu haben. Hatte danach still in seinem Büro gesessen und sich in ein Gefühl tiefer Hoffnungslosigkeit hineingesteigert. Nahezu bewegungslos hatte Engel noch drei Überstunden gemacht, war dann aufgestanden und nie zurückgekommen. Die Befürchtung, dass der Zusammenbruch bevorstand, war er nicht mehr losgeworden. Er hatte Albträume, in denen irgendwer oder irgendetwas nach ihm griff. Fühlte sich an den äußersten Rand dessen gedrängt, was er bewältigen konnte. Alles ein bisschen diffus, aber sehr belastend. Er war nach ein paar Monaten medikamentös so eingestellt, dass es leidlich funktionierte. Vermied allerdings, Zeitungen zu lesen und Nachrichten zu sehen, weil er sich dann doch schnell aufregte. War deshalb viel in der Natur, am liebsten dort, wo Menschen sie in Ruhe gelassen hatten, oder dort, wo sie wieder auf dem Vormarsch war.

In dem alten knapp zwanzig Kilometer entfernten Kalksteinbruch bei Finnentrop war sie es: Cirsium acaule, die stängellose Kratzdistel, äußerst selten geworden. Im Mai wurde sie von den meisten sowieso nicht wahrgenommen, weil nur die stacheligen Blattrosetten zu sehen waren. Noch versteckter Carlina vulgaris, der Gemeine Eberwurz. Ganz selten. War aber da, der Kenner fand ihn, auch wenn im Mai nur die trockenen Ständer des Vorjahres zu erkennen waren. Und dann noch Botrychium lunaria, die echte Mondraute, ein kleiner Farn. Gab's dort wirklich! Absolute Besonderheit, ganz schwer zu finden, vielleicht zehn Zentimeter hoch. Da muss man mit der Nase auf den Boden beim Suchen.

Um 9.23 Uhr fand Theo Engel die echte Mondraute. Versteckt in einer kleinen Senke in der Steinbruchsohle und doch in unerwarteter Umgebung. Botrychium lunaria neben einem Fuß. Der Fuß an einem Bein im Schlafanzug. Merkwürdig verdreht. Der Schlafanzug fast unversehrt, alles, was drin steckte, nicht.

Theo Engel musste nicht aufblicken, um zu wissen,

dass die Steinbruchkante gut zwanzig Meter über ihm war. Muss von oben gekommen sein, dachte er. Hatte sich heftiger erschrocken, als der Satz es ausdrückte. Auf »Fuß am Bein im Schlafanzug« war er nicht vorbereitet gewesen. Der zweite Infarkt.

Um 11 Uhr hatte Theo Engel zurück sein wollen. Er und Renate nutzten gern die frühen Mittagsstunden zum Einkauf, weil es dann schneller ging. Renate Engel, von Ahnungen geplagt, alarmierte um 11.20 Uhr die Polizei, die um 11.53 Uhr Engels Wagen am Rande des Steinbruchs fand. Um 12.09 Uhr erreichte die Rettungsleitstelle über Funk die Nachricht, dass der ehemalige Amtsleiter tot aufgefunden worden sei. Neben ihm eine zweite Leiche, die erkennungsdienstliche Maßnahmen erfordere.

*

Gottfried Thanat stand nach vorne gebeugt vor seinem Schreibtisch, hatte sich den Telefonhörer zwischen Ohr und linke Schulter geklemmt, hielt mit der linken Hand die Karte fest und nahm mit rechtem Daumen und Zeigefinger den Maßstab.

»Warten Sie mal, ich messe gerade.«

Wie mit einem Zirkel wanderte er mit den Fingern über die Karte und verrenkte sich, so weit es das Handgelenk zuließ.

»Genau kann ich es nicht sagen, aber es sind höchstens fünfzehn Kilometer bis zum Steinbruch.«

»Was? Natürlich Luftlinie, aber er war ja auch zwei Tage lang unterwegs. Vielleicht sind es zwanzig, wenn man sich an die Straße hält, aber mehr nicht, das kann er locker geschafft haben, auch in dem Alter.«

»Rollstuhl? Wieso Rollstuhl? Wer sagt denn so was? So kann man das nicht sehen. Es stimmt schon, er hat gelegentlich im Rollstuhl gesessen, aber das war mehr so eine Macke. Nötig war es nicht. Lieber Landrat, Sie haben keine Vorstellung, was Menschen im Alter für Merkwürdigkeiten ausbrüten. Er wollte halt manchmal nicht anders, dann wurde er bockig und bekam seinen Rollstuhl. Er behauptete, es stünde ihm zu. Mein Gott, wir können hier nicht wegen allem und jedem ständig Krieg führen – was ist sonst noch schwer zu erklären?«

Thanat machte eine ungeduldige Handbewegung, als stünde der Landrat im Raum.

»Der Schlafanzug? Was soll daran seltsam sein? Natürlich hatte er einen Schlafanzug an. Er ist uns ja auch in der Nacht ausgebüchst.«

»Wie bitte?«

»Nein, nein, das sehe ich anders. Selbstverständlich kann ein geistlicher Würdenträger in unserer Gegend zwei Tage unterwegs sein, ohne dass jemand daran Anstoß nimmt. Viele pensionierte Pfarrer verbringen ihren Lebensabend hier und machen mal einen kleinen Spaziergang. Allein in der Obhut des Stifts leben noch Pastor Mertens und Monsignore Hardtmann. Die sind beide noch oft unterwegs, das fällt doch gar nicht auf. Außerdem, was heißt Schlafanzug. So weit ich mich erinnere, war er dunkelblau, fast schwarz. Wenn man nicht genau hinsieht, merkt man den Unterschied zu einem normalen Anzug gar nicht.«

»Doch, natürlich meine ich das ernst. Auch wenn er barfuß unterwegs war. Wenn er im Gras gegangen ist, merkt man auch das nicht.«

Thanat setzte sich, holte tief Luft und wurde lauter.

»Landrat, bitte! Ich weiß doch selber, wie unangenehm die Angelegenheit ist. Für uns doch am allerschlimmsten. Da muss man gar nicht lang herumreden. Das hätte nie passieren dürfen! Und wenn Sie einen suchen, der die Verantwortung übernimmt, dann haben Sie ihn. Ich bin verantwortlich und niemand anderes. Spielt keine Rolle, dass ich nachts natürlich nicht im Haus bin. Aber ich schicke meine Leute nicht ins Feuer. Ich weiß, unter welchem Druck sie stehen. Wissen Sie, ich bin es, der die Personalkosten rechtfertigen muss, ich bin es, der sagt, den Nachtdienst machen wir mit kleinster Besetzung. Und dann bin ich es auch, der dafür die Verantwortung übernimmt. Ganz klar. Nicht die arme Seele, die in der zweiten Etage am Bett einer Sterbenden sitzt und deshalb nicht mitbekommt, wenn sich in der dritten Etage jemand auf den Weg macht. Also, wenn Sie für die Öffentlichkeit jemanden brauchen, den Sie hinrichten wollen, dann mich.«

»Wie?«

»Nein, nein, ich reg mich nicht auf, aber es ist doch so.«

Thanat machte eine Pause und sprach weiter, als müsse er sich zur Ruhe zwingen.

»Meine Leute stehen unter Druck und machen manchmal Fehler. So etwas kann tragisch enden. Niemand leidet mehr darunter als wir hier. Sehen Sie, darüber kann ich mit jedem reden. Wirklich mit jedem, auch mit der Presse, da muss nichts vertuscht werden. Um Himmels willen, nichts vertuschen! Er war verwirrt, allein unterwegs und ist zu Tode gestürzt. Tragisch, ganz tragisch. Ich möchte nur, dass die, die die Angelegenheit untersuchen und Fragen stellen, die Zusammenhänge kennen, das sollte jemand machen, der Fingerspitzengefühl besitzt. Ich meine im Umgang mit meinen Leuten. Mich kann jeder angehen, wie er will, kein Problem. Dafür werde ich bezahlt. Und wenn am Ende jemand Schuld auf sich geladen hat, dann ich.«

Er schwieg und hob dann noch einmal an: »Ich und nur ich.«

Fast zwei Minuten lang hörte Thanat anschließend konzentriert zu, nickte gelegentlich, brummte zustimmend oder ließ ein aufmunterndes »Schön« hören.

»Der Möllendiek selber? Da bin ich jetzt aber erleichtert. Wenn das über seinen Schreibtisch geht, weiß ich, dass es fair läuft. Wir kennen uns. Seine Tochter ist bei uns im Reitverein. Ein großes Talent. Im Verein halten wir viel von ihr. Sie hat die Förderung wirklich verdient.«

»Wie bitte?«

»Ja, meinen Respekt! Es war sicher richtig, den Möllendiek zu bitten, es zur Chefsache zu machen. Das nimmt doch von allen so ein kleines bisschen den Druck. Ich sag es noch einmal, wir haben hier nichts zu verbergen. Aber wir wollen Vertrauen haben zu dem, der am Ende entscheidet.«

Thanat lachte.

»Ja, ich werde mit denen, die es angeht, reden und es wie eine frohe Botschaft verkünden. Ja, ja.«

Thanat lachte wieder.

»Und selber? Sie wollen wieder segeln, höre ich. Zwei Wochen Balearen?«

»Nein, fahren Sie! Fahren Sie, und machen Sie sich keine Gedanken. Ich bestehe darauf! Ihre Mutter ist in besten Händen. Sie fühlt sich wohl. Ja, wirklich, das sage ich nicht, um Sie zu beruhigen. Das ist so.«

»Wie?«

»Nicht aggressiv, das war sie nie, so würde ich das nicht sagen. Gelegentlich ein bisschen impulsiv. Sie hat ein wunderschönes Zimmer. Nach Osten, Morgensonne, geht nach hinten raus. Wenn sie wieder mal schimpft, hören es die Hasen, aber die stört es nicht.«

Thanat beugte sich vor, war kurz davor, das Gespräch zu beenden.

»Aber ja, machen Sie sich keine Gedanken. Ich wünsche Ihnen Mast und Schotbruch. Sagt man doch so, oder?«

»Ja, danke. Wir hören voneinander.«

Er legte auf, lehnte sich zurück, schloss die Augen und begann, mit Zeigefinger und Daumen der rechten Hand die Nasenwurzel zu massieren. Thanat brauchte eine Pause, dringend! Das Rennrad stand im Keller, das Wetter war ideal. Kein Regen mehr, sanfter Wind, keine zwanzig Grad. Fünf Minuten würde er fürs Umziehen brauchen, in anderthalb Stunden zurück und dann wieder der Alte sein. War immer noch sehr angespannt, hatte es sich aber schwieriger vorgestellt, den Tod eines 93-jährigen Rollstuhlfahrers in einem entfernten Steinbruch zu erklären. War schon aufgestanden und hatte die Rufumleitung einprogrammiert, als es klopfte. Schwester Walburga, die Leiterin des Pflegedienstes, hatte sein »Herein« nicht abgewartet, steckte den Kopf durch die Tür und sah ihn fragend an.

»Da möchte Sie jemand sprechen.«

»Jetzt nicht«, winkte Thanat ab, »jetzt geht es wirklich nicht.«

»Es ist jemand von der Polizei.«

»Was?« Thanat warf Schwester Walburga einen überraschten Blick zu und sah dann auf die Uhr. 16.23 Uhr, das Gespräch mit dem Landrat war noch keine fünf Minuten beendet.

»Das kann doch gar nicht sein.«

»Doch«, erwiderte die Pflegedienstleiterin, »ein Hauptkommissar Kugelmeyer.«

»Wer?«

»Kugelmeyer, Hauptkommissar, er sagt, er möchte mit Ihnen reden. Wegen Abel.«

Thanat sah Schwester Walburga an, als habe er kein Wort verstanden, setzte sich wieder an seinen Schreibtisch und schüttelte den Kopf.

»Was soll denn das?«, fragte er.

Schwester Walburga zuckte wortlos die Schultern.

»Er soll reinkommen.«

KAPITEL 5

Kugelmeyer saß wieder am Tisch und spielte Karten. Ein nobler Salon, sie im Abendkleid, er in altem Zeug. Er wusste, wo sie waren, die anderen nicht. Der Salon der Titanic. Wollte ihr sagen, dass sie sich in Gefahr befanden, hoch mussten, an Deck, konnte es aber nicht, brachte kein Wort heraus. Versuchte es, quälte sich, blieb stumm. Sah sie gegenübersitzen, aufgehen in dem blöden kleinen Spiel, ihre Zufriedenheit und Ruhe. Kugelmeyers Titanic sank nicht über den Bug, sondern legte sich auf die Seite. Er fühlte, wie das Schiff sich neigte, sich alles drehte, hörte die Schreie, das Klirren von zerbrechendem Glas und das Knallen der Tische, die übereinander flogen. Entsetzen in der sich drehenden Welt, er fühlte die Angst vor dem Untergang, davor, wertvolle Zeit zu verlieren, sah, wie sie lächelnd den Kopf schüttelte und »Wir haben Zeit« sagte. Fühlte sich gefangen, unfähig sich zu lösen. Stand plötzlich mit ihr an der Reling, sah ihr nach, wie sie ins Wasser sprang und in ihrem Element schien. Sie lag gestreckt im Wasser, bewegte sich elegant und schwamm wie ein Fisch auf die Rettungsboote zu. Er unbeholfen und schwer, dümpelte wie eine Boje im öligen Meer, spürte, wie seine Kleidung sich voll sog und an ihm hing, spürte, wie er trotz seiner verzweifelten Bewegungen kaum von der Stelle kam, die Panik vor dem Sog, paddelte mit den Armen um sein Leben, bekam keine Luft und wachte auf, kurz bevor er starb.

Kugelmeyer richtete sich auf und setzte sich benommen auf die Bettkante. Der Schlaf hing schwer und träge an ihm, im Kopf das Echo seines Traums. Er schloss noch einmal die Augen, versuchte sich an alle Einzelheiten zu erinnern und sie dann zu vergessen. So konnte er sich nicht ausstehen. Er wollte niemand sein, der von solchen Träumen gequält wird. Die Vorstellungen von sich selbst, die Vorstellungen davon, wie es sein müsste, waren anders.

»Nicht besonders souverän, mein Alter«, tadelte er sich leise nuschelnd. »Ich weiß ja nicht, ob es dir aufgefallen ist, aber in den letzten Tagen bist du nicht besonders souverän.«

Er zog den Rollladen hoch, sah auf der Straße die Mülltonnen der Nachbarn stehen und dachte »Scheiße«. Muffig und schlaftrunken schlurfte er über den Flur, ging auf die Toilette, duschte und bewegte sich dann nach unten, um sich Frühstück zu machen. Seine Muffigkeit war wie ein übler Geruch, den er auch unter der Dusche nicht losgeworden war. Seine Frau hatte bereits den Frühstückstisch gedeckt, ihre Sachen weggeräumt und den Rest für ihn stehen lassen. Auf seinen Platz hatte sie die Zeitung und einen Zettel gelegt. »Vergiss nicht, die Komposttonne auf die Straße zu stellen.«

Der Kaffee hatte zu lange in der Maschine gestanden, war verkocht und schmeckte bitter. Er hatte sich eine Schüssel mit Cornflakes gemacht, vorsichtig mit Zucker gesüßt, probiert und dann wie üblich viel Zucker nachgestreut. Beim Frühstück Kalorien zu bunkern, war nicht das Problem, von einem guten Frühstück wurde niemand dick. Man musste sich nur für den Rest des Tages zurückhalten, vor allem am Abend. Die Zeit, in der Kugelmeyer am anfälligsten war. Manchmal hielt er bis 22 Uhr durch, war kurz davor, ins Bett zu gehen, und bekam einen Fressanfall. Ging anschließend ohne Hunger, aber mit Verzweiflung ins Bett. Im Kopf war alles so einfach. Im Kopf hatte er längst mit dem Training begonnen, hatte sich im Griff, aß, wenn es an der Zeit war. Im Kopf hatte er auch schon lange Karriere gemacht, weil er zu den Besten gehörte und alle erkannt hatten, dass er mehr konnte, als Flyer entwerfen und nach Krempel fahnden. Dass sich das Leben weigerte, sich seiner Realität anzupassen, war nichts Neues. Dass es aber so aggressiv nach innen griff, seine Wirklichkeit bedrohte und ihn umstürzlerisch aus dem Gleichgewicht brachte, war neu.

Kugelmeyer saß am Frühstückstisch und wurde wütend. Bekam eine Mordswut auf alles. Alles, das waren Möllendiek, seine Frau, der Kittel und der Rest. Die Gewissheit, dass die Wut ungerecht war, machte es noch schlimmer.

Er stand auf, ging ins Schlafzimmer, nahm seine Dienstwaffe, lud durch und entsicherte sie, kam wieder runter, setzte sich, schoss in das Bild an der Wand und fühlte sich besser. Es war ihr Bild, oder besser das ihrer Eltern. Sie hatten es ihnen zum Einzug geschenkt. Hatte jahrelang bei den Schwiegereltern gehangen. Angeblich ihr Lieblingsbild im Elternhaus. Musste aufgehängt werden. Kugelmeyer hatte es nie sonderlich gemocht.

Berglandschaft mit See in Öl, Rottöne dominierten, passte ganz gut zum Rest. Jetzt hatte der See ein Loch. Eine schwachsinnige Aktion, aber ungemein befreiend. Kugelmeyer zielte mit ausgestrecktem Arm erneut, dieses Mal auf die Bergkuppe rechts vom See und sagte: »Eine Frau, die ihren Mann ertrinken lässt, verdient es nicht anders.«

Ließ die Waffe dann aber sinken und sicherte sie. Der zweite Schuss wäre zu viel gewesen. Der erste befreite, den konnte er vor sich selbst als einen Reflex mit leicht verlängerter Laufzeit rechtfertigen und mit der Ahnung, wie angenehm er sich danach fühlen würde. Ein zweiter Schuss hätte ihn in eigener Einschätzung an die Grenze des Wahnsinns gerückt. Man konnte halt geteilter Meinung darüber sein, wo die Erleichterung, also das medizinisch Wünschenswerte, aufhörte und der Irrsinn, das medizinisch Bedenkliche, begann. Als Polizist war er schon mit sehr individuellen Auslegungen dieser Frage konfrontiert worden.

Kugelmeyer stand auf, ging zum Bild, nahm es ab und begutachtete die Löcher in Bild und Wand. Hängte es mit einem Seufzer wieder zurück und trottete in die Küche, um sich frischen Kaffee zu kochen. Kam zurück, schob mit dem Unterarm Schüssel, Cornflakes und alles andere ein wenig zur Seite, setzte sich, hörte die Kaffeemaschine blubbern, griff zur Zeitung, schob den Stuhl zurück und legte die Füße auf den Tisch.

Er hatte seine eigene Reihenfolge: Sport, Lokalsport, Politik, Buntes, Lokalteil. Sie kam dieses Mal durcheinander. Gleich auf der ersten Seite sah er die Ankündigung für die große Geschichte im Lokalteil. Frank Altmann, der beliebte und erfolgreiche Trainer, hatte sich umgebracht. War von seiner Mutter erhängt auf dem Dachboden gefunden worden. Die heimische Fußballwelt stand unter Schock. Hatte niemand erwartet. Der Frank, ein Kämpfer, einer, der nie aufgegeben hatte, und dann das. Natürlich, die sportliche Situation war schwierig, aber das konnte kein Grund sein. Unerklärlich, alle fanden es schwer, die richtigen Worte zu finden. Aber sie redeten – ihrer Bestürzung Ausdruck verleihend und versichernd, ein ehrendes Andenken bewahren zu wollen. Das auf jeden Fall. Was sollte man sonst sagen?

Kugelmeyer hatte sich aufgesetzt und den Artikel überflogen. Dachte einen Moment nach, war sich aber nicht ganz sicher: Altmann gehörte zu den dreiundzwanzig Namen auf der Liste. Er lief nach oben und fingerte sie aus seiner Hosentasche.

Frank Altmann: Platz 19. Subaru Impreza, Baujahr, 1992, OE-Kennzeichen, grün waren sie vermutlich alle. Kugelmeyer faltete die Zeitung zusammen und dachte nach. Ein Besuch bei den Altmanns war unter Umständen nicht unproblematisch. Er würde einen Vorwand benötigen. Vermutlich waren die Eltern mit den Vorbereitungen für die Beerdigung beschäftigt. Egal, irgendwas würde sich schon finden lassen.

Es war fast schon 11.30 Uhr, als Kugelmeyer das Haus verließ. Er hatte noch telefoniert und versucht, Kongo-Müller zu erreichen. Vielleicht hatte jemand etwas über die Motive herausbekommen.

Kongo-Müller war seine Hintertür ins Kommissariat. Eine ziemlich breite Tür. Fast zwei Meter groß und an allen Extremitäten leicht überdimensioniert, wie er auch die, die es nicht hören wollten, wissen ließ. Er hieß eigentlich Dirk Müller, war in einem entlegenen Zipfel des angrenzenden Wittgensteiner Lands auf die Welt gekommen und hatte wichtige Teile seiner Jugend vergleichsweise isoliert verbracht. In einer Zeit, in der er besonders aufnahmefähig gewesen war, hatte er viel gelesen. Landserhefte und andere einschlägige Publikationen, in denen er auch dem deutschen Söldner Kongo-Müller begegnet war.

Hauptkommissar Müller war ein Einzelgänger. Isoliert durch seinen Sinn für Gerechtigkeit, der feinfühlig wie ein Seismograf kleinste Erschütterungen mit Schmerzen registrierte, im Philosophischen aber den Grobschnitt favorisierte, großen Wert auf gedankliche Übersichtlichkeit legte und in der Gewissheit ruhte, dass nichts von Bedeutung existieren konnte, was sich eigener Vorstellungskraft entzog. Ein Gefühl, das ihn daran hinderte, zu bestimmten Bevölkerungsgruppen ein entspanntes Verhältnis zu entwickeln: zu Frauen, Kindern, Ausländern, Politikern, Vorgesetzten und einem großen Teil der Kollegen, bei denen es sich seiner Meinung nach in der weit überwiegenden Mehrzahl um faule Schweine handelte. Gespräche, die über den täglichen Kleinkram hinausgingen, überforderten ihn schnell. Sie begannen mit einem emotional vorgetragenen Kurzreferat über die Verkommenheit der Welt im Allgemeinen und die von Frauen, Kindern, Ausländern, Politikern, Vorgesetzten und Kollegen im Besonderen.

Wer so denkt, wird schnell einsam, zumal Müller nur selten der Versuchung widerstehen konnte, auch ungefragt Stellung zu nehmen. Ein Zustand, der Kongo-Müller erstens nicht besonders gestört hätte und zweitens seine Situation auch nicht wirklich beschrieb. Er war nicht einsam: Denn was ihn auszeichnete, war die unerschütterliche Bereitschaft, vorzuleben, was er bei anderen vermisste. Er war hilfsbereit und sprang ein, wenn andere ein Problem hatten. Wurde ausgenutzt, ärgerte sich, aber änderte mit ruinierender Sturheit nichts an seiner Situation.

Kugelmeyer hatte von allen vielleicht den besten Draht zu Kongo, was zum Teil daran lag, dass sie sich dienstlich kaum begegneten. Müller kümmerte sich nach mehreren Zerwürfnissen um Unfallschwerpunkte und Verkehrsüberwachung, hatte aber seine Augen und Ohren überall. Er wusste, was lief.

Das Warten auf Kongos Rückruf war allerdings unergiebig gewesen. Die Polizei ging von einem normalen Selbstmord aus. »Guck doch auf die Tabelle«, hatte Kongo empfohlen, »sechs Punkte auf den Drittletzten. Die steigen ab. Mittwoch ist Vorstandssitzung, da hätten sie ihn rausgeworfen. Öffentlich schwätzen sie von einem schweren Schlag, und wenn die Tür zu ist, hüpfen sie rum wegen der gesparten Abfindung. Die hätten sich doch auch gefreut, wenn der sich in der Halbzeit ins Tor gehängt hätte. Hätten ihm hochgeholfen, wenn sie damit vier Euro Fahrtkosten gespart hätten. Aber der Tausender pro Monat für einen aus dem Kosovo mit gefälschten Papieren ist kein Problem! Fußballer, man, das sind Fußballer.«

*

Erich Altmann hatte Kugelmeyer die Tür geöffnet, ihn hereingebeten und schnell das in der Küche noch auf dem Tisch stehende Geschirr vom Frühstück weggeräumt. Er hatte erklärt, warum er alles alleine machen musste und sich bei Kugelmeyer entschuldigt, dass er ihn in die Küche bat. Solange Annegret nicht im Haus sei, wolle er das Wohnzimmer nicht benutzen. Mit den Möbeln sei sie eigen. »Ist besser, wenn alles so bleibt, wie es ist.« Er hatte ihm einen Stuhl angeboten und den Rest Kaffee, der noch auf der Warmhalteplatte der Maschine stand. Nur eins hatte er nicht getan: sich gewundert. Eine Erklärung für den Besuch hatte er von Kugelmeyer nicht verlangt. Nach allem, was vorgefallen war, hielt er es wohl für normal, dass die Polizei noch einmal vorbeischaute und Fragen stellte.

Altmann setzte sich Kugelmeyer gegenüber und begann umständlich zu reden. Sagte, dass er viel zu tun habe und das Schränkchen für das Badezimmer immer noch nicht fertig sei. Er komme zu nichts. Schwieg und presste die Lippen aufeinander, als müsse er sich mit Gewalt am Weiterreden hindern. Sei am Tag zuvor auch zweimal im Krankenhaus gewesen, aber heute würde er nur einmal gehen.

Kugelmeyer lächelte und nickte: »Dann geht es Ihrer Frau besser?«

»Nein.« Altmann sah Kugelmeyer überrascht an. »Warum?«

»Ich dachte nur«, meinte Kugelmeyer verwirrt.

»Sie hat sich den Nacken verrenkt, denke ich, etwas an der Wirbelsäule.«

»Das kann sehr schmerzhaft sein«, erklärte Kugelmeyer.

Altmann nickte: »Sie sagt aber nichts. Wenn ich da bin, schläft sie immer.«

»Ist dann ja auch besser.«

Altmann nickte wieder: »Das sagt die Schwester auch, macht sie sonst aber nicht. Ist eigentlich immer früh raus.«

Kugelmeyer lächelte. Ein merkwürdiger Dialog. Zwischen den Sätzen lagen Pausen. Dann herrschte bedrückende Stille in der Küche. Kugelmeyer sah den alten Mann an und bewegte sich auf seinem Stuhl hin und her, als säße er unbequem. Ging aber weniger um die Bequemlichkeit als um das Geräusch. Man muss eigentlich nicht mehr sterben, dachte Kugelmeyer, wenn man in einer solchen Küche sitzt. Stiller ist es in keinem Sarg. Altmann schien die Pausen zu brauchen, als komme er erst im Gespräch mit Kugelmeyer dazu, sich Gedanken über den Zustand seiner Frau zu machen. Kugelmeyer hatte eigentlich nur den Subaru sehen und wieder verschwinden wollen, brachte es aber nicht fertig, endlich die Frage nach dem Auto zu stellen. Hatte die Vorstellung, dass er das Leben mitnehmen würde, wenn er ginge. Er fühlte vollkommen unerwartet Verantwortung für den Alten. Altmann ließ die rechte Hand über die Tischkante gleiten und stierte vor sich hin. Es waren kräftige Hände, die das Geld nach Hause gebracht hatten. Dann stoppte er die Bewegung und sah Kugelmeyer an.

»Der Junge hat immer gemacht, was er wollte.«

Altmann ließ den Satz versickern und sah Kugelmeyer fragend an. Schien sich nicht sicher, ob weitere Erklärungen notwendig waren. Schüttelte dann den Kopf und sagte nochmal: »Immer.«

Er griff in seine rechte Hosentasche, legte eine Packung Zigaretten und das Feuerzeug auf den Tisch, warf Kugelmeyer erneut einen fragenden Blick zu. Wieder die Frage, ob er verstanden hatte.

Kugelmeyer schüttelte den Kopf und rutschte unruhig auf seinem Stuhl hin und her.

»Danke, ich rauche nicht.«

Altmann schwieg nur kurz: »Was hätte ich machen sollen?«, fragte er. »Er hat nicht gehört. Hat immer gemacht, was er wollte. Fußball, immer nur Fußball.«

»Ist aber immer noch besser als das ewige Rumhängen«, erwiderte Kugelmeyer und erschrak, weil die Formulierung in diesem Zusammenhang doch ein bisschen ungeschickt war. Zu seiner Erleichterung deutete nichts in Altmanns Gesicht darauf hin, dass er Kugelmeyers Missgriff registriert hatte.

»Ich meine, ist doch besser, einer läuft hinter dem Ball her, als dass er aus Langeweile auf krumme Gedanken kommt. Das passiert heute schnell.«

Kugelmeyer hatte das Gefühl, nur dummes Zeug zu reden. Etwas zu sagen, was sein Gegenüber ohnehin nicht erreichte. Altmann schwieg, stierte wieder auf den Tisch und nahm dann eine Zigarette aus der Schachtel. Zündete sie an, nahm einen Zug und wedelte den Qualm mit den Händen auseinander.

»Eigentlich rauche ich nur im Keller. Annegret möchte nicht, dass ich hier oben rauche.«

Kugelmeyer, der Nichtraucher, lächelte und nickte, als habe er schon ähnliche Erfahrungen gemacht. »Das mögen, glaube ich, viele Frauen nicht.«

Altmann nahm einen zweiten Zug, blies ihn in die Küche und lehnte sich entspannt zurück. Fast so, als rechne er plötzlich nicht mehr mit der Rückkehr seiner Frau.

»Er hätte auf der Firma anfangen können. Ich hatte das schon klar. Ein guter Betrieb, gutes Geld. Wäre alles klar gewesen, aber er wollte nicht. Schichtbetrieb, das passte ihm nicht, wegen des Trainings.«

Er zog wieder an der Zigarette, musste blinzeln, weil ihm der Rauch in die Augen gestiegen war, beugte sich zu Kugelmeyer vor und sagte leise, als verrate er ein Geheimnis: »So sieht's aus.«

Kugelmeyer nickte.

Altmann hielt die Zigarette in der rechten Hand zwischen Zeige- und Mittelfinger und dicht am Handteller. Wenn er an ihr zog, wirkte es, als halte er sich den Mund zu.

»Hätte er alles haben können: guten Job und gutes Geld.« Altmann sprach das »J« in Job auch wie ein J aus, stand auf, ging zur Spüle, tippte die Asche ins Becken, spülte sie weg und setzte sich wieder.

Für Kugelmeyer war der sich bewegende Altmann ein erlösendes Signal. Er hatte das Gefühl, aus seiner Verantwortung entlassen zu sein.

»Es ist so«, begann er die Frage nach dem Subaru, »ich bin eigentlich wegen einer Angelegenheit hier, die mit dem Tod Ihres Sohnes wohl gar nichts zu tun hat. Es geht um einen Unfall. Hat der Frank da mal etwas gesagt?«

Altmann sah Kugelmeyer überrascht an und schüttelte den Kopf. »Nein, nichts, davon weiß ich überhaupt nichts.«

»Er fährt doch einen Subaru?«

»Ja, das kann gut sein, ein grüner Japaner. Gebraucht, war günstig.«

»Kann ich mir den Wagen mal ansehen?«

»Natürlich, warum nicht?«

»Ist er hier?«

»Nein, beim Stift, denke ich. Da hatte Frank die Hausmeisterwohnung. Krawotz weiß bestimmt, wo der Wagen ist.«

»Krawotz?«

»Ja, der macht die Küche im Stift. Er war vorhin hier. Wir haben über alles gesprochen. Er macht den Beerdigungskaffee.«

Kugelmeyer nickte.

»Die beiden kennen sich gut, auch vom Fußball. Nach dem Spiel sind sie immer in der Klosterschänke. Die ganze Mannschaft, Vorstand und so.«

Altmann stockte einen Moment und korrigierte sich dann.

»Kannten sich gut.«

*

Um 13.26 Uhr betrat Kugelmeyer die Klosterschänke im benachbarten Drolshagen. Einen Augenblick später stand er mit dem Rücken zur Wand zwischen Garderobe und Tür, die Klinke in Armlänge und doch unerreichbar. Er hatte zweimal »Hallo« gerufen. Einmal laut und vernehmlich, das andere Mal schon wesentlich leiser. Um 13.27 Uhr schwieg Kugelmeyer und wünschte sich, nie ein Handy besessen zu haben. Seine aktuelle Einstellung war der Yankee Doodle, eine Melodie, die in der schrillen Handybearbeitung und hartnäckiger Wiederholung schnell die Nerven strapaziert.

Er stand in der Eingangsecke der Klosterschänke, hörte zum achten oder neunten Mal den Yankee Doodle, wünschte dem Anrufer die Pest an den Hals und rührte sich nicht. Schwitzte, verkrampfte und drückte sich noch weiter in die Ecke.

Kugelmeyer hatte Krawotz gesucht. War erst zum Stift gefahren und hatte an der Pforte erfahren, dass er ihn vermutlich in der Gaststätte finden würde. Er hatte Krawotz gesucht und Kanzler gefunden. Genau genommen handelte es sich um Kanzler VI. Bernd Krawotz hatte alle seine Hunde Kanzler genannt. Das Witzige hatte sich über die Jahre abgeschliffen, aber ein neuer Gag war ihm nicht eingefallen. Und ein Hund musste sein. Nach Schule, Abitur und einem Volontariat hatte Krawotz sieben Jahre in einer Lokalsportredaktion gesessen und dann die Klosterschänke übernommen. Hatte es als Karrieresprung empfunden und sich einen Hund zugelegt. Der Name war gleich geblieben, die Rassen hatten gewechselt. Gut fand Krawotz alles, was Respekt einflößte. Hatte mit einem Schäferhund angefangen und sich bei Kanzler VI für einen Boxer entschieden. Stämmiger Kerl und dazu erzogen, außerhalb der Öffnungszeiten Gaststättenbesucher sabbernd, aber selbstständig in »bekannt/erwünscht« und »unbekannt/unerwünscht« zu sortieren.

Kugelmeyer kam in die Kategorie II. Vielleicht auch deshalb, weil Kanzler VI musikalisch war und ihm der Yankee Doodle auf die Nerven ging. Kugelmeyer hatte keine Ahnung, wie Hunde auf Musik reagieren. Kanzler hatte plötzlich vor ihm gestanden und geknurrt. Kugelmeyer hatte das zweite Hallo in den Raum geschickt und es umgehend bereut. Rufen, selbst leises, schien Kanzler nicht zu mögen, sein Knurren war unangenehmer geworden. Vom Diensthundeführer wusste Kugelmeyer, dass es in solchen Situationen ratsam ist, still stehen zu bleiben und sich nicht zu rühren. Jede Bewegung konnte der Hund als Fluchtversuch missverstehen und unterbinden.

Wenn der Hund gut trainiert ist, passiert nichts, hatte ihm der Fachmann geraten. Dummerweise unterschied Kanzler nicht zwischen Kugelmeyer und dem Handy. Sein Knurren wurde zunehmend kehliger. Durch die Verkrampfung spürte Kugelmeyer auch das Schleudertrauma deutlicher, als erträglich gewesen wäre. Er stand hilflos in der Ecke und begann leise zu schnaufen. Dadurch wurde es aber auch nicht besser: Einerseits hatte er den Eindruck, dass der Hund den Yankee Doodle nicht mehr lange hören mochte, andererseits beschlich ihn eine Ahnung, wer ihn per Anruf in Lebensgefahr brachte. So hartnäckig war nur seine Frau. Eine Gewissheit, die seinem inneren Gleichgewicht nicht gut tat. Richtig schwierig wurde es, als er sich vorstellte, dass sie vermutlich nur wissen wollte, ob er etwas gegen Fisch zum Abendessen habe oder etwas ähnlich Unerhebliches. Die zwölfte Runde des Yankee Doodles löste die Situation. Kugelmeyer riss mit der Rechten das Handy aus der Tasche, drückte Grün und brüllte: »Jetzt nicht«. Bekam das Handy jedoch nicht ganz bis zum Ohr. Kanzler VI war schneller und hing ebenfalls am Arm. Hund und Handy bekam Kugelmeyer nicht in die gewohnte Sprechposition. Außerdem wurde das »Jetzt nicht« vom Schmerzensschrei Kugelmeyers und dem Knurren des Hundes überlagert. Ging alles sehr schnell. So schnell, dass sogar das energische »Aus« des Wirtes an seinen Hund mitübertragen wurde.

Kugelmeyer stöhnte, hielt sich den Arm und erntete böse Blicke von Krawotz, der seinen sabbernden und bellenden Hund am Halsband hielt: »Blödmann, du darfst das Tier nicht so erschrecken«, giftete er Kugelmeyer an. »Bist selber schuld.« Kugelmeyer stöhnte leise noch einmal und presste seinen Arm an die Brust. Die Stimme am Telefon gehörte tatsächlich seiner Frau.

»Elmar? Elmar, was ist? Hörst du? Sag doch was!«

»Schon gut«, versuchte Kugelmeyer sie zu beruhigen, »ist nichts passiert, ich melde mich.«

Er unterbrach die Verbindung und steckte das Handy weg. Krawotz hatte seinen Hund in einem Raum hinter der Theke verschwinden lassen und kam mit finsterer Miene zurück.

»Außerdem ist geschlossen, steht doch dran. Kannst du nicht lesen?«

Kugelmeyer griff mit der linken Hand umständlich in die rechte Gesäßtasche und fingerte seinen Dienstausweis heraus:

»Hauptkommissar Kugelmeyer«, sagte er so böse wie möglich. Machte eine Pause, um die ersten beiden Worte wirken zu lassen und schob dann: »Ich habe ein paar Fragen an Sie« nach. Besonders einschüchternd wirkte er allerdings nicht.

Der Wirt sah Kugelmeyer überrascht an und schwieg. Fasste ihn dann behutsam an den rechten Arm und zog ihn sanft zu dem ersten Tisch hinter der Garderobe.

»Das ist ja gerade noch mal gut gegangen«, lächelte er Kugelmeyer an. »Junge, du hast richtig Schwein gehabt. Du musst ein netter Kerl sein, der Hund mag dich. Ihn hat nur das Gebimmel gestört. Wenn er dich nicht hätte leiden können, würdest du nicht mehr hier sitzen.«

»Ach …«, erwiderte Kugelmeyer, kam aber nicht dazu, energischer zu protestieren. Krawotz zog an seinem Jackett:

»Jetzt zeig mir erst mal deinen Arm.«

Kugelmeyer stand auf und zog mit Krawotz' Unterstützung vorsichtig das Jackett aus.

»Lass mich das machen«, sagte Krawotz und begann mit Umsicht und Feingefühl den Hemdärmel hochzuziehen.

»Junge«, stieß er erleichtert aus und betastete fast zärtlich die an Rötung und Zahnabdrücken leicht erkennbare Bissstelle, »das ist gar nichts, er hat wirklich nur gespielt und ein bisschen geschnappt. Wenn der Hund gewollt hätte, hätte der Erste, dem du die Hand geschüttelt hättest, die Hälfte von deinem Arm mitgenommen.«

Er klopfte Kugelmeyer grinsend auf die Schulter.

»Was trinkst du? Pils?«

Er kam gar nicht dazu abzulehnen. Krawotz war schon aufgestanden und an die Theke gegangen, Kugelmeyer hatte wieder sein Handy am Ohr.

Seine Frau hatte sich nicht abweisen lassen. Sie schien aufgebracht.

»Elmar, wie gehst du mit mir um? Was glaubst du denn? Sag mir jetzt bitte, was los ist. Wo bist du, und was ist das für ein Hund?«

»Ich bin in der Klosterschänke, alles in Ordnung, das war der Hund vom Wirt, der sich ein bisschen aufgeregt hat. Ist aber kein Problem.«

»Wer hat sich aufgeregt? Der Wirt?«

»Nein, der Hund.«

»Er heißt Kanzler«, rief Krawotz gut gelaunt aus Richtung Zapfanlage.

»Was sagt er?«

»Dass der Hund Kanzler heißt.«

»Wie heißt der?

»Kanzler.«

»Warum hast so gebrüllt, wenn alles in Ordnung ist?«

»Ich habe nicht gebrüllt.«

»Du hast mich angebrüllt. Ich kriege schon noch mit, wenn du brüllst.«

»Das lange Klingeln hat genervt.«

»Deswegen musst du nicht brüllen. Du konntest dir wohl denken, dass ich einen Grund hatte, so lange klingeln zu lassen. Ich weiß doch, dass du dich melden kannst, wenn es länger klingelt. Sonst stellst du es aus.«

Kugelmeyer stöhnte leise: »Ich dachte, es ginge ums Abendessen.«

»Elmar, bitte!«

Sie klang gereizt, gereizter, als er es nach einer vielleicht etwas barschen Abfuhr am Telefon erwartet hätte.

»Elmar, ich möchte jetzt wissen, was los ist. Hier ist geschossen worden.«

»Was??«

»Ja, in dem Bild über dem Esszimmertisch ist ein Loch.«

»Ach so.«

»Ach so? Was heißt, ach so? Elmar, in unserem Haus wurde geschossen!«

»Ich guck mir das nachher mal an.«

»Du guckst dir das an? Da ist ein Loch im Bild und in der Wand, die Kugel steckt noch drin. Es hätte jemand getötet werden können.«

»Das glaube ich nicht.«

»Elmar! Komm bitte sofort her. Ich möchte wissen, was hier los ist.«

»Beruhige dich.«

»Soll ich die Wache anrufen?«

»Nein! Ich erkläre es dir gleich, aber jetzt geht es nicht. Nicht am Telefon. Ich beeile mich.«

Ursel Kugelmeyer beendete das Gespräch abrupt und ohne Gruß. Kugelmeyer nahm das Handy vom Ohr, sagte »Ja, tschüss bis gleich«, machte es aus und legte es auf den Tisch.

Krawotz hatte sich mittlerweile mit zwei Gläsern Pils wieder an den Tisch gesetzt und grinste.

»Ich bin nicht verheiratet, und ich weiß auch, warum.«

Er schob Kugelmeyer ein Glas zu und nahm das andere.

»Na komm, erst mal einen Schluck auf den Schrecken und gleich noch einen auf die Ehe. Dann stellst du deine Fragen. Ich bin sicher, ich kann dir helfen. Ich kann eigentlich immer helfen. Ich höre eine Menge.«

Krawotz hob sein Glas und sagte »Prost«, Kugelmeyer nickte, nahm sein Glas in die linke Hand und sagte ebenfalls »Prost«. Es klang eher kleinlaut, wieder nicht besonders souverän. Außerdem machte er schon wieder etwas, was er gar nicht machen wollte. Er saß am Tisch mit dem Wirt und trank Bier. Der blöde Köter hatte ihn angefallen. Eigentlich hätte er danach anders auftreten müssen, eigentlich darf man es einem Hundehalter nicht durchgehen lassen, wenn ein Polizist gebissen wird. Aber Kugelmeyer war weit von seiner Bestform entfernt. Der Arm tat weh, der Nacken auch. Seine Verfassung war schon mal besser gewesen.

»Pass auf Junge, ich hole dir gleich ’ne Salbe von oben. Das tut jetzt etwas weh. Ich kenn das. Wenn der Teufel übermütig wird, packt er mich auch manchmal.

Im Spiel, immer nur im Spiel. In einer halben Stunde merkst du nichts mehr. Garantiert nicht.«

Kugelmeyer hatte die Chance, Krawotz in die Defensive zu drängen, vertan. Jetzt saß er mit seinem Krankenpfleger am Tisch und trank Bier. Einem Krankenpfleger, dem er noch dazu gestattete, ihn zu duzen. Wäre vermutlich nicht besonders gescheit, jetzt noch auf Distanz gehen zu wollen. Krawotz sah auf das bereits halb geleerte Glas, setzte noch einmal an und trank aus. Das Bier, Krawotz und Kanzler waren nicht so schlimm, obwohl Arm und Nacken schmerzten. Die Sache mit dem Schuss in das Bild würde vermutlich schwieriger werden.

Krawotz war wieder aufgestanden, hatte die beiden leeren Gläser mitgenommen und sie auf die Theke gestellt.

»Warte, ich hol den Hund. Ihr könnt euch aneinander gewöhnen. Dann passiert so was nicht noch mal.«

Wahrscheinlich hatte Kugelmeyer sein: »Ne, lassen Sie mal, muss nicht sein« nur gedacht. Hatte in Gedanken bereits zu Hause am Esszimmertisch gesessen und Ursel geschildert, wie er seine Waffe kontrolliert und sich dabei versehentlich ein Schuss gelöst hatte. Jetzt stand Kanzler plötzlich sabbernd und seinen kupierten Schwanz hin und her quälend vor ihm, von Krawotz, der ihn am Halsband hielt, ermuntert, ein bisschen zu schnuppern.

»Das ist der Kommissar, jaa, der nette Kommissar. Guter Hund, den beißen wir nicht. Jaa, guter Hund, so ist gut! Guter Hund. So ist gut. Gut jetzt! Platz!«

Kugelmeyer grinste Kanzler VI pflichtschuldigst an, der sich merkwürdig wand, schnaufte und sabberte.

»Siehst du, das habe ich dir doch gesagt, der Hund mag dich. Gut jetzt«, herrschte Krawotz den Boxer an, »Platz!«

Kanzler legte sich zwischen Kugelmeyer und Ausgang und behielt den Gast im Auge. Krawotz stand wieder an der Zapfanlage, grinste zum Tisch und hatte plötzlich eine ganz andere Tonlage.

»Bist du wegen Frank hier?«

Kugelmeyer fixierte Kanzler und nickte.

»Ist schwer zu glauben, dass sich einer umbringt, nur weil er vor dem Abstieg steht und wahrscheinlich rausgeschmissen wird. Ist doch normal im Fußball. Und einer wie der findet immer wieder einen Verein.«

Krawotz reagierte nicht. Er zapfte die beiden Gläser Bier, stellte sie auf ein kleines Tablett und kam wieder an den Tisch.

»Auf den Frank«, sagte er und trank. Wischte sich den Schaum vom Mund und sah Kugelmeyer an.

»Du stellst schon die richtigen Fragen, Junge. Ich kannte den Frank wie kein anderer hier. Er war ehrgeizig, ja. Aber wegen des Abstiegs hätte der sich nicht umgebracht.«

»Warum dann? Private Probleme?«

Krawotz schüttelte den Kopf: »Frauen meinst du? Da lief nichts. Frank war seit einem halben Jahr solo. Beruf, Fußball und Beziehung, das ist zu viel. Ich hab's ihm immer gesagt. So wie er den Fußball gelebt hat, funktionierte das nicht. Der Erfolg braucht Konzentration, verstehst du? Und ein Job muss sein. Nicht mal unbedingt wegen des Geldes. Er hat gut verdient, aber man muss langfristig denken im Trainerjob. Auch wegen der Rente. Kann alles schnell vorbei sein.«

Krawotz sah Kugelmeyer in die Augen und schüttelte nachdenklich den Kopf. »Man kann sich das nicht immer aussuchen. Drei Sachen sind zu viel. So habe ich ihm das gesagt. Das hatte er eingesehen, da war er drüber weg.«

Kugelmeyer hakte nach: »So ganz ohne Probleme?«

»Ohne Probleme? Wer von uns beiden hat denn eben telefoniert?« Er tippte auf das Handy und sah Kugelmeyer an. »Wer von uns beiden hat denn ein Halsband um? Ich habe ihm das gesagt: immer und ewig Probleme oder einmal richtig und dann Schluss. Der Frank war nicht dumm, der hat das kapiert. Nein, nein, wegen einer Frau hat der sich nicht aufgehängt.«

»Warum dann?«

Krawotz drehte das Bierglas mit Daumen und Zeigefinger im Glas und lächelte verächtlich:

»Ich sag dir ja, du stellst die richtigen Fragen, aber am falschen Ort.«

»Und? Wo muss ich die Fragen stellen?«

Krawotz schwieg, zuckte die Schultern und sah Kugelmeyer an: »Da kann ich dir nicht viel sagen, da bin ich sozusagen zur Loyalität verpflichtet. Der Frank und ich hatten den gleichen Arbeitgeber.«

»Probleme im Stift?«

»Kann man so nicht sagen.« Krawotz dehnte das »so«, so weit es seine Lungen gestatteten. »Der Frank hatte keine Probleme mit seiner Arbeit im Stift. Er war Hausmeister, hat seinen Job ordentlich gemacht. Das sag ich dir. Er schon.«

»Und wer nicht?«

Krawotz lachte kurz und schwieg.

»Ich konnte den Frank wirklich gut leiden. Der war

für mich mehr als ein Trainer. Ich habe seine Karriere verfolgt. Bin auch mit ihm damals nach Bochum gefahren. Er hat mal mit dem VfL trainiert. Wusstest du das?« Er warf Kugelmeyer einen kurzen Blick zu. »Aus ihm hätte was werden können. Hat damals zu schnell aufgegeben. Dass so einer sich wegen einer kleinen Dummheit umbringt, ist schlimm. Ganz schlimm. Und ich möchte, dass die, die wirklich schuld sind, dafür bezahlen.«

»Was für eine Dummheit?«

Krawotz schüttelte den Kopf: »Weiß ich nicht, war nur so eine Vermutung.«

»Wer sind die, die Schuld haben?«

»Junge, das weiß ich doch alles nicht. Ich weiß nur, dass der Frank 'ne ehrliche Haut war. Wenn so einer sich umbringt, müssen andere die Finger im Spiel haben. Da bin ich sicher. Ich sag' dir doch: gute Fragen am falschen Ort.«

Kugelmeyer schwieg Krawotz trotzig an. Der mauerte viel zu früh. Viel Kryptisches für einen schmerzenden Arm. Kugelmeyer fand nicht, dass ihr Verhältnis schon im Gleichgewicht war.

»Der Subaru vom Frank, wo ist der?«

Krawotz zwängte sich zwischen Sitzbank und Tisch in die Senkrechte und zuckte gelangweilt die Schultern: »Keine Ahnung, woher soll ich das wissen.« Dann grinste er Kugelmeyer an: »Ich muss los.«

Kugelmeyer stand ebenfalls auf und griff mit einer Mischung aus Unzufriedenheit und Überraschung nach seinem Jackett. Krawotz war noch nicht fertig, das spürte er. Irgendetwas wollte er noch loswerden.

»Warte, ich helfe dir.« Krawotz hielt die Jacke so tief,

dass Kugelmeyer seinen rechten Arm leicht in den Ärmel stecken konnte.

»Du musst die Muskeln aber bewegen, auch wenn's am Anfang etwas zieht. Dann ist es schneller vergessen.«

Er legte Kugelmeyer die Hand auf den Rücken und drückte ihn sanft zur Tür. Griff nach der Klinke und blieb stehen.

»Das mit dem Hund tut mir Leid, du hast noch was gut, deshalb sag ich dir jetzt was.«

Kugelmeyer hielt mit der linken Hand den schmerzenden rechten Unterarm und sah Krawotz an.

»Da oben«, er deutete mit dem Kopf nach draußen, »fehlt einer. Frag mal nach Prälat Abel. Ist eigentlich nicht ungewöhnlich, es geht immer mal einer auf Tour. Aber die sind alle schnell wieder zurück, die kommen nicht weit. Der aber doch. Ist schon zwei Tage unterwegs.«

Krawotz zog Kugelmeyer ein wenig näher.

»Zwei Tage sind ungewöhnlich, sehr ungewöhnlich. Sind in diesem Fall sogar zwei volle Tage und drei Nächte. Sehr seltsam. Aber es werden schon Parolen ausgegeben. Verwirrt und so. Aber eins muss man wissen: Was immer erzählt wird, der Alte saß im Rollstuhl. Ohne Hilfe konnte der gar nicht aus dem Haus, ohne Hilfe kam der höchstens hundert Meter weit. Das muss einer, der Fragen stellt, wissen.«

Krawotz drückte Kugelmeyer durch die Tür und hob die rechte Hand, als wolle er einen fälligen Dank abwehren.

»Ich muss mich jetzt wirklich beeilen. Mach's gut.« Dann grinste er wieder. »Du wirst ja erwartet.«

Kugelmeyers Golf hatte in der Sonne gestanden und sich aufgeheizt. Er startete den Motor, schaltete die Klimaanlage ein und öffnete die Fenster. Fuhr vom Parkplatz, hielt das Lenkrad mit beiden Händen und tat, was Krawotz ihm geraten hatte. Mit der Rechten fasste er das Lenkrad langsam etwas fester und ließ wieder nach. Die Unterarmmuskeln wurden bewegt, taten weh, aber egal. Kugelmeyer genoss den Frieden mit sich selbst. Er fuhr nicht vom Parkplatz, er schwebte. Steuerte scheinbar gelassen seinen Wagen, aber innerlich jubelte er. Nichts auf der Welt war in diesem Augenblick wichtiger als das Gefühl, Recht gehabt zu haben. Er hatte Recht, alle anderen Unrecht. Die Zweifel an sich selbst, die Befürchtung, sich in der Nacht vielleicht doch etwas eingebildet zu haben – alles verschwunden. An der Sache war etwas faul. Er hatte schon die richtigen Fragen gestellt, musste nur noch den Ort wechseln, hatte noch keine Ahnung, wie alles zusammenhing, aber das würde kommen. Kugelmeyer war raus aus dem Möllendiek-Sumpf. Er atmete tief durch. Einmal, ein einziges Mal nahm er die rechte Hand vom Lenkrad, ballte sie zur Faust und stieß sie still nach vorne. Tat weh, war's aber wert. Er hatte Recht gehabt!

Krawotz hatte die Tür hinter Kugelmeyer abgeschlossen und sich zu Kanzler hinabgebeugt.

»Braver Hund, ganz braver Hund!« Er kraulte dem sich wieder windenden und schnaufenden Kanzler den Nacken: »Hast du gut gemacht, bist ein guter, gaanz guter Hund!«

Der so Gelobte überschlug sich vor Freude und versuchte, die ihn kraulende Hand zu lecken, was Krawotz gestattete.

»Schön aufgepasst, so ist es gut!«

Er richtete sich wieder auf, spürte den Schmerz und griff sich mit der Linken an den Rücken. Die Bandscheiben protestierten schnell, wenn Krawotz sich ungeschickt nach vorn beugte. Es waren immer fünfzehn, zwanzig Kilo zu viel, die dann im Gleichgewicht gehalten werden mussten.

Eine Grimasse schneidend, nahm er Kurs auf die Tür hinter der Theke.

»Platz«, befahl er Kanzler, »bin gleich wieder da. Einsatz wird belohnt.«

Er kam aus der Küche mit einem in vier Teile geschnittenen rohen Schnitzel zurück, setzte sich wegen der Rückenschmerzen leise ächzend auf die Bank, auf der vor wenigen Minuten noch Kugelmeyer gesessen hatte, und warf Kanzler, der das Schnitzel nicht aus den Augen ließ, die Brocken zu.

»Ja, guter Hund. Das machen wir jetzt öfter. Müssen uns doch auch mal etwas leisten, was? Jaa, wir beide. Müssen vielleicht auch mal wieder wegfahren, hm? Was meinst du?« Kanzler leckte die letzten Reste des Schnitzels vom Boden.

»Mal ein bisschen Urlaub machen, wir beide. Eine Woche weg. Nein, zwei Wochen. Wir sind ja auch zu zweit. Du und ich. Für jeden eine Woche.«

Kanzler kam schwanzzuckend auf Krawotz zu und leckte ihm wieder die rechte Hand.

»Das machen wir. Und alles wird bezahlt. Alles, da brauchst du dir keine Gedanken zu machen, wird alles bezahlt.«

Er tätschelte dem Hund den Kopf und stand, sich mühsam am Tisch abstützend, auf.

»Zum Arzt muss der alte Krawotz auch mal wieder. Neuer Rücken, neue Knie, das wäre das Beste. Aber das muss noch warten.« Er ging zum Telefon und wählte, wobei er sich mit dem Rücken an die Theke lehnte. Eine Position, in der nur noch die Knie schmerzten.

»Irmgard? Bernd hier. Ist Dietmar schon zu Hause? Ja, danke.«

Er musste warten und suchte eine Position an der Theke, die möglichst schmerzfrei war.

»Dietmar? Hallo, hör mal, hier war eben ein Bulle.«

»Reg dich nicht auf! Ich hab nichts gesagt, aber die sind natürlich auch nicht blöd und fragen sich, wie einer so mir nichts dir nichts aus dem Rollstuhl verschwinden kann. Ich habe ihm gesagt, dass er mich das nicht fragen soll.«

»Was? Nein, du bist da ganz raus, von dir weiß doch keiner. Aber wenn mich so ein Bulle nach dem Abel fragt, kann ich doch nicht sagen, dass ich nichts gehört hätte. Im Stift reden sie doch von nichts anderem.«

Krawotz hörte einen Augenblick zu und stützte sich mit dem linken Arm auf der Theke ab.

»Ich habe das Gespräch unauffällig auf den Frank gelenkt. Die sind zu dämlich, die Bullen. Die glauben wirklich, dass sich einer umbringt, nur weil er …«

Krawotz wurde unterbrochen.

»Herr Gott, für wen mache ich das denn? Für wen lüge ich? Meinst du, mir fällt das leicht? Du weißt doch, wie ich zum Frank gestanden habe. Mensch, wir waren zusammen in Bochum. Ich habe auf der Tribüne gesessen, als er trainiert hat. Ich mache das für dich und natürlich auch für den Verein. Du musst da rausbleiben, der Verein, der muss sauber bleiben.«

Krawotz hörte zu und lächelte.

»Genau, Junge, jetzt bleib ruhig. Ich passe schon auf. Ich hab dich auch nur angerufen, damit du nicht nervös wirst, wenn du hörst, dass die Bullen jetzt wegen Abel rumschnüffeln.«

Krawotz nickte zufrieden.

»Ist gut, fahr nach der Beerdigung ein paar Tage weg. Das tut gut. Ich mach das hier schon – ja genau.«

Krawotz nahm einen Lappen und wischte über den Rand der Theke.

»Ich sag's noch mal«, fuhr er fort, »von dir weiß keiner, und von mir erfährt niemand etwas. Der Frank hat vielleicht eine Dummheit gemacht. Der Frank! Hörst du? Der Frank! Und? Wollen sie es ihm auf den Grabstein schreiben? Nein, nein, mach dir keine Sorgen. Die beiden da oben, die sollen schwitzen. Die sollen wissen, dass sie nicht machen können, was sie wollen. Aber das ist meine Sache, da hast du nichts mit zu tun, Junge! Du doch nicht.«

Krawotz warf den Lappen in die Spüle. Er hatte sich in Rage geredet und etwas heftig gewischt.

»Nein, ist besser, wenn wir uns nicht sehen. Wir treffen uns bei der Beerdigung.«

»Ja, genau, mach's gut Junge und bleib ruhig. Bis dann.«

Krawotz stellte den Hörer wieder in die Ladestation und warf Kanzler, der eingeschlafen war, einen zufriedenen Blick zu. Auf das, was jetzt kam, hatte er sich schon seit ein paar Stunden gefreut. Eine ganz normale Einkaufsliste, aber er meinte, gute Gründe zu haben, sich auf diese freuen zu können.

Setzte sich an den PC, schrieb die Liste und unterzeichnete rechts unten. Links musste von der Heimleitung gegengezeichnet werden. Die Liste umfasste alles, was für die Küche des Stifts benötigt wurde. Ab sofort auch ein paar Extras, die die Rentabilität der Klosterschänke enorm verbessern würden. 100 Schnitzel für das Stift, zehn für die Schänke. So bekam er die Kostenseite für das Lokal gut in den Griff. Mit der Ausnahme des Biers sollte sie künftig gegen null tendieren. Ging sie noch einmal durch und fand, dass er noch friedlich geblieben war. Hätte auch ganz anders auftrumpfen können, aber dazu war er nicht der Typ. Alles in allem war er eigentlich bescheiden. Gönnte sich nicht viel. Fuhr ein altes Auto, der letzte Urlaub lag Jahre zurück, und das Rauchen hatte er auch aufgegeben. Legte regelmäßig etwas zurück für später – ganz modern, investierte in Fonds. Ging zweimal im Jahr zur Jagd und zwei-, dreimal im Monat ins Bordell. Ließ sich aber zu nichts verleiten, was teuer werden konnte. Er kannte seine Grenzen, war schnell zufrieden. Er fand nicht, dass er sich deshalb Prasserei vorwerfen müsste. Eine Frau wäre auf Dauer teurer gewesen, wesentlich teurer. Krawotz sah doch, was die Jungs so ausgaben. Einen Wunsch hatte er allerdings, vielleicht zwei. Mal wieder Urlaub machen und ein anderes Auto. Er dachte an einen Geländewagen. Nicht, weil er in den Dreck wollte, sondern wegen des bequemen Einstiegs. Die Dinger waren groß. Man saß bequem, kam gut rein und raus. Sie waren allerdings teuer. Jedenfalls die, die ihm gefielen. Aber jetzt waren die Dinge in Bewegung geraten.

Krawotz stand auf und griff nach einem Umschlag, der oben in dem Regal über dem PC lag. Stöhnte laut. Er kannte das, es würde jetzt drei, vier Tage so bleiben.

Sicherlich, er hätte zum Arzt gehen und sich eine Spritze geben lassen können. Aber er wusste doch, was der ihm sagen würde, er wusste doch, dass er zu viel auf den Rippen hatte.

Er steckte die Liste in den Umschlag und lachte leise, als er sich Thanats Gesicht vorstellte, nachdem der sie gelesen hatte. Als Motivationshilfe legte er eine Aufzählung der unbegründeten Abgänge dazu. Das sollte reichen, um Nachfragen zu unterbinden. So sollte es sein: Er schrieb Rechnungen, und die Heimleitung zahlte. Leise und geräuschlos. Krawotz ging in den Schankraum, sah den schlafenden Kanzler und war zufrieden. War schon gut, einen Hund im Haus zu haben.

*

Kugelmeyer schloss die Wohnungstür auf, legte die Schlüssel unter den Spiegel im kleinen Flur und ging sofort ins Esszimmer. Stand vor dem Bild mit dem Treffer im See, nahm es ab und betrachtete das Loch in der Wand. Er stellte sich auf die Zehenspitzen, kniff ein Auge zu und inspizierte es. Eine dumme kleine Show. Er führte sich auf, als sähe er alles zum ersten Mal. Leider fand sein Auftritt ohne Publikum statt. Kugelmeyer war alleine im Zimmer. Er nahm das Bild in die Hand, betrachtete die Rückseite und dann noch einmal das Bild. Bergsee im Sonnenauf- oder -untergang in Öl. Müsste sich, seiner Meinung nach, wieder hinbiegen lassen. Ein geschickter Maler sollte das schaffen. Von hinten Leinwand auf das Loch und von vorne etwas, das die Ränder des Lochs überdeckte. Ein Inselchen vielleicht? War eine Möglichkeit. Egal, was es kosten würde, das Problem musste vom Tisch.

Er hängte das Bild wieder an die Wand und steckte den Kopf in die Küche. Fühlte sich gut vorbereitet. Seine Frau war stinkig auf ihn. Zu Recht. Er würde alles zugeben, auf besondere Umstände plädieren und den Vorschlag mit dem Inselchen machen. Wenn sie das nicht wollte, irgendwie anders restaurieren und das Ganze ins Schlafzimmer hängen. Da würden es ihre Eltern nicht sehen. An die Stelle des roten Sees musste dann natürlich etwas anderes. Das würde sich schon regeln lassen. Wichtig war, dass er den Kopf für das freibekam, was ihn beschäftigte. Kugelmeyer vertraute seinem Bauch, und der sagte ihm, dass etwas Größeres auf ihn zurollte.

Er zog den Kopf aus der leeren Küche und rief seine Frau. Klang fast fröhlich. Sie war schon auf dem Weg nach unten. Kam die Treppe runter, und Kugelmeyer stand wieder mit dem Rücken zur Wand. Wie bei Kanzler.

»Tut mir Leid. Ich wollte dich vorhin nicht anfahren. Der blöde Hund hat mich gebissen, war eine ziemlich stressige Situation.«

Zum Beleg drückte er mit dem linken Arm seinen rechten vor die Brust. Seine Frau setzte sich an den Tisch, steckte ihr Taschentuch in die Hosentasche, holte es wieder hervor, schnäuzte sich und zog die Ärmel ihrer Jacke über die Hände, als sei ihr kalt.

Sie schwieg.

»Entschuldige«, sagte Kugelmeyer und setzte sich ebenfalls. Verkniff sich alle Erklärungen, die seine Schuld relativierten, obwohl es seiner Meinung nach eine Menge mildernde Umstände gab. War bereit, der Buhmann zu sein, der, der aus bestenfalls kindischen

Motiven in Bilder von Schwiegermama und Schwiegerpapa ballerte. Wenn er dafür alles nur abkürzen konnte. Keine Diskussion, kein Lamento. Draußen lauerte das Böse, gut getarnt und versteckt, und er, Kugelmeyer, hatte es getroffen. Nachts auf einer Kreisstraße, mit dem Dienstwagen in den Kofferraum. Der Unfall hatte so sein sollen. Vielleicht war es seine Bestimmung, an dieser Stelle und an diesem Ort zu kämpfen. Vielleicht ergab alles am Ende doch noch einen Sinn. Das war etwas anderes als die Krempel klauenden Idioten, mit denen er sonst »Hasch mich« spielte. Das war das wirklich Böse.

Zugegeben, das klang pathetisch, aber es war dieses euphorische Gefühl, das seine Gedanken trieb, und das galt es zu verteidigen gegen rot verheulte Augen, gegen diesen »Ich-leide-« und »Was-tust-du-mir-an-Blick«. Verdammt, Frauen leben in Beziehungen, Männer im Krieg. Und Krieg ist immer und überall, im ganzen Leben. Und seins hatte vor ein paar Minuten angefangen, wieder Spaß zu machen.

Kugelmeyer legte nach: »Entschuldige bitte, ich bin ein wenig durcheinander nach allem. Außerdem habe ich Ärger mit Möllendiek. Das alles ist nicht leicht für mich.«

Der letzte Satz war ein Fehler. Kugelmeyer wusste es, als er ihn ausgesprochen hatte.

»Das ist nicht leicht für dich?«, fuhr sie ihn an. »Hast du dir mal überlegt, wie du mich behandelst?«

»Was meinst du?«

»Was ich meine? Du ignorierst mich, du provozierst mich, lässt den Dreck liegen, schießt im Zimmer rum. Das meine ich.«

Kugelmeyer schwieg überrascht.

»Du bist wie eine Wand. Du sagst nichts, alles ist dir egal. Und wenn ich dir etwas Wichtiges mitteilen will, brüllst du mich an. Ich kann überhaupt nicht mehr mit dir reden.«

Oh Gott, dachte Kugelmeyer, sie will das klärende Gespräch.

Das war ein feststehender Begriff in ihrer Ehe. Das »klärende Gespräch«. Sie nannte es so, er sah eigentlich keinen Anlass, Worte für etwas zu suchen, was er ohnehin lieber vermied. Das ganze Gerede brachte doch nichts. Sie kauten immer nur die gleichen Probleme mit den gleichen Ergebnissen durch. Das »klärende Gespräch« sorgte trotzdem für Bewegung. Sie wollte es, er wollte es vermeiden. Wenn es drohte, war er auf der Hut. Denn davon profitierte nur sie. Frauen profitieren vom Reden. Männer profitieren von Ergebnissen. Und Ergebnisse gab es keine, weil für das einzig Sinnvolle, die Trennung, bei beiden die Kraft wohl nicht reichte. So sah er es.

»Gott! Das mit dem Loch hatte doch nichts mit dir zu tun, auch nicht mit deinen Eltern. Es war einfach nur blöd.«

Sie sah ihren Mann an und suchte nach etwas, was sie verstehen konnte.

»Warum machst du das? Elmar, das ist doch nicht normal, wenn man in der Wohnung auf Bilder schießt. Ich möchte das verstehen, aber dazu müssen wir miteinander reden.«

»Das weiß ich! Es hat aber wirklich nichts mit dir zu tun. Ich habe Druck gekriegt wegen des Unfalls. Ich bin mir allerdings sicher, dass an dem Subaru etwas faul ist.

Aber da stehe ich alleine. Möllendiek will es vertuschen. Das ärgert mich.«

»Und deshalb schießt du in der Wohnung rum?«

»Nicht nur deshalb. Ich hatte auch schlecht geträumt und mich geärgert.« Er stockte, warf ihr einen Blick zu und stellte vorsichtshalber klar: »Über mich selber.«

Seine Frau sah ihn an. Ratlos, aber voller Entschlossenheit, diese Ratlosigkeit nicht zu akzeptieren.

»Elmar, so geht das nicht weiter. Du ziehst dich zurück, schon lange. Wir leben nicht miteinander, sondern nebeneinander. Und manchmal nicht einmal das. Von dir kommt nichts außer diesen dummen kleinen Provokationen wie der Dreck, den du liegen lässt. Damit kannst du mich nicht ärgern, aber wenn es jetzt schon so weit ist, dass du hier rumschießt – das reicht.«

Kugelmeyer zog innerlich den Kopf ein. Ahnte, was kommen würde. Sie hatte schon mehrere Anläufe unternommen, die er bislang aber alle hatte abwehren können: Paartherapie! Quatschen unter Aufsicht.

»Ja«, sagte Kugelmeyer, »wir können ja mal wieder wegfahren. Vielleicht übers Wochenende.«

Ein Angebot. Sie hatte öfter mal vorgeschlagen, ein paar Tage alles stehen und liegen zu lassen und aus dem Alltag zu entfliehen. Vielleicht die letzte Möglichkeit, das Schlimmste zu verhindern.

»Ja, das vielleicht auch. Aber ich denke, wir brauchen Hilfe, Elmar. Ich hoffe, du siehst das ein. So hat unsere Beziehung keine Zukunft mehr, das muss dir klar sein.«

Ursel Kugelmeyer sah ihren Mann fragend an. Er nickte.

»Elmar, willst du das überhaupt, willst du, dass wir es versuchen?«

Kugelmeyer nickte erneut: »Sicher.«

»Elmar, du sagst das, als hätte ich dich gefragt, ob du Kaffee möchtest.«

»Nein, das stimmt nicht. Es ist nur alles so viel auf einmal. Mein Gott, ich baue diesen blöden Unfall, habe das Gefühl, dass irgendetwas nicht stimmt, bin jetzt vermutlich einem Mord auf der Spur, der Hund beißt mich, und wir haben Stress.«

Kugelmeyer presste seinen Arm immer noch gegen den Bauch und ließ die Schale mit dem Obst, die auf dem Tisch stand, nicht aus den Augen. Der Satz hatte ihm Luft verschafft, sie schwieg! Schwieg lange.

»Sorry«, schob er nach, »es ist wirklich schwierig. Es hat sich alles überschlagen in den letzten Stunden.« Kugelmeyer sah seine Frau an: »Von mir aus können wir einen Termin bei dieser Therapeutin machen, von der du schon mal geredet hast. Ist vielleicht das Beste.«

Natürlich war ihr seine schnelle Kompromissbereitschaft nicht geheuer.

»Es geht nicht darum, einfach einen Termin zu machen, du musst wirklich an unserer Beziehung arbeiten wollen.«

»Das weiß ich«, gab Kugelmeyer dosiert gereizt zurück. »Aber bitte! Es gibt auch Tage in der Schule, da möchtest du vermutlich nicht an unserer Beziehung arbeiten.«

Ursel Kugelmeyer nickte. Sie musste ihm Recht geben. Sie lenkte ein, vorerst.

»Wohin hat der Hund dich denn gebissen?«

»In den Arm, tut aber nicht sehr weh.«

»Willst du ihn anzeigen?«

»Nein, dieser Krawotz ist wichtig. Ich glaube, er weiß

mehr, als er mir gesagt hat. Klingt komisch, aber sein blöder Hund war für mich ein Vorteil. Ich konnte ihn dadurch ein bisschen unter Druck setzen. Ich denke, freiwillig hätte der nie geredet.«

»Um was geht es denn?«

»Ich weiß es noch nicht genau. Aber irgendwie hängt das alles zusammen. Der Selbstmord dieses Trainers, Frank Altmann, der ist merkwürdig, macht irgendwie keinen Sinn. Der hatte eigentlich gar keinen Grund, sich umzubringen. Und dann dieser Alte aus dem Heim, der seit ein paar Tagen verschwunden ist. Da muss ein Zusammenhang bestehen. Das ist auch merkwürdig. Weil das einer war, der im Rollstuhl saß und sich eigentlich gar nicht mehr bewegen konnte. Von alleine soll der gar nicht mehr in der Lage gewesen sein abzuhauen.«

»Glaubst du, dass er umgebracht worden ist?«

»Ich weiß es nicht, aber seltsam ist es schon.«

Kugelmeyer sah durch die Terrassentür nach draußen. Sollte sie sich um einen Termin kümmern. Vermutlich würde es Monate dauern. Viel Zeit.

»Ich will nachher mal mit diesem Trannert oder Tanert reden.«

Ursel Kugelmeyer sah ihren Mann an.

»Wir sind aber noch nicht fertig, Elmar.«

»Ich weiß, aber alles an einem Tag ist vielleicht auch etwas viel.« Er stand auf: »Ich mache mir noch so eine Suppe. Willst du auch eine?«

Seine Frau schüttelte den Kopf und blieb sitzen. Kugelmeyer verschwand in der Küche und kam nach drei Minuten mit zwei Suppen zurück: »Komm, ein bisschen was musst du auch essen.« Er stellte sie vor seine Frau und lächelte verlegen. Sie lächelte ebenfalls und nahm den Löffel.

Kugelmeyer setzte sich auf seinen Platz, rührte mit dem Löffel durch die heiße Suppe, blies und ging mit sich selber hart ins Gericht. Alles nur wegen eines völlig überflüssigen Schusses in ein blödes Bild. Aber das Schlimmste war wohl überstanden.

KAPITEL 6

Das St.-Ludgerus-Stift in Drolshagen lag ein wenig außerhalb des Ortskerns, am westlichen Rand der Stadt in einem lang gestreckten Tal in Richtung Benolpe. Früher ein wenig einsam gelegen, kam die Stadt seit ein paar Jahren mit jedem neuen Bauprojekt ein bisschen näher. An der Nordseite des Tals mit Wohnbebauung, an der Südseite mit einem kleinen Gewerbegebiet. Das alte Klostergebäude war dicht an einen bewaldeten Hang gebaut und wurde durch einen bröckeligen Asphaltweg mit Brücke über ein Rinnsal erschlossen, das lediglich während der Schneeschmelze und nach besonders starken Niederschlägen nennenswert Wasser führte.

An der Pforte hatte Schwester Walburga Kugelmeyer in Empfang genommen. Sie war ein merkwürdiges Wesen: so groß wie Kugelmeyer, ziemlich kräftig, nicht zu übersehen und trotzdem schwer zu fassen. Sie bestand aus Namen und grauem Habit. Ein Gesicht mit vertrauten Zügen, aber ohne die Möglichkeit zum »Sieht-Aus-Wie-Vergleich«. Zu beliebig. Ein Gesicht, das harmonierte mit der Schlichtheit und dem Grau der Schwesterntracht und mit der Fähigkeit, sich selbstständig in dem Moment aus Kugelmeyers Gedächtnis zu löschen, als sie sich umdrehte, um vorauszugehen.

»Trannert«, hatte Kugelmeyer gesagt, nachdem er sich vorgestellt hatte. »Ich möchte gerne Herrn Trannert sprechen.«

»Thanat«, korrigierte sie, war dabei aber schon in der Drehung.

In ihrem Gefolge war es Kugelmeyer unmöglich, Atmosphäre aufzunehmen. Bei mehr als einhundertsiebzig Pulsschlägen kann das niemand. Schritt halten war schwer, obwohl sie es war, die die Türen zum Treppenhaus und in die Flure öffnete. Im Nachteil war Kugelmeyer schon nach wenigen Metern. Die erste Treppe ein Fiasko. Sie nahm immer zwei Stufen auf einmal, Kugelmeyer mit anfänglichem Selbstbewusstsein ebenso. Sie lief innen am Geländer und zog sich hoch, er war außen und stemmte sein Gewicht. Hatte schnell ihre schwarzen Sandalen auf Augenhöhe. Solche Gesundheitsdinger mit Fußbett. Hatte eine Bemerkung über gute Schuhe auf den Lippen, verkniff sie sich aber. Hätte nach Luft schnappen müssen, war ihm peinlich. So peinlich wie die Tatsache, dass er schwitzte und die Oberschenkel brannten.

Kugelmeyer kämpfte verbissen um Anschluss und hatte das Gefühl, vorgeführt zu werden. Walburga nahm auf keinen Fall den direkten Weg zum Ziel. Sie flog durch Gänge, warf einen Blick durch die eine oder andere Tür, griff nach einem Ordner, der vergessen auf einem Tisch lag und nahm sofort wieder Tempo auf. Auf der zweiten Treppe hielt er sich ebenfalls innen, um den Vorteil des Geländers zu haben, tat sich aber keinen Gefallen damit. Die Koordination stimmte nicht, entweder die Arme zogen, oder die Beine stemmten. So war beides schwer.

Schwester Walburga wartete auf ihn, hielt ihm die Tür auf und hatte vermutlich die Zeit gestoppt, die sie ihm auf der zweiten Treppe abgenommen hatte. Das vergessene Gesicht kam zurück, sah den schnaufenden Kugelmeyer und konnte regungslos lächeln. Vielleicht sah er aber auch nur, was er erwartete: den Blick einer Siegerin am Ende der Treppe.

»Für eine Nonne sind Sie aber gut in Form«, quetschte Kugelmeyer zwischen zwei Atemzügen heraus und hätte das »Für eine Nonne« im gleichen Moment gerne wieder zurückgenommen. Er rechnete mit einem Einwand, mit einer überraschten, vielleicht sogar gekränkten Reaktion. Schwester Walburga schwieg, ignorierte seine Bemerkung aber nicht, sondern reagierte mit einem Blick, den er aus seiner Schulzeit kannte. Latein war nie seine Stärke gewesen. In der zehnten Klasse hatten sie einen Lehrer, der ihn schnell aufgegeben hatte. Klassenarbeiten bekam er im zweiten Halbjahr wortlos, aber mit diesem kurzen Blick aus Resignation und Verachtung zurück. Schwester Walburga konnte das auch. Wortlos hatte sie ihm eine Dienstuntauglichkeitsbescheinigung ausgestellt.

Mein Gott, dachte der sich geprügelt fühlende Kugelmeyer. Mehr war nicht möglich. Er musste sich auf den zehn Metern bis zu Thanats Büro erst wieder sortieren.

»Kugelmeyer?«, fragte Thanat freundlich lächelnd. »Sie müssen entschuldigen, kennen wir uns?«

Er stand auf, ging um seinen Schreibtisch herum und hielt seinem Besucher die ausgestreckte Hand entgegen.

Ein warmer Empfang, kein Vergleich zur Eismaschine, die immer noch in der Tür stand.

»Sie müssen mit einem wie mir ein bisschen Nachsicht üben. Es ist entsetzlich, aber ich vergesse alles Mögliche. Leider auch Namen. Wissen Sie, wenn man die Fünfzig mal überschritten hat, geht es bergab. Furchtbar, aber es ist so. Ich denke zwei, drei Jahre ziehen die mich hier noch mit durch, dann kaufe ich mir einen Dackel und gehe Enten füttern. Ein junger Kerl wie Sie macht sich darüber natürlich noch keine Gedanken.«

Thanat drückte Kugelmeyer die Rechte deutlich fester, als der es von einem rapide abbauenden Fünfziger erwartet hätte. Kugelmeyers Erwiderung blieb schlaff. Beim Versuch zu drücken, hing ihm Kanzler wieder am Arm.

»Nein«, erwiderte er ebenfalls lächelnd, »wir kennen uns noch nicht.«

»Setzen Sie sich doch!«

Thanat gab Kugelmeyers Hand frei und wies auf den Stuhl vor seinem Schreibtisch.

»Unsere Schwester Walburga hat Ihnen schon das Haus gezeigt?«

Thanat setzte sich wieder hinter den Schreibtisch und warf dem überrascht wirkenden Kugelmeyer einen fragenden Blick zu. Er zog dabei ein Taschentuch aus der Hose und wischte sich die Hände ab. Kugelmeyer schwitzte immer noch.

Er nickte: »Das kann man so sagen.«

Thanat grinste und steigerte sich in ein vergnügtes Kichern: »Das macht sie gerne.« Er warf einen Blick über Kugelmeyers Kopf in Richtung Tür. »Möchten Sie bei uns bleiben? Vielleicht hat der Hauptkommissar auch Fragen an die Pflegedienstleitung.«

Keine Antwort. Stattdessen fiel die Tür leise klickend ins Schloss. Kugelmeyer hatte Schwester Walburga nicht gehen gehört, er wusste nicht, ob sie zu zweit oder zu dritt im Raum waren. Wenn sie geblieben war, stand sie an der Tür, in Kugelmeyers Rücken. Ein eher unangenehmes Gefühl, das er aber nicht zugeben wollte. Es sollte einem Polizeihauptkommissar kein Unbehagen bereiten, wenn eine Nonne hinter ihm stand. Auch nicht, wenn es sich um eine wortkarge und gut trainierte Nonne handelte.

»Hauptkommissar Kugelmeyer«, sagte Thanat, setzte sich und fixierte seinen Besucher. »Wem kann ich helfen? Dem Hauptkommissar oder dem Herrn Kugelmeyer?«

»Dem Hauptkommissar, fürchte ich«, antwortete Kugelmeyer und versuchte sich an einem zynischen Lächeln. Er musste raus aus der Defensive.

»Fürchte ich?« Thanat warf sich in Pose. »Den Kugelmeyer fürchte ich, der Hauptkommissar ist willkommen.«

Er beugte sich nach vorne, warf einen kurzen Blick in Richtung Tür und stützte sich mit beiden Händen auf dem Schreibtisch ab.

»Den Hauptkommissar schicken die Götter, mit dem kann ich offen reden.«

Thanat lehnte sich zurück in seinen Ledersessel und entspannte demonstrativ, redete schnell, fast beiläufig: »Der Hauptkommissar vertritt das Gesetz. Gut so! Wir reden über Recht, wir reden über Ordnung, wir reden über Schicksale, über Menschen.« Thanat machte eine abwehrende Handbewegung. »Fürchte ich? Nie! Im Gegenteil, ich würde mich freuen. Wissen Sie«, er kam wieder hoch, rutschte mit dem Sessel etwas näher an den Schreibtisch und beugte sich leicht nach vorne, »eigentlich«, er stockte, schien nachzudenken und grinste verlegen, »ja, eigentlich müsste ich mich vermutlich am Ende des Gespräches bei Ihnen entschuldigen.«

Er sah Kugelmeyer ins Gesicht, und es hatte den Anschein, als sei er vom eigenen Gedanken überrascht.

»Ich kenne mich doch. Vermutlich würde ich Sie als Therapeuten missbrauchen. Würde Ihnen alles das, was man hier erlebt und kaum verarbeiten kann, vor die Füße werfen. Nein, nein, Herr Hauptkommissar, Sie sind willkommen.«

Thanat schwieg, verharrte in der über den Schreibtisch gebeugten Position, ließ Kugelmeyer aber nicht aus den Augen. Er atmete mit einem kleinen Seufzer aus und sprach leise weiter.

»Herr Kugelmeyer? Das ist etwas anderes.«

Er lehnte sich mit Schwung zurück, ging auf Distanz. Schloss die Augen und faltete die Hände vor der Brust wie zum Gebet. Die beiden Zeigefinger bildeten ein Türmchen, das zur Decke zeigte, sich dann aber senkte und wie eine Waffe auf Kugelmeyer zielte.

»Wollen Sie wissen, warum?«

Kugelmeyer saß vor dem Schreibtisch und nickte wider Willen. Keine Chance, die Initiative an sich zu ziehen. Wieder stellte Thanat die Frage. Das störte nicht sonderlich, er konnte warten, aber der kurze Blick zur Tür nervte. Thanat hatte die Frage gestellt und anschließend zur Tür gesehen, so, als erwarte er von dort Zustimmung für seine rhetorische Frage. Ein dummes Spiel, fand Kugelmeyer. Die Nonne, unsichtbar in seinem Rücken, nervte ihn. Er sah zur Seite und begann eine Drehbewegung, als Thanat ihn stoppte.

»Der Herr Kugelmeyer hat ein Entsorgungsproblem.«

»Wie??«

Thanat zuckte mit den Schultern und schloss die Augen. Er richtete sich wieder auf und sah Kugelmeyer müde an. »Nennen Sie es, wie Sie wollen. Da werden wir uns schnell einig. Das ist mir gleichgültig. Aber der Herr Kugelmeyer kommt her, setzt sich vor meinen Schreibtisch und will belogen werden.«

Thanat schien in sich zusammenzufallen, wirkte kraftlos und zermürbt. »Dem Herrn Kugelmeyer muss ich was erzählen. Von einem schönen Lebensabend, von der Lebensfreude, die auch alte Menschen wieder entdecken können. Von den schönen Zimmern mit Sonne am Morgen oder Sonne am Abend. Von der schönen Natur, den kurzen Wegen. Von den vielen schönen Veranstaltungen, der Geselligkeit. Ich muss reden, bis Herr Kugelmeyer sein schlechtes Gewissen im Griff hat.«

Thanat ließ beide Arme auf die Lehnen sinken und hielt sich fest, als sei ihm schwindelig.

»Wissen Sie, manche der Damen und Herren Kugelmeyer machen es mir nicht leicht. Das schlechte Gewissen zu beseitigen, gehört für sie zum Service. Sie sagen das nicht, sie denken es vielleicht auch nicht wörtlich, aber sie verhalten sich so.«

Das Schloss der Tür in Kugelmeyers Rücken klickte erneut. Entweder war Walburga jetzt hinausgegangen oder wieder hereingekommen. Zu hören war nichts. Wenn sie sich im Raum befand, stand sie vollkommen still. Kugelmeyer machte einen zweiten Versuch, sich umzudrehen. War nicht einfach für ihn, nach dem Unfall war er immer noch ein wenig steif. Um die Türe zu sehen, hätte er sich um einhundertachtzig Grad wenden, sich mit den Armen im Stuhl abstützen und mit dem ganzen Oberkörper drehen müssen. Thanat hatte für einen Moment geschwiegen und Kugelmeyers ungelenken Bewegungen zugesehen.

»Haben Sie ein Problem mit dem Rücken?«

Kugelmeyer brach das Wendemanöver ab, sah Thanat an und nickte.

»Ja, Schleudertrauma, klingt aber schon wieder ab.«

»Na, nehmen Sie das mal nicht auf die leichte Schulter. Ein Unfall?«

»Ja, aber halb so wild. Kleiner Auffahrunfall, eigentlich harmlos.«

Thanat schüttelte nachdenklich den Kopf: »Und dann gleich wieder im Dienst? Keine Erholungspause?«

Mit einer Handbewegung wischte Kugelmeyer die Frage beiseite: »Kleinigkeit.«

»Na dann«, lächelte Thanat, »wo waren wir stehen geblieben? Ach ja, ich hatte mit meinen Bemerkungen über das schlechte Gewissen, das immer und ewig über diesem Stuhl dort schwebt, um Ihre Aufmerksamkeit gekämpft. Aber gut, lassen wir das. Ich will Sie nicht langweilen. Herr Hauptkommissar, was kann ich für Sie tun?«

»Sie haben mich nicht gelangweilt. Im Gegenteil, es ist eher überraschend, wenn es jemand in dieser Deutlichkeit formuliert. Ich meine das, was Sie ein »Entsorgungsproblem« nennen. Ich denke, es gibt schon gute Gründe dafür, dass jemand seinen Lebensabend im Altenheim verbringt.«

»Aber natürlich«, stimmte Thanat fast fröhlich zu, »sicher. Wir haben fast hundert gute Gründe hier im Haus. Es könnten noch viel mehr sein. Die Frage, die man sich auf dieser Seite des Schreibtisches allerdings stellen muss, ist die Frage nach dem Akkusativ. Gute Gründe für wen? Für den Herrn Kugelmeyer oder für die Frau Mutter des Herrn Kugelmeyer?«

Thanat hatte »den« und »die« mit einer Grimasse betont.

»Das Ergebnis ist am Ende immer das gleiche, aber in der Argumentation muss man sich schon ein bisschen einstellen, verstehen Sie?«

Kugelmeyer zuckte mit den Schultern: »Ist vielleicht auch nicht so wichtig.«

»Nicht so wichtig?« Das Echo von der anderen Seite des Schreibtisches kam laut und theatralisch. »Kugelmeyer, mein lieber Kugelmeyer, das sehen Sie falsch! Ganz falsch. Entschuldigen Sie, wenn ich so direkt werde. Nicht wichtig? Sie sitzen hier an einer Nahtstelle der Gesellschaft. Sie verläuft an diesem Schreibtisch. Ja, hier! Zwischen Ihrem und meinem Stuhl.«

Kugelmeyer mochte Thanat die zur Schau gestellte Entrüstung nicht recht abnehmen.

»Sehen Sie nicht, was los ist? Lesen Sie keine Zeitungen? Unsere Gesellschaft überaltert, Kugelmeyer. Gehen Sie durch die Straßen, kaufen Sie ein, fahren Sie mit dem Auto von A nach B. Sehen Sie in die Gesichter. Unsere Gesellschaft ist alt, und sie wird immer älter. Und wenn ich sage, Sie sitzen an einer Nahtstelle, dann meine ich das so: Es ist ein Unterschied, ob Sie als Politiker das Problem aus den Akten kennen, ob Sie als Statistiker kopflastige Pyramiden malen, als Journalist ein mahnendes Artikelchen schreiben oder ob Sie das Problem auf der anderen Seite des Schreibtisches sitzen haben. Verstehen Sie?«

»Ja, ich denke schon.«

»Nein, das tun Sie nicht.«

Thanats Antwort kam schnell und aggressiv.

»Entschuldigen Sie, wenn ich das so sage, Herr Hauptkommissar, aber das tun Sie nicht. Sie erkennen die Dimensionen doch gar nicht. Die industrialisierte Welt, Herr Hauptkommissar, steht vor einem Problem, das es so noch nie zuvor gegeben hat.« Thanat redete schnell und wurde lauter. »Millionen von Menschen brechen mit den jahrtausendealten Konventionen aller Gesellschaften.«

Er machte eine Pause, als wolle er Kugelmeyer eine Chance geben, von alleine darauf zu kommen, welche Konventionen er meinte.

»Sie sterben nicht«, sagte er mit einem Schulterzucken, »Kugelmeyer, sie bleiben. Sie bleiben einfach sitzen und wollen nicht sterben. «

Thanat machte erneut eine kurze Pause, zog die Augenbrauen hoch und hob wie zur Verteidigung die Hände: »Verstehen Sie mich nicht falsch. Das ist keine Kritik, ich verstehe das. Ich verstehe das wirklich, auch wenn ich als Angestellter einer kirchlichen Institution darauf verweisen muss, dass diese Beharrlichkeit im Leben und das mittlerweile doch sehr distanzierte Verhältnis zum Tod ein wenig Gottvertrauen vermissen lassen. Ich sage das jetzt ganz selbstkritisch: Das ist kein Kompliment für unsere christlichen Kirchen. Manchmal meine ich, dass unsere muslimischen Freunde da ein wenig erfolgreicher sind.«

Thanat stutzte, schien überrascht von seiner eigenen Offenheit und warf einen fragenden Blick zur Tür.

»Ich schweife ab, entschuldigen Sie, ich will Sie nicht über Gebühr belästigen. Aber Sie sollen das verstehen. Ich habe Ihnen ein Problem beschrieben. Das können viele, tun auch viele. Der Unterschied: Wir müssen das Problem hier nicht nur beschreiben, wir müssen es lösen. Dies ist der Ort, der Lösungen anbietet.«

Er nickte, als habe er den Vortrag für sich selbst gehalten und wolle Zustimmung signalisieren – wieder mit Blick zur Tür.

»Ein Satz nur noch: Wussten Sie, dass es so etwas wie ein Qualitätsmanagement nicht nur für Industriebetriebe, sondern auch für Altenheime gibt? Wussten Sie das?«

»Nein«, gab Kugelmeyer zu.

»Wussten Sie, dass man von uns eine Zertifizierung verlangt, einen ständigen Prozess der Selbstprüfung und Verbesserung?«

»Nein, das wusste ich nicht.«

»Lebenswichtig! Pflegesätze, die Verhandlungen mit den Krankenkassen, alles hängt davon ab.«

Kugelmeyer schüttelte den Kopf: »Nein, das ist mir neu.«

»Industrielle Standards, wenn man so will. Nun bringen Sie das mit Altenpflege zusammen, bringen Sie das in Einklang mit dem Gesetz von Angebot und Nachfrage. Mit den Möglichkeiten der modernen Medizin und mit der Frage, ob es den christlichen Kirchen tatsächlich noch gelingt, die Perspektiven unseres Glaubens, die doch so hoffnungsvoll weit über das Diesseits hinausreichen, ich will mal sagen, offensiv genug zu vertreten. Ich frage Sie noch einmal. Verstehen Sie, Herr Hauptkommissar?«

»Ich bin nicht sicher«, antwortete Kugelmeyer zögerlich, hatte aber das Gefühl, dass Thanat etwas mehr erwartete. »In Ihre Aufgabe fließen wohl doch mehr Aspekte ein, als man sich das von außen so vorstellt.«

Thanat lächelte und machte mit den Händen eine einladende Bewegung: »Ihre Fragen, Herr Hauptkommissar.«

Kugelmeyer war auf den plötzlichen Schwenk nicht vorbereitet. »Ja«, er stockte, sah aus dem Fenster und versuchte sich zu konzentrieren, »wie Sie sicherlich wissen, hat Frank Altmann Selbstmord verübt.«

Kugelmeyer sah Thanat an, der den Kopf leicht zur Seite gedreht hatte, ihn aus dem Augenwinkel betrachtete und in eine Art Starre gefallen zu sein schien. Er saß regungslos in seinem Sessel. So regungslos, dass er zwangsläufig alle Aufmerksamkeit auf sich zog. Starre ist eine Ankündigung, sie muss sich lösen. Wer so sitzt, kippt anschließend entweder tot vom Stuhl, oder es knallt. Theater, dachte Kugelmeyer verärgert, er spielt Theater, eine dumme kleine Aufführung nur für mich.

»So weit wir das wissen, gab es in seinem privaten Umfeld eigentlich keinen Grund für einen solchen Schritt. Sind Ihnen Entwicklungen bekannt, die uns vielleicht weiterhelfen könnten?«

Thanat schwieg.

»Ich meine, er hat hier gearbeitet. Wenn jemand großen Kummer hat, bleibt das doch kaum verborgen.«

»Der, wie Sie es nennen, große Kummer des Herrn Altmann«, seufzte Thanat, »maß sich, so weit ich es weiß, in der Platzierung am unteren Ende einer Fußballtabelle.

Dazu kann ich nun wirklich gar nichts sagen, darüber wissen Sie mit Sicherheit mehr als ich. Ihre These, dass Frank Altmann hier gearbeitet hat, steht auf wackeligen Beinen. Er war hier beschäftigt und in weiten Teilen der Bevölkerung auch sehr populär. So populär, dass man von einem außertariflichen Kündigungsschutz reden kann. Mehr ist dazu nicht anzumerken. Eines vielleicht noch: Die Stelle wird nicht mehr neu besetzt.«

Kugelmeyer nickte: »Wissen Sie vielleicht, wo ich den Wagen des Herrn Altmann finden kann?«

»Nein, bestimmt nicht.« Thanat wirkte gelangweilt. »Noch eine Frage?«

»Ja, eine letzte vielleicht. Der verschwundene Rollstuhlfahrer …«

»Sagen Sie mal«, unterbrach ihn Thanat, »weshalb sind Sie hier?«

»Das sagte ich doch bereits, wegen Frank Altmann. Es gibt da allerdings möglicherweise einen Zusammenhang mit einem Unfall. Wir ermitteln in alle Richtungen. Deshalb auch die Frage nach dem verschwundenen Rollstuhlfahrer.«

Thanat blieb einen Moment stumm. »Wieso reden Sie von einem verschwundenen Rollstuhlfahrer? Es gibt keinen verschwundenen Rollstuhlfahrer. Wenn Sie Prälat Abel meinen, muss ich Sie korrigieren. Er war erstens kein Rollstuhlfahrer und ist zweitens nicht verschwunden. Ist Ihr Besuch eigentlich mit Viktor abgestimmt?«

»Viktor?«

»Möllendiek, Viktor Möllendiek.«

Kugelmeyer biss die Zähne aufeinander: »Wir haben Sonntag miteinander telefoniert.«

»Am Sonntag telefoniert? Ach Gott, mein lieber Hauptkommissar, da sollten Sie aber schleunigst etwas nachholen. Sie sind nicht mehr auf dem neuesten Stand. Wenn Sie möchten, können Sie gleich von hier aus Kontakt mit ihm aufnehmen. Ich habe die Durchwahl eingespeichert.«

»Nein«, wehrte Kugelmeyer ab. »Nicht nötig. Ich sehe ihn sowieso.«

Thanat grinste. »Schönen Tag noch, Herr Hauptkommissar.«

Kugelmeyer erhob sich, nickte kurz über den Schreibtisch, murmelte »Ihnen auch«, und wandte sich zum Gehen. Schwester Walburga stand in der geöffneten Tür, so wie sie gestanden hatte, als er sich beim Betreten des Büros an ihr vorbeigezwängt hatte.

»Sie zeigt Ihnen den Weg«, gab Thanat ihm mit.

Kugelmeyer hatte es eilig, das Gebäude zu verlassen. Der Eisblock im Habit hielt ihm die Tür auf und bestand darauf, dass er sich ein zweites Mal an ihm vorbeizwängte. Wohl kalkuliert: So dicht neben ihr spürte Kugelmeyer die Feindseligkeit auch körperlich. Schwester Walburga schlenderte aufreizend langsam durch Gang und Treppenhaus. Thanat hatte ihn abgefertigt, Walburga genoss schweigend.

Am Fuß der letzten Treppe machte sie einen Schritt zur Seite und gab den Weg zum Ausgang frei. Kugelmeyer warf ihr noch einen kurzen Blick zu und nickte, als wolle er sich bedanken. Nickte, weil man als Verlierer immer das Gefühl hat, die Regeln genau beachten zu müssen.

Kugelmeyer fühlte sich geprügelt. Er schnüffelte auf

eigene Rechnung, ohne Rückendeckung durch die Dienststelle, und Thanat hatte ihn erwischt. Das würde Ärger geben. Er schlurfte am Empfang vorbei nach draußen, atmete durch und hatte das Gefühl, wieder im richtigen Leben zu sein. Was für ein Ort! Lieber würde er früh sterben als seinen Lebensabend hier verbringen. Er hatte bei seinem Sprint durch die Etagen wenig aufnehmen können. Das, was hängen geblieben war, waren Menschen gewesen. Menschen, die herumsaßen, an Tischen, in Ecken, allein, zu zweit, zu mehreren. Menschen, die keine Notiz genommen hatten, die vor sich hinstarrten und taten, was man auch noch kann, wenn sonst nichts mehr geht. Sie warteten.

Sie bleiben einfach sitzen und wollen nicht sterben, hatte Thanat gesagt. Und: keine Kritik, ich verstehe das.

Kugelmeyer gruselte sich und wusste nicht, wovor. Vor dem Alter oder vor Thanat?

KAPITEL 7

In manchen Augenblicken dachte Krawotz schon über Kanzler VII nach. Der frühe Mittwochmorgen um 4.28 Uhr war so einer. Krawotz lag im Bett und fluchte. Fluchte leise und mit geschlossenen Augen in sich hinein. Sein Schlafzimmer lag nach hinten, zum kleinen Hof der Klosterschänke. Nicht Parterre, nicht erste Etage. Eine halbe Etage versetzt, darunter ein alter Lagerraum, halb in der Erde, so groß wie eine Garage und durch eine Doppeltür zugänglich. Im Hof standen die Mülltonnen, in warmen Nächten oft Sammelpunkt für streunende Katzen. Vor allem dann, wenn sie auf Brautschau waren. Krawotz schlief bei offenem Fenster. Immer, war gar nicht anders möglich. Die Fenster mussten geöffnet sein. Er bekam sonst schnell ein Gefühl von Atemnot.

Kanzler war ein guter Hund, aber er hatte aus Krawotz' Sicht eine Schwäche. Seine unerklärliche Toleranz im Umgang mit Katzen. Das Gefauche und die Lärmerei der Mistviecher schienen ihn kalt zu lassen. Durfte er einem Hund eigentlich nicht durchgehen lassen, aber seit der Sache mit diesem Kugelmeyer hatte er wieder Kredit. Krawotz war aufgewacht vom Krach der

Katzenbande, die sich jagte, prügelte und irgendetwas umgeworfen hatte.

Jetzt lag er im Bett und hatte die Beine angezogen. So war es auszuhalten. Den Versuch aufzustehen oder sich auf die Seite zu drehen, bezahlte er mit Schmerzen. Die paar Stunden im Bett hatten seinem Rücken kaum geholfen. Er hatte einen leeren Kasten Sprudel mit ins Bett genommen und sich eine Art Etagenbett gebaut. Tat dem Rücken gut, aber an Schlaf war so nicht zu denken. Schließlich hatte er den Kasten aus dem Bett gestoßen und irgendwie versucht, eine schmerzfreie Position zu finden, was ihm auch gelungen war, aber immer nur für kurze Zeit. Jede Bewegung quittierten die Bandscheiben mit stechendem Schmerz. Die angezogenen Beine waren gut für den Rücken, aber schlecht für die Knie. 4.31 Uhr. Wäre Unsinn gewesen aufzustehen.

Krawotz quälte sich trotzdem hoch, griff nach dem leeren Sprudelkasten, stellte ihn wieder ins Bett und legte die Beine drauf. Hätte eigentlich ein Kissen auf den Kasten legen müssen, weil so die Ränder in die Waden schnitten, aber dazu fehlte die Kraft. Schnaufend lag er im Bett, so, als habe er versucht, dreißig Meter zu laufen, und war froh, wieder zu liegen. Knie und Rücken entlastet. Das Licht auf dem Flur brannte, die Tür einen Spaltbreit offen. So war er's gewohnt, seit er denken konnte: Fenster auf, die Türe stand einen Spaltbreit offen, und das Licht brannte. So hatte ihn seine Mutter als Kind ins Bett gebracht, und so hatte er es belassen. Für den kleinen Bernd waren die Nächte oft voller Schrecken gewesen. Albträume, Einsamkeit. Er hätte gerne Geschwister gehabt, wenigstens für die Nacht. Aber da hatte nie Hoffnung bestanden. Seine Mutter war allein erziehend gewesen. Nannte man damals nur anders.

Von den Ängsten in der Nacht war natürlich nichts übrig geblieben. Er war ja erwachsen. Aber seine Schlafgewohnheiten hatten sich nicht geändert. Warum auch? War gut so. War eigentlich alles gut, so wie es war. Die Kneipe lief, er verdiente Geld mit der Küche im Stift, war anerkannt im Verein, und es blieb Zeit für den großen Fußball. BVB-Fan, die Europapokalspiele waren dienstags oder mittwochs, dann fuhr er nach Dortmund und blieb noch ein bisschen wegen der Mädels. Das war sein Leben, und er war zufrieden. Hätte ohne nachdenken zu müssen hundert Namen nennen können, die ihn beneideten. Hundert? Mehr, viel mehr. Er hätte nichts geändert, auch nicht, wenn er gekonnt hätte.

Hatte nur eine Scheißangst vor dem Tod.

Klar, alle haben Angst vor dem Tod, aber die meisten spüren sie nicht, machen sich keine Gedanken. Man spricht nicht drüber, aber wenn er das Gespräch zufällig mal in die Richtung lenken konnte, wurde es schon deutlich. Für die Jungs in seinem Alter, für alle unter Fünfzig, war's kein Thema. Für die Älteren schon, aber das war etwas anderes. Die machten sich Gedanken. Mussten sie ja auch. Die hatten ihr Leben gehabt, waren müde. Deren immer gleiches Gerede wollte er nicht hören. Er war anders, er stand noch im Leben. Hatte noch Lust! Lust auf Fußball, Lust auf die Mädels. War ja auch finanziell kein Problem.

Scheißtodesangst!

Sie war immer da, auch wenn er sie nicht spürte. Die Angst, sterben zu müssen, war das Monster in seinem Kopf. Manchmal war es nicht auszuhalten. Wochenlang, monatelang blieb sie ruhig, dann biss sie plötzlich zu, ohne Vorwarnung. Er wusste nicht, ob es vom Grübeln kam. Oder vom Alleinsein? Mochte er nicht glauben, weil er sich eigentlich nicht nur dran gewöhnt hatte, sondern es schon gar nicht mehr anders wollte. Hätte aus seiner Sicht auch keinen Sinn ergeben.

Aber das Tier im Kopf war da.

Dumm: Krawotz lag halbwegs schmerzfrei im Bett und bekam Durst. Kerl! Bemerkte erst durch den Durst, dass er stark geschwitzt hatte und immer noch schnaufte. Es half nichts, er musste runter in den Schankraum und trinken. Hatte vielleicht auch seine gute Seite, so konnte er nach Kanzler sehen. Er quälte sich wieder hoch, aber als er stand, war's besser als befürchtet. Die Nacht hatte doch etwas Linderung gebracht. Er bewegte sich lockerer als am Abend. Kanzler schlief in dem kleinen Flur vor seinem Schlafzimmer. Guter Hund! Er sah kurz auf, als er ihn hörte, wedelte und blieb liegen. Krawotz wertete die Ruhe des Hundes als gutes Zeichen. Fröstelte ein wenig und nahm sich vor, den Pyjama zu wechseln, bevor er wieder ins Bett ging. Er hatte wirklich stark geschwitzt. Er nahm ein Glas, goss Sprudel ein und lehnte sich mit dem Rücken zum Gastraum an die Theke. Tat gut.

Schon als Kind hatte er nachts immer Schatten gesehen.

Aus dem Augenwinkel nahm er eine Bewegung wahr, nichts Genaues, ein Schatten eben. Er wusste, dass er alleine im Raum war, wusste, dass er sich alles einbildete, und bekam trotzdem eine Gänsehaut. Das ging rasend schnell. Stand im Schankraum und hatte Angst, völlig unbegründet, aber nicht zu kontrollieren. Am Tag wär's kein Problem gewesen, aber draußen war's noch dunkel, da war er empfindlich. Bekam sich nicht in den Griff.

Begann, sich Sorgen zu machen. Nicht wegen der Angst, das Glas war's. Konnte es nicht loslassen. Hatte es in der Hand und würgte es. Würgte ein Glas! Der Schatten hatte ihn erschreckt. Eigentlich nur ein kleines Steinchen, aber eins auf einer Geröllhalde, das ein paar andere in Bewegung gesetzt hatte. Der Schatten eine Einbildung, nicht gefährlich, nicht real, nicht in seiner Kneipe. Das wusste Krawotz.

Der Schrecken, seine Panik, die Aktion mit dem Glas war allerdings real. Hatte so ein Gefühl, dass es unangenehm werden könnte. Er regte sich ein bisschen auf, spürte es am Herzschlag. Der legte zu. Legte, wenn er ehrlich war, sogar mächtig zu. Würde sich beruhigen können, wenn er das Glas aus der Hand bekäme. Ging aber nicht. Scheißglas. War körperlich in keiner besonders guten Verfassung, hatte keine Ahnung, wie lange sein Herz diesen Rhythmus beibehalten konnte. Gesund war die Aktion wohl nicht. Aber so schnell würde es nicht aufgeben. Bestimmt nicht, sein Herz nicht, das hatte noch Reserven. Wie viele weiß man allerdings erst, wenn man an die Grenzen gegangen ist. Sein Herz hielt was aus und er auch. Sogar die Schmerzen in der Brust. Hatte schon Schlimmeres überstanden. Konnte sich nur nicht daran erinnern. Aber irgendwann in seinem Leben musste er schon schlimmere Schmerzen ausgehalten haben. Musste einfach, wäre kein gutes Gefühl gewesen, wenn er sich hätte eingestehen müssen, allein in seiner Kneipe zu stehen und in seiner schlimmsten Krise zu stecken. Die Schmerzen in der Brust waren auszuhalten.

Wenn es ihm gelänge, ein wenig zu entspannen, würde sich das meiste von alleine finden – ganz sicher. Durchatmen und entspannen. Aber genau das ging nicht. Wurde zunehmend knapp die Luft. Wenig Sauerstoff im Raum. Musste nach der Luft schnappen. Er japste und pfiff.

Suchte nach einem Rückweg, entspannen, Luft holen, darauf warten, dass die Schmerzen abklingen. Fand ihn aber nicht. War in Gegenrichtung unterwegs. Lügen half nicht, die Schmerzen wurden unerträglich, und Luft gab's nur mit Teelöffelchen. Für einen, dessen Lungen nach Sauerstoff schrien, zu wenig, viel zu wenig.

Eine merkwürdige Zweiteilung im Kopf. Ein großer Teil war überschwemmt und ein bisschen außer Kontrolle. Ein denkender, beobachtender Teil hatte sich zurückgezogen, widerstand in kleinen Höhlen. Atmete Luft aber nur von Teelöffelchen, immer nur Teelöffelchen. Kleine, flache Stöße, viel zu wenig! Höhlen – Verstecke im eigenen Kopf. Hatte er als Kind entdeckt. Hatte damals eigentlich ständig Angst gehabt. Vor allem nachts. Hatte kleine Höhlen im eigenen Kopf entdeckt, in denen er sich sicher fühlte. Kinder haben noch Fantasie.

Aber an diesem Morgen war es anders. Sogar die Höhlen waren bedroht. Die Angst, sein Herz könnte versagen, sickerte ein und machte sich breit, drückte ihn heraus aus seinem Versteck, drückte ihn dorthin, wo die große Panik war. Begründete Panik!

Wünschte sich, den Sauerstoff tief in die Lungen pressen zu können. Funktionierte aber nicht. Er dippte nur in seine Lungen und verschwand sofort. Krawotz schlug sich mit der Faust auf die Brust, um zu öffnen, was gar nicht verschlossen war. Die Lungen brauchten

Luft, viel Luft, das war das Wichtigste. Die Panik brannte, fraß den Sauerstoff in ihm. Der Nachschub stockte, kleine Stöße, hektisch und flach. Konnte nicht mehr lange gut gehen. Würgte das Glas und spürte das rasende Herz. Musste sich beeilen mit dem Denken, würde wirklich nicht mehr lange gut gehen. Er fühlte Schmerzen und Atemnot und sah den Rand der Theke hoch über sich.

Schwer zu sagen, wie lange er gelegen hatte. Als er wieder zu sich kam, versuchte er sich zu erinnern. Was bei dem Krach allerdings schwer möglich war. Kanzler! Er lag vor ihm, die Vorderbeine gestreckt wie zum Spiel, und bellte. Krawotz hörte das Bellen, sah Kanzler und spürte dessen Zunge eher als den Schmerz. Mit ihm kam auch die Erinnerung. Er blieb liegen, drehte sich auf den Rücken, hielt Kanzler auf Distanz und atmete. Wer atmet, lebt, dachte er und versuchte, sich aufzurappeln. Wuchtete mehr als hundert Kilo Schmerzen in die Senkrechte und hielt sich an der Theke fest, weil ihm schwindelig war. Kanzler jaulte, wedelte mit dem Schwanz und gab ihm Geleit bis an die Bettkante. Das durfte er sonst nicht.

Es war schon nach neun Uhr, als Krawotz wieder zu sich kam. Er hatte geschlafen wie ein Toter. War spät dran, hätte eigentlich schon im Stift sein müssen. Setzte sich auf, tätschelte Kanzler, der neben dem Bett gewartet hatte, und machte eine kleine Liste im Kopf. Starke Schmerztablette, duschen, aber das Wichtigste zuerst: telefonieren und sich absichern. Er nahm das Handy vom Nachttisch und rief Dietmar Leowald auf dessen Handy an. Er wusste, dass es abgeschaltet war, Leowald nutzte es selten. Wollte auch nur auf die Mailbox sprechen. Wählte und fasste sich kurz. »Wenn was passiert«, sagte er, »liegt hier Post für dich. Ist wichtig. Der Sockel vom Kreispokal 1996, der in der Vitrine steht, ist unten offen.«

Er stellte sich vor, wie Leowald ihn irgendwann anrufen und fragen würde, was er gemeint habe. Ach, vergiss es, würde er sagen. War wahrscheinlich überflüssig gewesen, sich ans Telefon zu hängen.

Aber gut fürs Gefühl. Er quälte sich an den Schreibtisch, schaltete den Computer ein und machte seine Zeugenaussage. Eine Absicherung für den Fall, dass etwas passierte. Einmal in Fahrt, war er nicht zu stoppen. Schwarz auf weiß die ganze Wahrheit. Als er fertig war, legte er alles auf den Kopierer und fertigte eine Kopie. Schrieb es auch drauf: »Original«, »Kopie 2«. Fand, das sei eine gute Idee. Er wollte sie an unterschiedlichen Orten deponieren und dafür sorgen, dass die, die es wissen mussten, auch erfuhren, dass er sich abgesichert hatte. Er öffnete das Kuvert mit der Einkaufsliste für das Stift und ergänzte sie mit einem Hinweis auf eine sicher hinterlegte Aussage. Wer suchen wollte, sollte es tun. Falls alles unglücklich laufen würde, falls das Geschriebene in die falschen Hände gelangen sollte, so gab es immer noch eine Hürde: die Suche nach Kopie 1 – die konnte dauern. Es gab sie nicht.

*

Kugelmeyer saß am Mittwochmorgen wieder allein am Frühstückstisch. Er hatte sich Toast gemacht und vorgenommen, gleich nachdem er den Tisch abgeräumt hatte, zu laufen. War seit drei Jahren nicht mehr gelaufen. Ein paar fast neue Laufschuhe standen seither im Schrank. Schuhe mit einer Stütze für Überpronierer und hervorragenden Dämpfungseigenschaften für schwergewichtige Läufer. Sie waren ihm so empfohlen worden. Damals im Frühjahr, als das Wetter wieder erträglich geworden war, hatte er den Versuch gemacht, seine überflüssigen Pfunde mittels Sport zu reduzieren. Laufen war aber, wie er schnell herausgefunden hatte, nicht sein Ding, obwohl die Voraussetzungen ideal gewesen wären. Kleiner Wald fast vor der Haustür. Auch für Anfänger geeignet, weil – auf der kleinen Runde – fast eben. Im Sauerland muss man solche Strecken suchen. Aber das Problem war nicht die Strecke. Das Problem waren die anderen. Die Lauferei war, vor allem auf der kleinen Runde, Frauensache. »Hallo«, »hallo« – egal, wann er lief, er traf alle und kannte die meisten. Wäre gar nicht so schlimm gewesen, wenn man sich laufenderweise begegnet wäre. Gelaufen waren aber immer nur die anderen.

Kugelmeyer hatte sich beim Schuhkauf beraten lassen und für die Anfänger-Methode zwei Minuten laufen, eine Minute gehen entschieden. Musste seine Versuche aber nach zwölf Minuten in umgekehrter Reihenfolge fortsetzen – eine Minute laufen, zwei Minuten gehen. Und, wenn er ehrlich gewesen wäre, hätte er zugeben müssen, dass er Beginn und Ende der Zwei-Minuten-Pause locker nahm. Es ging also mehr in Richtung vier Minuten Pause, dreißig Sekunden laufen.

Zu Begegnungen kam es natürlich immer nur dann, wenn er gerade schlich. »Gehen ist keine Schande«, hatte der Typ im Laufladen gesagt und dabei gelacht, als ob er genau das Gegenteil meinte. War eigentlich nicht wichtig, wie der die Sache sah, für Kugelmeyer war's peinlich. Wer laufen will und gehen muss, gibt eine öffentliche Erklärung ab. Schwitzend und mit rotem Kopf. So was macht keiner gerne. Da kann man noch so freundlich »Hallo« rufen, rüber kommt etwas ganz anderes. Rüber kommt die Nachricht vom Schlappsack. Einmal hätte er das akzeptiert, zweimal vielleicht auch. Aber als er beim dritten Mal das Gefühl hatte, eher schlechter als besser geworden zu sein, brach er ab. Das muss man sich nicht antun, hatte er damals gedacht und sich im Nachhinein über seinen Versuch gewundert.

Drei Jahre später sahen die Dinge anders aus. Nach dem Frühstück wollte er laufen. Wenn möglich länger. Er nahm sich eine Stunde und damit die große Runde vor. Anspruchsvolle Strecke mit ein paar bösartigen Steigungen. Solche, die von unten wie »geht noch« aussehen, dann aber plötzlich in der Mitte knicken und steiler werden. Es war ihm egal. Was er nicht laufen konnte, würde er gehen, denn eine Stunde wollte er unterwegs sein – mindestens.

Kugelmeyer war motiviert.

Nicht wegen der Pfunde, Möllendiek hatte angerufen.

Er hatte gerade den ersten Schluck Kaffee trinken wollen, als das Telefon klingelte. Manchmal ist das eigene Unterbewusstsein ein netter Kerl. Kugelmeyer war überrascht, als Möllendiek sich meldete. Fand er im Nachhinein bemerkenswert. War am Tag zuvor mit der Gewissheit nach Hause gefahren, dass er Ärger bekommen würde, und hatte es völlig verdrängt. Musste es schon vergessen haben, als er den Schlüssel ins Schloss der Haustür steckte. Der Abend war völlig unkritisch gewesen, beide erschöpft. Fernsehen im Hintergrund und nach einem Anruf seiner Schwiegermutter ein längeres Gespräch über die anstehende Hüftoperation seines Schwiegervaters. Kugelmeyer hatte sich ereifert, vor den Ärzten des örtlichen Krankenhauses gewarnt und ein paar Geschichten vom Rollstuhl erzählt. Alles aus dem Fundus »Was man von den Kollegen so hört«. Sein Eifer war leicht zu erklären: Das Bild mit dem Einschussloch hing noch wie eine Drohung an der Wand. Da ist eine Hüftoperation ein dankbares Thema. Sie waren dann beide früh ins Bett gegangen.

»Kugelmeyer«, hatte er gesagt und sich wieder an den Frühstückstisch setzen wollen. Blieb aber stehen, als er »Möllendiek« am anderen Ende hörte. Die ersten drei Worte nach dem Namen lauteten: »Sagen Sie mal ...«. Es folgte eine im Tonfall aggressive Belehrung über die Pflicht des Beamten im Krankenstand zur Erholung und die im Detail begründete Ablehnung einer, wie Möllendiek sagte »außerdienstlichen Vermischung mit dienstlichen Angelegenheiten.«

»Sie meinen von«, sagte Kugelmeyer.

»Was??«

»Außerdienstliche Vermischung von dienstlichen Angelegenheiten.«

»Ist mir egal, ob mit oder von«, bellte Möllendiek, »Kugelmeyer, ich gebe es Ihnen auch gerne schriftlich. Die Sache mit dem Stift geht Sie nichts an, nicht solange Sie krankgeschrieben sind und wenn Sie ab Montag wieder im Dienst sind, auch nicht. Dann will ich Sie hier sprechen. Montag um acht Uhr.«

»Das sehe ich anders«, hielt Kugelmeyer zu seiner eigenen Überraschung gegen, »mein Schwiegervater macht uns Sorgen, und meine Schwiegermutter ist mit der Situation überfordert. Da bin ich es meiner Frau und meiner Schwiegermutter schuldig, mich zu informieren. Und wenn es Gerüchte gibt, frage ich nach. Das hätte jeder getan.«

»Hätte jeder getan?? Was erzählen Sie da?«

»Möglicherweise wird mein Schwiegervater zum Pflegefall, und meine Frau ...«

»Kugelmeyer, lösen Sie Ihre privaten Probleme, aber kümmern Sie sich nicht um Dinge, die Sie nichts angehen. Haben wir uns verstanden?«

»Ich weiß nicht, ob Sie mich verstanden haben, aber wenn nicht, kann ich es Ihnen am Montag noch einmal erklären.« Sagte dann noch »Wir sehen uns«, legte auf, schmierte sich einen Toast, trank ein paar Schlucke Kaffee und hatte das Gefühl, dass es besser für ihn sei, wenn er an diesem Morgen einen zweiten Versuch mit der Lauferei machen würde. Das Patzige war für ihn selber überraschend aus ihm rausgebrochen. Er wusste nicht recht, ob er sich Vorwürfe machen musste oder stolz auf sich sein konnte.

Kugelmeyer zog den alten Trainingsanzug an, zwängte sich in die Laufschuhe, schloss die Tür hinter sich ab, drehte sich um und sagte leise »Scheiße«. Es hatte angefangen zu regnen. Nach fünfhundert Metern war er nass bis auf die Haut, nach einem Kilometer außer Atem und sicher, dass er sich erkälten würde. Wenn schon.

KAPITEL 8

Thanat stand am Fenster seines Büros und wirkte nicht besonders glücklich. In der Linken hielt er einen aufgerissenen Umschlag, in der Rechten ein paar DIN-A4-Seiten. Er war ins Grübeln gekommen. Etwas, das seiner Stimmung noch nie gut getan hatte. Es beschlich ihn dann immer schnell ein Gefühl von Einsamkeit. »Grübeln« beschrieb sowieso nicht richtig, was sich in seinem Kopf abspielte. Er modulierte Gedankenketten im freien Raum. Kinetische Gebilde, die schwebten, in bizarrer Verzweigung Positionen bezogen, sich entweder auflösten in unberührter Reinheit oder steigerten in der Reibung zwischen logischer Strenge und der Tiefe des Wissens. Sich steigerten bis zu dem Moment, da er artikulierte. So hätte er es beschrieben, wenn er das Bedürfnis gehabt hätte, Persönliches zu offenbaren. Ja, stimmt, ein bisschen überzogen, vielleicht sogar ein bisschen eitel. Aber er stand auch bei sich selbst in der Pflicht. Das empfand er so. Musste mal was zulassen, sich mal etwas gestatten. Einen Superlativ raushauen und genießen. Er bewegte sich, in Relation zu seinem Umfeld, doch in Dimensionen, in denen nur die Einsamkeit Begleiter war. Ab und an sehnte er sich nach jemandem, der ihm gewachsen war. Einer, der sagen konnte, Gottfried, das ist zwar richtig, aber … Sehnte sich nach neuem Gedankengut, das er in sich aufnehmen konnte. Das gab's nicht. Nicht im Stift, nicht im Unternehmen, nicht im Bekanntenkreis. Alles zweit- und drittklassig.

Er hatte den Brief gelesen und nachgedacht. Sein Gedankenmobile hatte sich wieder an der »Gerechtigkeit« verhakt und seine Beweglichkeit verloren. Gerechtigkeit: Da konnte er wild werden. Die Schludrigkeit im Umgang mit dem Wort, die Vermischung von subjektivem Empfinden und objektiven Rechtsnormen nach Gusto. Da konnte er wirklich wild werden. Im Lions Club hatte er mal im kleinen Kreis seine Auffassung verdeutlicht:

»Gerechtigkeit? Wenn in diesem Land über Gerechtigkeit geredet wird, dann geht's ums Finanzieren des Zahnersatzes oder um das zwei zu zwei am Wochenende, wenn der Ausgleich in der neunzigsten Minute fällt.«

Es war einer dieser Kaminabende mit Cognacschwenkern gewesen. Eigentlich immer schön. Sitzen, reden, ein wenig konzipieren und in die Zukunft denken. Alles ganz ruhig und auf verhältnismäßig hohem Niveau. Irgendwann zwang der Cognac dann zum Übergang in den geselligen Teil. Blieb aber alles auf Level, sogar die dreckigen Witze und die Bemerkungen über Ausländer waren so, dass man so gut wie nie unter Niveau lachen musste. Thanat trank kaum Alkohol. War deshalb gefürchtet in der Runde. Nicht weil er die Stimmung vermieste, im Gegenteil, er ging jedes Tempo mit. Aber er kam immer mit den schwierigen Themen. Wenn die anderen die ersten vier, fünf Absacker im Blut hatten, wurde Thanat philosophisch. Die meisten konnten dann nur noch zuhören und versuchen, die Mimik zu kontrollieren. Eduard Setzer, Vorstandsvorsitzender der Sparkasse, zum Beispiel. Saß neben Thanat, wie er schon in hundert Verwaltungsratssitzungen gesessen hatte, und kontrollierte seine Mimik. Mehr nicht. Gelegentliches Nicken gehörte dazu.

»Eddi, versteh mich jetzt nicht falsch«, hatte Thanat gesagt, »ich bin keines dieser Sozialweicheier, die unter der Überschrift Gerechter Staat für jedes Triebschwein eine Kuschelecke fordern, weil es eine schwere Kindheit hatte. Ne. Gar nicht. Ich sag sogar, fasst einer Kinder an, dann Eier ab oder Rübe runter, das kann er sich aussuchen. Das ist aber nicht mein Thema.«

Bei »Eier ab« hatte der Sparkassenchef erschrocken versucht, den Absackernebel zu durchdringen, bei »Rübe runter« war er beruhigt wieder zum vertrauten Nicken zurückgekehrt.

»Es geht auch nicht um Verteilungsgerechtigkeit. Du bekommst die E-Klasse als Dienstwagen, ich einen Golf. Und? Interessiert mich nicht. Eine Frage für die ewig Gestrigen, für die Gewerkschaften. Wirklich eine Frage von gestern, da ist unsere Gesellschaft schon lange drüber hinaus. Es merkt nur keiner. Und weißt du, warum? Unsere Werte sind beim Teufel. Jeder will alles, und jeder will es sofort. Und das heißt jeder gegen jeden: Arm gegen Reich, Jung gegen Alt, die, die heute leben, gegen die, die noch leben wollen. Etwas anderes gibt es nicht. Und wenn es keine Werte mehr gibt, gibt es auch keine Gerechtigkeit. Nicht in der Ethik, nicht in der Rechtsprechung und auch nicht im Sozialen. Das schließt sich aus, das brauchen wir nicht zu diskutieren.«

Setzer nickte scheinbar nachdenklich und wollte etwas zu dem Satz mit dem Dienstwagen sagen, der hatte ihm gefallen.

»Eddi, jetzt sagst du«, Thanat hatte den Sparkassenchef an den Arm gefasst, »und natürlich zu Recht, Gottfried reg dich ab. Gerechtigkeit? Was ist das denn genau? Ist doch als Grundbegriff der Ethik gar nicht zu Ende definiert. Geht doch gar nicht. Und dann sag ich: Eddi, stimmt, muss aber doch auch gar nicht. Wenn alle nur raffen, wenn es wirklich nur noch ums Raffen geht, dann gibt es keine Frage mehr nach dem Sinn, keine Frage mehr nach dem ›Was wollen wir?‹ Dann gibt es kein ›Wir‹ mehr, nur noch Gier. Und Gier kennt kein Recht und damit auch keine Gerechtigkeit. Nicht nur im Materiellen, nirgendwo. Das ganze Leben wird ausgequetscht. Jede Stunde im Dumpfsinn wird mitgenommen, als gäbe es nichts anderes.«

Thanat machte eine Pause, um sich zu sammeln:

»Die wirklich entscheidende Frage, der sich die stellen müssen, die begriffen haben, wie alles den Bach runtergeht«, Thanat schwieg erneut, vermied es aber in die Runde zu sehen, denn es folgte der für ihn wichtige Teil, und er vermutete, in Gesichter zu blicken, die ihm den Schwung nehmen würden, »die entscheidende Frage kann doch nur die nach Widerstand sein.«

Thanat hatte »Widerstand« deutlich betont, die Stimme gehoben und dabei vorsichtig in die Runde geblinzelt. Alle schienen leicht überfordert, aber schon zu besoffen, um etwas einzuwenden.

»Wo kein Recht besteht, ist Nichtrecht, das heißt, es herrscht Unrecht, und da ist Widerstand zumindest mal berechtigt. Hat sogar das Bundesverfassungsgericht so bestätigt. Das Widerstandrecht, und ich würde sogar noch weitergehen und sagen, die Widerstandpflicht des Bürgers kann sich gegen Einzelne oder Gruppen wenden, wenn der Staat zu schwach ist, das Recht durchzusetzen.« Thanat hatte auffordernd in die Runde gesehen, »So isses«, gesagt und doch nur dumpfe Blicke geerntet.

»Wenn der Staat zu schwach ist, weil die, die entscheiden, gelähmt oder zu dumm sind, es zu begreifen. Wenn der Staat unregierbar ist, weil er im Würgegriff der Interessengruppen erstickt, dann ist Widerstand Pflicht. Dann muss der Bürger tun, was getan werden muss. Ich meine uns damit, versteht ihr? Uns, die wir begreifen können, wie es steht.«

Thanat hatte wieder in die Runde geblickt und sich geärgert, dass er sich nicht für den Konjunktiv entschieden hatte. » … die wir begreifen könnten, wie es steht.« Wäre vermutlich aber auch zu optimistisch gewesen. An jenem Abend bestimmt, denn der Cognac entschied, was zu begreifen war.

Eduard Setzer löste die Stille, beugte sich nach vorne, stellte den Schwenker auf den Tisch und gab so zu verstehen, dass er genug hatte. Dann drehte er sich zu Thanat.

»Gottfried, das hat mir gefallen, was du gesagt hast, vor allem das mit den Fragen von gestern, da hast du Recht, das sehe ich auch so.«

Ein schönes Schlusswort war's gewesen, eins, dem alle zustimmen konnten. Die Sache mit dem Dienstwagen und den Fragen von gestern hatte wirklich alles schön auf den Punkt gebracht.

Es war zwei Uhr morgens gewesen, als Thanat wieder

zu Hause war. An Schlaf war nicht zu denken. Er hatte sich noch eine Stunde auf den Heimtrainer gesetzt und anschließend geduscht. Um acht Uhr hatte er wieder am Schreibtisch gesessen, und mit Ausnahme von Schwester Walburga hatte ihm niemand angemerkt, wie enttäuscht er immer noch war.

Nur im absoluten Notfall hätte sie den Raum betreten, ohne zu klopfen und sein kurzes und immer leicht genervt klingendes »Ja« abzuwarten. Da gab es andere, die klopften und im gleichen Moment schon im Raum standen. Etwas, das Thanat überhaupt nicht mochte. Auch gab es Mitarbeiter, die fast hysterisch und ohne Rücksicht auf seinen Terminkalender auf einem Gespräch bestanden und doch nur kamen, um Erbsen zu zählen. Sie, die als Einzige immer Zutritt hatte, die keinen Termin brauchte, die auf jede Formalität hätte verzichten können, hielt sich an die Regeln.

Das »Ja« war gerade so laut, dass es die andere Seite der Tür erreichte. Beide kannten sich seit Jahren. Deshalb genügte die Lautstärke, um zu vermitteln, dass es Schwierigkeiten gab. Der leise Thanat war immer in Aufregung.

»Unser Freund hat nachgedacht und uns das Ergebnis seiner Überlegungen schriftlich mitgeteilt«, sagte er immer noch am Fenster stehend fast beiläufig und wedelte mit dem Brief über seinem Kopf, ohne sie anzusehen, »richtig fleißig war er. Das müssen Sie lesen, die Einkaufsliste und ein paar Ergänzungen.«

Thanat drehte sich langsam um und grinste.

Sie!

Blindes Vertrauen, jahrelange Zusammenarbeit und

trotzdem »Sie«. Der Verzicht aufs »Du« war kein Verlust. Vertrauen besteht oder besteht nicht. Das oft aufgenötigte und noch öfter bereute »Du« blieb als Auszeichnung, als das Eiserne Kreuz der Heimleitung, denen vorbehalten, die in ihren – oft doch sehr engen – Grenzen Verantwortung übernahmen. Schnickschnack!

Ihr gegenseitiges Vertrauen ruhte in aufrichtiger Zuneigung, der Abwesenheit von Enttäuschungen und der auch unausgesprochen gültigen Versicherung, daran nichts ändern zu wollen. Natürlich wusste Thanat, was getuschelt wurde. Aber die Möglichkeit zu bieten, sich das Maul zu zerreißen, ein bisschen zu lügen, aufzubauschen, zu spekulieren und sich zu ereifern, begriff er als außertariflichen Beitrag der Heimleitung zu einem guten Betriebsklima. Alles völlig gegenstandslos, aber, wenn es die Mitarbeiter motivierte, weil es das Leben am Arbeitsplatz ein wenig interessanter machte, nahm er es gerne in Kauf. Zuneigung beschrieb seine Empfindung für Schwester Walburga perfekt. Sich jemandem in Sympathie zuneigen. Das war's.

»Im statistischen Teil ist er doch sehr unpräzise«, sagte Thanat, reichte Schwester Walburga den Brief, setzte sich, strich mit dem Handrücken nachdenklich über das Kuvert und legte es in eine Schublade. Dann drehte er sich samt Stuhl zu der dem Fenster gegenüberliegenden Seite, legte die Handflächen aufeinander und tippte mit beiden Mittelfingern immer wieder auf die Kinnspitze. Er gab Walburga die Zeit, die sie benötigte, um in Ruhe zu lesen.

»Irre ich mich«, begann er, ohne den Blick von der Wand zu nehmen, »oder bekommt er am Ende doch ein wenig Angst vor der eigenen Courage? Der Hinweis auf das schriftlich Hinterlegte wirkt wie nachträglich angehängt.«

Schwester Walburga las den letzten Abschnitt mit Sorgfalt noch einmal, sah Thanat an und legte ihren Kopf für einen winzigen Augenblick auf die Seite, als wöge sie ab.

»Mag sein.«

Thanat nickte: »Unerheblich, Sie haben Recht.«

Er fuhr herum und sah die Schwester an.

»Ich muss Sie um Entschuldigung bitten.«

Er beugte sich vor und hob die leeren Hände mit abgespreizten Fingern und einer Geste des sich Ergebens hoch.

»Sie hatten Recht. Sie hatten die ganze Zeit Recht. Ich habe mich vom Vertrauen auf meine Menschenkenntnis in die Irre leiten lassen. Beschämend!«

Zornig fuhr er zurück und warf den Kopf an die Lehne.

»Ich habe wirklich angenommen, man könnte ein gewisses Vertrauen in ihn setzen. Von allen Käfern, die hier krabbeln und wuseln, hat er den meisten Verstand. Das glaube ich immer noch. Ich habe ihm auch diesen Fußball-Blödsinn nie abgenommen. Habe immer gedacht, das sei rein finanzielles Interesse wegen seiner Kneipe. Unverheiratet, einer, der seinen Job versteht, auf seine Art ein Profi, habe ich gedacht. Sorry, mein Fehler, ich habe nicht aufgepasst. Sie haben es schneller begriffen.«

Schwester Walburga schwieg und sah ihn an, als durchschaue und genieße sie sein Spiel. Sie hatte etwas von einem kleinen Mädchen, das zum wiederholten Mal in der gleichen Theatervorstellung sitzt und sich freut. So, als warte sie auf eine ganz bestimmte Stelle. Ganz ruhig und gelassen, weil sie sicher sein konnte, dass sie kommen würde.

Thanat schwenkte den Stuhl erneut um neunzig Grad, dieses Mal zum Fenster.

»Ich habe versucht, mich in die Motive dieses Kochlöffels hineinzuversetzen.«

Er machte eine Pause, kniff die Augen zusammen, als fixiere er einen Punkt in der Ferne, wiegte den Kopf vorsichtig hin und her und gab sich ratlos.

»Es geht nicht. Ich begreife es nicht. Nicht, wenn ich Verstand unterstelle. Was hat er geglaubt? Hat er tatsächlich angenommen, ich hätte seine kleinen Betrügereien nicht bemerkt? Ich hätte mich nicht gefragt, warum wir in der Küche stetig steigende Kosten produzieren? Und zwar so verdächtig undramatisch. Wenn ich der Idiot wäre, für den er mich möglicherweise hält, glaubt er, nur von Idioten umgeben zu sein?«

Thanat drehte sich herum, öffnete eine Schreibtischschublade, griff in einen Ordner und reichte Walburga zwei Briefe.

»Anonym«, erklärte er, »der eine zwei, der andere vielleicht vier Monate alt. Sie schwärzen Krawotz an. Sie glauben, mich auf etwas aufmerksam machen zu müssen.«

Er machte eine abwertende Handbewegung und drehte seinen Stuhl wieder zum Fenster.

»Ich wollte Sie damit nicht belästigen. Das Geschreibsel eines Krötenhirns. Das einzig Neue an den beiden Seiten war für mich die Befürchtung, dass es in unserem Haus tatsächlich jemanden geben könnte, der oder die derartige grammatikalische Defizite hat! Kotelett mit einem ›t‹ lass ich noch durchgehen, aber mit ›d‹? Und, lieber Gott, das geht so weiter.«

Er peilte wieder nach draußen, kniff aber dieses Mal nur das linke Auge zu: »Herrschaften, wir müssen bei unseren Bewerbungen sorgsamer sein. Wenn hier schon anonym angeschwärzt wird, dann doch bitte nicht auf diesem Niveau.«

Walburga achtete nicht auf seine Bemerkung. Sie überflog die beiden Briefe still und legte sie auf den Schreibtisch zurück.

Thanat schwieg nachdenklich, blickte aus dem Fenster, drehte den Kopf und sah sie über die Schulter an.

»Sie haben ihn nie gemocht.«

»Er ist ein Schwein«, antwortete sie leise. »Er ist faul, und er betrügt. Er hat mindestens drei seiner Hunde erschossen, weil sie ihm aus irgendwelchen Gründen nicht mehr passten. Außerdem hängt er in Bordellen rum und brüstet sich mit Details. Er ist ein Schwein.«

Thanat stöhnte leise: »Ja, ja, was so erzählt wird.«

Er legte nachdenklich den Kopf in den Nacken: »Dass es drei Hunde gewesen sein sollen, ist mir allerdings neu.«

»Er ist mit ihnen in den Wald gefahren, hat sie an einen Baum gebunden, erschossen und vergraben.«

Thanat nickte. »Es würde schon zu ihm passen, aber es ändert nichts.«

Er drehte den Stuhl wieder zum Schreibtisch: »Wissen Sie, so wie ich es sehe, ist es für uns nicht wichtig, ob wir ein allerdings gut kochendes Schwein am Herd stehen haben. Wenn ich wüsste, dass es ein rational denkendes Schwein ist, eins, das nur auf seinen Vorteil bedacht ist und das ich deshalb kalkulieren kann, dann interessiert mich die Freizeit des Schweins nicht sonderlich. Aber das?«

Thanat zeigte auf den Brief. »Das ist etwas anderes. Das Schwein dreht durch, es verliert alle Maßstäbe und droht mit ›sicher hinterlegt‹. Aber zum Drohen fehlt ihm das Format. Ein kleiner Junge, der im dunklen Keller pfeift.«

Er lehnte sich wieder zurück und machte ein erwartungsvolles Gesicht. So, als stehe er kurz davor, einer Schülerin den letzten Schritt einer komplizierten mathematischen Gleichung zu erläutern: »Ein irrationales Schwein wird über kurz oder lang zur Gefahr. Das geht so nicht, das können wir nicht hinnehmen.«

Er machte eine kurze Pause und zuckte mit den Schultern: »Irre ich mich? Sehe ich das falsch?«

Das kleine Mädchen in der Theateraufführung lächelte zufrieden. Das war die Stelle, auf die es gewartet hatte.

»Nein«, sagte sie sehr leise, »ganz und gar nicht. Das können wir nicht mehr hinnehmen.«

Manchmal schüttelte sie sich. So wie man sich schüttelt, wenn man friert oder wie man sich schüttelt, wenn es einem besonders gut geht, ein Gänsehautschütteln. Man musste sie allerdings sehr genau kennen und sehr genau beobachten, um es mitzubekommen. »Schütteln« war auch nicht richtig. Es war der Hauch einer Bewegung. Aber immerhin – sie gestattete Thanat einen Blick in ihr Gefühlsleben, in ihr Inneres. Und wenn es auch nur für den Bruchteil eines Augenblicks war, so war es mehr, als sie irgendwem sonst gestattete.

Der kurze Augenblick ihrer Zustimmung hatte gereicht. Thanat entspannte sich. Die Unruhe der letzten Tage, die begonnen hatte, als das Verschwinden des Prälats bemerkt worden war, die sich gesteigert und ihn zu ein paar außergewöhnlichen Vorstellungen gezwungen hatte, fiel von ihm ab. Er saß vor ihr, die Unterarme auf den Schreibtisch gestützt und lächelte sie dankbar an.

Das können wir nicht hinnehmen.

Alles Notwendige war gesagt.

Diffuse Momente im Leben des Gottfried Thanat waren selten. So selten, dass er sie im Grunde völlig hätte abstreiten können, ohne zu lügen. Aber dieser Moment gehörte dazu. Thanat suchte vergeblich nach einem Wort. Er hätte ihr gerne gesagt, wie dankbar er war und dazu noch ein weiteres Gefühl hatte, weil sie ihn begriffen und seiner Auffassung zugestimmt hatte. Spontan hätte er »glücklich« gesagt, aber das verbot sich angesichts der soeben beschlossenen Maßnahme. Als Angestellter im kirchlichen Dienst musste er Rücksichten nehmen. Bei seinen Mitarbeitern war er auf diesem Gebiet nicht pingelig, aber an sich selbst musste er strengere Maßstäbe anlegen. Glücklich wäre zu weit gegangen.

Einen Moment noch saßen sie sich schweigend gegenüber. Die Situation hatte sich in einer für ihn ungewohnten Weise verkehrt. Er wirkte in seiner Sprachlosigkeit hilflos, sie in ihrer Ruhe und Gelassenheit souverän. Thanat schnaufte, hatte den Satz, ich wüsste nicht, was ich ohne Sie tun würde, im Kopf, sprach ihn aber nicht aus. Wäre entsetzlich gewesen. Hatte auch Hemmungen, sich zu bedanken. Bedanken wofür? Mit Blick auf das, was zu tun war, wäre Zynismus die passendere Regung gewesen. Das wollte er nicht. Denn kein Satz, kein Gedanke in der Thanat-Welt, der nicht einen zynischen Anhang hatte, ausgesprochen oder nur gedacht. Zynismus war ein Gedankenfilter, seine eigentliche Muttersprache. Er saß ihr gegenüber und war auf der Suche nach etwas Aufrichtigem, etwas Nettem. Etwas, das auch so gemeint war, wie er es sagen wollte, und schwieg.

Schwester Walburga schien ihn zu begreifen. Fast lachte sie, als sie aufstand, den Stuhl ein wenig zur Seite rückte, den Rock glatt strich und sich zum Gehen wandte.

»Ich melde mich morgen wegen der neuen Wohngruppe«, sagte sie und hatte die Türklinke schon in der Hand.

»Ja, schön, tun Sie das.«

Thanat, der aufgestanden war, als sie das Zimmer verließ, setzte sich wieder. Bei jedem anderen hätte er nur »Tun Sie das« gesagt. Er hätte es aufmunternd betont und »Bleib mir vom Hals mit deinem Mist« gedacht. »Ja, schön, tun Sie das«, hatte er gesagt, ohne dass es aufmunternd geklungen hatte, und es wirklich so gemeint. »Schön« sagte er sonst nie.

*

Zu ihrem sechzehnten Geburtstag hatte Bärbel Littfeld zwei junge Hamster geschenkt bekommen. Sie nannte die beiden Prinz und Prinzessin und ignorierte damit die Weigerung ihrer Eltern, ihr mit dem Kauf der Tiere auch den Wunsch einer Hamsterzucht zu erfüllen. Zwei Hamster, aber nur ein Geschlecht, davon hatten sie sich nicht abbringen lassen. Prinzessin II huschte deshalb als Prinz durch ihr Kinderzimmer, nagte gemeinsam mit Prinzessin an allem, was nagbar erschien, köttelte, kuschelte sich in Kissenhöhlen der gemütlichen kleinen Sitzecke und genoss das glückliche Leben eines Hamsters, der nur wenige Stunden am Tag im Käfig verbringen muss.

Jedes Kind liebt seine Haustiere, aber für Bärbel bedeuteten die beiden Nager mehr. Sie waren ein Erfolg. Jahrelang hatte sie bitten und betteln, hatte gegen die Überzeugung ihrer Eltern kämpfen müssen, dass ihre Tochter nicht in der Lage sei, Verantwortung für zwei Lebewesen zu übernehmen. »Ich kenne dich doch«, war der Satz ihrer Mutter, der sie am stärksten kränkte.

Bärbel Littfeld, im Übergang vom Kind zur Jugendlichen ein bisschen ungelenk und eckig, ein bisschen lahm und übergewichtig, ein bisschen langsam im Begreifen. Sie hatte um die beiden Hamster kämpfen müssen, wie sie um alles kämpfen musste: Schule – das stete Bemühen um den Anschluss. Gleichaltrige – öfter ignoriert als geduldet. Elternhaus – ein ewiger Kampf mit der Enttäuschung. Auszuhalten war das Leben trotzdem ganz gut. Stets setzte sie, wenn es um eigene Ziele ging, allen offensichtlichen Widrigkeiten einen überraschenden Optimismus entgegen, der auf andere zwar unbegründet wirkte, aber unerschütterlich war und deshalb versöhnlich stimmte.

Am 21. April 1985, einem Sonntag, war Bärbel ein paar Minuten vor sieben Uhr aufgewacht, aufgestanden und hatte kurz in das noch stille Haus gehorcht. Sie hatte Prinz und Prinzessin aus dem Käfig geholt und mit ihnen gespielt. War dann wieder ins Bett gekrabbelt und hatte an ihrem Traum von der Hamsterzucht gearbeitet. Sie musste vorsichtig agieren. Die Reaktionen auf das Wort Hamsterzucht hatten sich in den letzten Wochen von Ablehnung über kategorische Ablehnung in eine für die Familie eher ungewohnte Aggressivität gesteigert. Ihre Alternative lautete deshalb Hamsterpension. Viele Kinder im Dorf hatten Hamster. Alle fuhren irgendwann mal für ein paar Tage weg oder für ein, zwei Wochen in Urlaub und hatten dann samt und sonders das gleiche Problem. Vor allem die mit einer Pension verbundenen Einnahmen schienen ihr ein Argument. Sie würde auf Taschengeld verzichten und mit den Erlösen der Hamsterpension zufrieden sein.

Sie war nach unten geschlichen, hatte den Tisch gedeckt und beim Frühstück das Gespräch auf eine Pension gelenkt, das Wort Hamster dabei aber noch nicht einmal erwähnt. Zwei Minuten später war sie heulend die Treppe nach oben gelaufen, hatte die Tür zu ihrem Zimmer hinter sich zugeknallt, sich wütend auf die Kissen der gemütlichen kleinen Sitzecke geworfen, die Augen aufgerissen und war verstummt. Sie blieb lange sitzen, musste nicht nachsehen. Es hatte geknackt, kein Leben mehr unter dem Kissen.

Ihr Leben änderte sich von Grund auf. Nicht innerhalb von Stunden, aber sie schlug eine neue Richtung ein, denn die Begegnung mit dem Unfassbaren änderte alles.

Die folgenden Tage im Haus Littfeld waren ungewöhnlich. Bärbel schwieg hartnäckig. Sie ging zur Schule, tat, was ihr aufgetragen wurde, aber sie schwieg. Ihre Eltern interpretierten das Verhalten zunächst als Protest gegen die verweigerte Hamsterpension und gaben ihr Zeit, sich damit abzufinden. Wenn es denn sein sollte, schweigend.

Auch wenn sie nach und nach zurückfand in ein halbwegs normales Familienleben, es gab Dinge, die sich nachhaltig änderten. Auffällig wurde ihr Hang zum intensiven Gebet. Das war eigentlich ungewöhnlich in der Familie. Niemand im Haus war religiöser als nötig, um im unauffälligen statistischen Mittel der Glaubensbekundungen im Dorf zu liegen. Das war ganz erträglich. Ein kurzes Tischgebet – ja. Aber Bärbel saß vor jeder Mahlzeit mindestens fünf Minuten versunken und mit geschlossenen Augen am Tisch, bevor sie bereit war, Nahrung zu sich zu nehmen. Anfangs bemühten sich Vater und Mutter um Verständnis, aber fünf Minuten und mehr waren zu viel, das schafft auf Dauer niemand. Im Haus Littfeld wurde mit Freude, gut und reichlich gegessen.

Das Wort Hamster fiel in Bärbels Gegenwart nicht mehr. Bärbels Eltern blieben auf Mutmaßungen angewiesen, nachdem ihnen aufgefallen war, dass kein Futter mehr verbraucht wurde und der Käfig leer war. Bärbel schwieg zu allen Fragen. Ein beklommen machendes Schweigen, und Maria Littfeld war im Nachhinein froh, dass sie an dem Montag danach vergessen hatte zu fragen, wer in ihrem Blumenbeet unter dem Wohnzimmerfenster herumgegraben hatte.

Mut zum Reden fanden sie erst, als auch Bärbel sich wieder veränderte. Sie hatte sich einem Bibelkreis angeschlossen und konnte wieder fröhlich sein. Sogar auf Kommando, was manchmal etwas anstrengend war. Natürlich war auch ihren Eltern bewusst, dass das Christentum im Grundsatz eine fröhliche Botschaft ist, aber die Gründe für Bärbels Ausgelassenheit erschlossen sich nicht immer sofort. Paul und Maria Littfeld suchten deshalb das Gespräch mit dem jungen Vikar

Wlachowitz, der die Gemeinde betreute und kurz davor stand, eine benachbarte Pfarrei zu übernehmen.

In der Vikarie hatten sie zusammengesessen, Wlachowitz hatte zugehört und dann nachdenklich geschwiegen. Er hatte sich erhoben, war zum Schrank gegangen, hatte eine Flasche Cognac herausgenommen, sich und seinen beiden Besuchern eingeschenkt, ihnen mit dem erhobenen Glas zugeprostet und ausgetrunken.

»Seien Sie glücklich«, hatte er begonnen, sich selber noch einmal eingeschenkt, zurückgelehnt und mit großer Geste ausgeholt. »Ihre Bärbel hat großes Glück!«

Den erstaunten Blick, den sich die Littfelds angesichts zweier unter ungeklärten Umständen ums Leben gekommener Hamster zuwarfen, wischte er mit einer Handbewegung beiseite.

»Den wenigsten von uns ist eine solch existenzielle Erfahrung mit so gutem Ausgang beschieden. Natürlich erleben wir alle Tod und Schmerz, aber wenn sich daraus ein solcher Wandel ergibt, dann hat es sein Gutes, dann war es so gewollt. Und wenn das in so jungen Jahren geschieht, bin ich sicher, dass alles göttlichem Willen entspricht.«

Er faltete die Hände über seinem bereits leicht kugelförmigen Bauch, schaute zur Lampe an der Decke und schloss für einen kurzen Augenblick die Augen. Öffnete sie wieder und zuckte mit den Schultern. »Ja, ich bin sicher, der liebe Gott hat das alles genauso gewollt, davon können wir ausgehen.«

Vikar Wlachowitz spürte, dass Bärbels Eltern Schwierigkeiten hatten, ihm zu folgen, und nickte zuversichtlich.

»Ich versuche, es Ihnen mit ganz einfachen Worten

verständlich zu machen.« Er hielt einen Moment inne, um die Erwartung noch etwas zu steigern.

»Es ist doch bei allen Menschen gleich: Die Erfahrung von Schmerz, Tod, Elend und Ohnmacht erweckt den Wunsch nach Überwindung und Heilung. Nicht wahr?«

Wlachowitz sah Paul Littfeld an und wartete auf eine Bestätigung. Der hatte zu spät begriffen, dass der Vikar ihn direkt angesprochen hatte, und stimmte etwas zu heftig nickend zu: »Das denke ich auch.«

Der Vikar war zufrieden und fuhr fort: »Wo finden wir Halt?«

Paul Littfeld war sich nicht sicher, ob wieder eine Antwort von ihm erwartet wurde, nickte vorsichtiger und sah seine Frau an.

Der Vikar wiederholte sich: »Wo finden wir Halt?« Einen Atemzug später gab er sich selbst die Antwort. »Wo, wenn nicht im Glauben und im Gebet? Wo, wenn nicht bei Gott?«

Wlachowitz strahlte, als habe er die Geburt eines gesunden Kindes zu verkünden: »Und wir finden mehr.«

Er breitete die Arme aus, als wolle er die Größe seiner Botschaft verdeutlichen: »Im Glauben erfahren wir eine neue Wirklichkeit, eine viel größere Wirklichkeit, wir finden die Wahrheit! Und wir finden Antworten.«

Er musste aufstoßen, nahm erneut die Cognacflasche, goss ein, trank und beugte sich zu seinen Gästen: »Den Tod der beiden kleinen Nager muss man sich für Bärbel wie eine Erleuchtung vorstellen.«

Er hatte das Wort »Erleuchtung« besonders betont und mit den Armen eine kreisende Bewegung gemacht und etwas Rundes beschrieben. »In der Überwindung des Schmerzes durch den Glauben hat sie die ganze

Wirklichkeit, die ganze Größe Gottes erfahren. Eine Wirklichkeit und Größe, in der der Tod nicht mehr schreckt, indem sie ihn begreift, als Öffnung, als Übergang in etwas Größeres, Schöneres, Ewiges.« Er lehnte sich zurück und strahlte wieder. »Jaa! So ist das.«

»Gibt es denn etwas Beruhigenderes als die Vorstellung, dass schon ein junger Mensch in der Gnade des Wissens um die Unsterblichkeit lebt? Ein Bewusstsein, das sich vielen Menschen erst im hohen Alter erschließt, manchen auch gar nicht?«

Wlachowitz machte eine Pause, stieß erneut auf, runzelte die Stirn und sah auf das Etikett der Flasche. Normalerweise vertrug er Cognac ganz ausgezeichnet.

»Glauben Sie mir, um Bärbel müssen Sie sich keine Sorgen machen. Sie lebt, so möchte ich sagen, in einem Zustand der Gnade. Sie hat zu vielen Dingen, auch zum Tod, ein ganz anderes Verhältnis. Solche Menschen ruhen in sich, die schreckt nichts mehr. Seien Sie zuversichtlich. Der liebe Gott begleitet sie.«

Der Vikar musste noch einmal aufstoßen, beäugte die Flasche zunehmend misstrauisch und wurde ein wenig unruhig. Für ihn war alles Wesentliche gesagt. Er strahlte wieder, stand auf, begleitete die Eltern zur Tür, wünschte beiden einen guten Heimweg und hielt sie auf der Schwelle noch einmal zurück.

»Wissen Sie, manch einer muss lange kämpfen, bis er den Glauben findet. Für mich selber war es auch nicht immer einfach. Es sind eben nicht selten einzelne Ereignisse, die wie ein plötzliches grelles Licht die Augen öffnen. Dann ist alles so viel einfacher. Wer glaubt, lebt in Gewissheit, der weiß, was gut und böse ist, der geht seinen Weg, der geht einen guten Weg.«

Paul und Maria Littfeld fassten sich auf dem Heimweg an den Händen. Etwas, das sie seit weit mehr als zehn Jahren nicht mehr getan hatten. Nicht wiederentdeckte Zuneigung ließ den Wunsch nach körperlicher Nähe aufkommen, etwas Diffuses hatte sich ihrer bemächtigt. Der Vikar trank gerne, das war bekannt. Aber selbst wenn man die so gegebene Bereitschaft zum mutigen Formulieren in Rechnung stellte, das, was er über ihre Tochter und ihre möglichen Erkenntnisse gesagt hatte, konnte sie nicht wirklich beruhigen.

Im Gegenteil.

Aber ihre Sorgen schienen unbegründet. Bärbel kam voran, wurde sportlicher, entwickelte Selbstbewusstsein, begann nach der Klasse zehn eine Lehre als Bäckerei-Fachverkäuferin, brach sie ab, trat in den Orden ein und wurde Schwester Walburga, die nach mehrjähriger Ausbildung die Pflegedienstleitung im St.-Ludgerus-Stift übernahm.

Als Kloster hatte das Stift lange aufgehört zu existieren, für die Servimus war es ein lukratives Objekt. Die Kölner Investoren verwalteten Krankenhäuser, Pflegeeinrichtungen und hatten sich darüber hinaus darauf spezialisiert, Altenwohnungen oder Altenheime in ehemalige Sakralbauten zu integrieren. Eine technisch und architektonisch nie einfache Aufgabe, die durch Auflagen des Denkmalschutzes zusätzlich erschwert wurde – aber lukrativ. Die Aussicht, den letzten Lebensabschnitt in einem ehemals kirchlich genutzten Gebäude zu verbringen, nahm vielen Mietern oder deren Angehörigen ein wenig die Lust am Erbsenzählen oder das Kleinkrämerhafte, das Altenheim-Betreibern in anderen Fällen die Kalkulation erschweren konnte. Zwar hatten Orden und Servimus nichts miteinander zu tun, aber die Anwesenheit der Schwestern wurde aus Imagegründen gerne gesehen. Sie beschränkte sich allerdings auf seelsorgerische Angebote. Der Orden litt unter personeller Ausdünnung und einer vergleichsweise ungünstigen Altersstruktur: In dieser Gemeinschaft von Frauen galten Fünfundsechzigjährige als Küken. Schwester Walburga war die Einzige, die sich noch aktiv in den straffen Organisationsplan eines von der Servimus geführten Altenheims integrieren ließ. Die Idee der Geschäftsleitung, ihr unter Thanats Oberaufsicht die Pflegedienstleitung zu übertragen, stieß bei ihm zunächst auf herzlich wenig Gegenliebe, aber nach nicht einmal zwei Wochen erkannten beide, wie nahe sie sich in manchen Dingen standen. Schwester Walburga lernte in Gottfried Thanat den kennen, der formulieren konnte, was sie manchmal fühlte. In dessen Gegenwart die Dinge immer wieder einfach und unkompliziert wurden, der Lösungen hatte und Wege aufzeigte. Und Thanat erkannte in ihr die so schmerzlich vermisste Möglichkeit, das in der Theorie als notwendig Erkannte endlich in die Tat umzusetzen.

KAPITEL 9

Eine Antwort auf die Frage, ob man sportliche Betätigung im Rückblick als Erfolg verbucht, kann entscheidend davon abhängen, welches Verhältnis man zum Schmerz hat. Duldsamkeit ist von Vorteil. Kugelmeyer ließ sich auf diesem Gebiet nichts nachsagen. Er ging davon aus, dass er Nehmerqualitäten besaß.

Eine Stunde und sechsundzwanzig Minuten nachdem er losgelaufen war, saß er im Wohnzimmer auf dem Sofa und hatte sich in Skiunterwäsche, die dicke Fleecejacke, eine Jogginghose und warme Wollstrümpfe gepackt. Um den Hals hatte er ein Handtuch geschlungen und das rechte Bein auf den Tisch gelegt. Die im Ziel bei Läufern bisweilen zu beobachtende erschöpfte, aber fröhliche Gelassenheit fehlte allerdings völlig. Kugelmeyer saß aufrecht, hielt mit beiden Händen den rechten Oberschenkel und beobachtete konzentriert sein in der Hose verstecktes Knie. Wirkte seltsam, denn zu sehen gab es nichts.

Aber zu fühlen.

Kugelmeyer kämpfte um den Erfolg der vergangenen Stunde. Er war gelaufen wie seit dem Sportabitur nicht mehr. Angetrieben von zwei Gegensätzen. Von Zweifeln an der Richtigkeit seiner Auflehnung gegen Möllendiek und der Begeisterung über seinen Mut und sein kriminalistisches Gespür. War langsam losgelaufen und hatte beschleunigt, als der Regen die Jacke durchnässt hatte und er die Kälte spürte. War in einen leichten Trab gefallen, als er seinen Puls in ungesunden Regionen wähnte, gegangen, als es zu steil wurde. Bergab war er wieder gelaufen, hatte Schmerzen in seinem Knie gespürt und leise in sich hineingelacht. Knieschmerzen waren etwas aus der Vergangenheit. Wichtig ist nicht der Schmerz an sich, sondern die Frage, wie man damit umgeht. Der alte Kugelmeyer hätte sich beeindrucken lassen, hätte abgebrochen und wäre heimgehumpelt. Kugelmeyer II, der sich schnaufen hörte, der im kalten Regen schwitzte, der Pfützen nicht auswich, sich neu erfunden fühlte und fand, dass er viel zu lange keinen Sex mehr gehabt hatte, war weiter gelaufen. Mehr noch: Kugelmeyer II hatte beschleunigt, die Euphorie gespürt und war fast dankbar für den Schmerz im Knie gewesen. Er war es, der Kugelmeyer I von Kugelmeyer II unterschied, an dem sich Kugelmeyer II wahrnahm. Der neue Kugelmeyer – unter Schmerzen geboren! Ein kitschiges Bild, das er sich aber nicht übel nahm. Wenn man läuft, den Sauerstoff vor allem in den Oberschenkeln und nicht im Gehirn verbrennt, die Euphorie genießt, dann ist die Neigung zum Kitsch lässlich. Zu Hause angekommen, hatte er heiß geduscht, sich umgezogen und aufs Sofa gesetzt in der Annahme, dass die Schmerzen jetzt nachlassen würden.

Taten sie aber nicht.

Das wäre nicht so schlimm gewesen, wenn sie nur nicht nachgelassen hätten. Aber Kugelmeyer II saß auf dem Sofa und spürte den sich steigernden Schmerz. Eine Zeit lang konnte er sich beruhigen, indem er sich einredete, sich etwas einzubilden, musste dann aber klein beigeben. Er krallte beide Hände in den rechten Oberschenkel und fand, dass es eigentlich nicht auszuhalten war, jedenfalls nicht lang. Er lehnte sich zurück, blies die Backen auf und stöhnte. Kurz darauf noch einmal. Hätte gerne etwas gegen die Schmerzen eingenommen. Aber die Tabletten waren oben im Badezimmer, dazwischen die Treppe. Ein unüberwindbares Hindernis. Kugelmeyer stöhnte ein drittes Mal, lauter als zuvor, und sagte lang und gedehnt:

»Scheiße.«

Mit Ausnahme des Gesprächs mit seinem Chef hatte er an diesem Tag nur zwei Worte gesprochen. Dieselben Worte und beide Male aus tiefer Überzeugung. So richtig rund lief es für Kugelmeyer II noch nicht.

*

Ursel Kugelmeyer hatte ebenfalls keinen angenehmen Vormittag erlebt. Weder in der Klasse noch im Kollegium und auch nicht auf der Rückfahrt. Ihre 3b war an diesem Morgen nicht wieder zu erkennen, unkonzentriert und laut, im Lehrerzimmer gab es Ärger wegen der Vorbereitung auf das Schulfest, und auf der Rückfahrt hatte der Blinker nicht mehr funktioniert. Das muss man erlebt haben: als Frau unterwegs sein mit einem Auto, dessen Blinker streikt. Wenn man die Richtigen trifft, wird die Fahrt zum Strafgericht. Unfassbar, was ein infolge Defektes nicht vorschriftsmäßig gesetzter Blinker bei Männern auslösen kann, wenn eine Frau das Verbrechen begeht. Eine Bulldogge, jenseits der sechzig, cholerisch und hoch über einem Vierradantrieb thronend scheinbar auf alles vorbereitet, mit poliertem Schädel und Krawatte unter dem Doppelkinn, war längere Zeit hinter ihr gewesen. An einer Ampel, an der sie links abbiegen musste und Rot hatte, er geradeaus wollte und Grün, hielt er neben ihr, öffnete das Fenster und tobte. Hielt bei grüner Ampel und riskierte einen Auffahrunfall. Das Maßregeln der Blonden war's ihm wert gewesen.

Seit diesem Vormittag wusste sie, dass man elfmal abbiegen muss zwischen Schule und Grundstück. Sie stieg aus dem Auto und hatte die bellende Dogge noch vor Augen und im Ohr. Sie war wütend. Aber fassungslos wütend. Die unangenehmste Form der Wut. Fassungslosigkeit macht stumm. Sie schloss auf und öffnete die Wohnzimmertür.

»Elmar, das glaubst du nicht.«

So wollte sie anfangen, kam aber nur bis »Elmar …«, stockte und fuhr fort mit » … was ist?«

»Ich habe Knieschmerzen«, presste Kugelmeyer heraus. »Extrem!«

»Was hast du gemacht?«

»Bin gelaufen.«

»Ach so.« Das »Ach so« ärgerte Kugelmeyer. Es klang wie »Dann ist es nicht schlimm«, als wären es Schmerzen zweiter Wahl. Er warf ihr einen Blick zu und krallte beide Hände demonstrativ in den rechten Oberschenkel, sagte aber nichts.

»Du hast dich wahrscheinlich überanstrengt.«

Die Bulldogge tobte immer noch durch ihren Kopf. Natürlich hatte er sie geduzt. »Du blöde Kuh.« Dann war noch etwas gekommen, an das sie sich schon nicht mehr erinnerte, vermutlich auch gar nicht verstanden hatte. Im Rückspiegel hatte sie schon gesehen, wie er das Tempo verringerte, und gewusst, dass er neben ihr halten würde. Idiot!

Kugelmeyer kniff die Lippen zu einem Strich zusammen und trotzte in sich hinein. Das Wort »überanstrengt« mochte er nicht. Es klang nach Alter, Rekonvaleszenz oder Herzsportgruppe.

»Ich habe vielleicht etwas überzogen, aber dass es so wehtut, ist nicht normal.«

Einen Augenblick lang glaubte sie, dass es besser wäre, sich abzulenken und den Versuch zu machen, das Doppelkinn zu verdrängen.

»Wie lange bist du denn gelaufen?«

»Anderthalb Stunden.«

»Mein Gott, dann darfst du dich nicht wundern.«

Kugelmeyers Stimmung verfinsterte sich. Ihm war nicht nach Belehrung. Schon gar nicht, wenn sie mit »Mein Gott ....« eingeleitet wurde. Mein Gott war eine Abkürzung für: Ich verstehe dich nicht, das ist doch dumm, warum machst du das? Schwierige Frage.

»Ich habe nicht gesagt, dass ich mich wundere«, brummte er.

Ursel Kugelmeyer hatte ihre Tasche auf den Tisch gelegt und sich in den Sessel neben Kugelmeyer gesetzt. Es war unmöglich, die Bulldogge zu vergessen. Aber noch immer fühlte sie sich unfähig, Wut und Ärger auszudrücken.

Sie schüttelte den Kopf: »Das ist demütigend.«

Kugelmeyer sah sie überrascht an und suchte eine Verbindung zwischen demütigend und seinem Lauf herzustellen.

»Demütigend?«, fragte er beleidigt. »Wie kommst du auf demütigend? Ein bisschen enttäuschend vielleicht.«

Sie sah ihn ungläubig an: »Elmar, bitte!«

»Wenn mir nach anderthalb Stunden Waldlauf das Knie wehtut, ist das doch nicht demütigend. Ich möchte wissen, wie viele Männer in meinem Alter das überhaupt noch machen.«

Beschwörend streckte sie beide Arme in die Luft: »Ich rede doch nicht von deinem Knie!«

»Wovon denn?«

Ursel Kugelmeyer erzählte von der Heimfahrt, dem Blinker, dem Gebrüll der Dogge und auch vom Ärger im Lehrerzimmer und ihrer Klasse. Dreimal benutzte sie dabei das Wort Idiot. Zweimal für die Dogge, einmal für den Schulleiter, für ihn aber in der abgeschwächten Version »wie ein …«.

Dreimal Idiot, mehr ging nicht. Es war immer noch fassungslose Wut. Aber so war es meistens. Richtig wütend wurde sie selten und wenn, dann immer verbunden mit der Suche nach Worten. »Idiot« beschrieb es jedenfalls nicht korrekt. Als sie fertig war, sah sie ihren Mann an und wusste, dass er nicht begriffen hatte, was in ihr vorging, vermutlich auch gar nicht begreifen wollte. Er hatte zugehört, würde auch eine Inhaltsangabe von dem machen können, was sie gesagt hatte, aber berührt hatte es ihn nicht. Er knetete seinen Oberschenkel und schnitt Grimassen. Sie kapitulierte. Wollte eigentlich aufstehen, fragte dann aber doch. »Wird es nicht besser?«

Kugelmeyer schüttelte den Kopf und log. Es wurde besser. »Erkältet habe ich mich, glaube ich, auch. Es hat plötzlich angefangen zu regnen. Aber da war ich schon zu weit, um umzudrehen.«

Sie nickte und stand auf: »Ich hab gestern ein Huhn gekauft. Ich hatte mal wieder Lust auf eine richtige Hühnersuppe mit Gemüse, die täte dir auch gut.«

Kugelmeyer nickte.

»Dauert aber ein bisschen, das Huhn muss kochen«, sagte sie und verschwand in der Küche.

Kugelmeyer blieb sitzen. Die Schmerzen im Knie ließen tatsächlich nach, und die im Oberschenkel würden es ebenfalls tun, wenn er ihn in Ruhe ließe. Er stand auf und versuchte Anteilnahme.

»Hast du dir das Kennzeichen gemerkt? Dann kannst du ihn anzeigen«, rief er in die Küche.

Da er keine Antwort bekam, humpelte er ihr nach und wiederholte seine Frage. Ursel Kugelmeyer stand an der Spüle, packte Gemüse aus einer Tüte und schüttelte den Kopf, ohne ihn anzusehen. »Ich weiß nicht einmal, welche Farbe das Auto hatte. Weiß oder Silber. Ich glaube, es war so ein viereckiger Mercedes, aber sicher bin ich nicht.«

Kugelmeyer nickte und blieb unschlüssig stehen.

»Soll ich was helfen?«

»Geht schon.«

»Soll ich was helfen«, hatte er gesagt, nicht »kann ich ...« Wer »soll ...« sagt, will gar nicht. Klang blöd, klang wie ein kleiner Junge, der geschickt wurde: Ich soll dir helfen – kindisch, aber es war die Wahrheit. Er hatte keine Lust, mit ihr in der Küche zu stehen.

»Macht mir aber nichts, stehen kann ich.«

»Ne, lass mal, vielleicht nachher beim Huhn, das mache ich nicht so gerne.«

Kugelmeyer nickte wieder: »Ist gut.«

Er humpelte ins Esszimmer, setzte sich an den Tisch,

nahm lustlos die noch auf dem Tisch liegende Zeitung in die Hand und warf einen Blick auf das beschädigte Bild.

»Ich hab mir was überlegt«, rief er in die Küche, legte die Zeitung wieder weg, stand auf und stellte sich dicht vor den See mit dem Loch.

»Das kann man wieder hinkriegen. Von hinten etwas Leinwand drauf und dann übermalen. Natürlich nicht wieder mit Wasser, das würde man sehen, aber ein Inselchen in den See, das merkt niemand. Wahrscheinlich noch nicht einmal deine Eltern.«

Ursel reagierte nicht.

Kugelmeyer stellte sich in den Türrahmen der Küche und wirkte zuversichtlich.

»Es ist doch ein Ölbild, da ist das vermutlich ganz einfach. Wenn es jemand macht, der etwas davon versteht, merkt das wirklich keiner mehr.«

Sie drehte sich um und legte das Schälmesser zur Seite.

»Es wäre aber nicht mehr dasselbe Bild, und es ist auch nicht wichtig, ob es irgendjemandem auffällt, dass plötzlich eine Insel im See liegt. Ich weiß, dass es beschädigt ist, und ich finde es traurig. Völlig sinnlos und traurig.«

Ursel Kugelmeyer hatte wieder begonnen, Lauch in Stücke zu schneiden. Es war kein glücklicher Moment in ihrem Leben. Viel Irrsinn um sie herum, vielleicht mehr, als sie aushalten wollte. Zum ersten Mal hatte sie das Gefühl, dass es gar nicht die Frage war, was sie aushalten konnte, sondern was sie aushalten wollte. Fand, dass sie sich die Frage eigentlich ein bisschen spät gestellt hatte. Im Wohnzimmer redete Kugelmeyer. War aber nur Hintergrundmusik. Entschuldigen – kann passieren, darf nicht, aber trotzdem – nach vorne sehen – selbst doch auch schön finden – Schlafzimmer – neues Bild.

Sie schwieg, schnitt Lauch, Möhren und Sellerie und kam zu der Überzeugung, dass es höchste Zeit war, sich die Frage zu beantworten. Lange überlegen brauchte sie nicht, kannte die Antwort eigentlich schon seit langem.

»Hörst du mir überhaupt zu?«, fragte Kugelmeyer, der wieder im Türrahmen stand.

»Ich höre dir zu«, antwortete sie.

»Ja und?« Kugelmeyer insistierte. »Ein Versuch wär's doch wert. Frag doch mal diesen VHS-Typen.« Er sah sie fragend an. »Weißt du, wen ich meine? Du warst in der Ausstellung und hast dich mit ihm unterhalten. Warst doch ganz begeistert.«

Sie legte das Messer weg, wusch sich die Hände, trocknete sie mit dem Geschirrtuch ab, sah dabei aus dem Fenster und nickte still.

»Ich kann rauskriegen, wo der wohnt. Das kann nicht schwer sein.«

»Nicht nötig«, sagte sie und sah ihren Mann an, »ich weiß, wo er wohnt.«

Er nickte zuversichtlich: »Ist ja auch nur eine Frage, wenn er meint, dass es das Bild versaut, lassen wir es. Aber vielleicht traut er es sich zu.«

Sie nickte, nahm einen Topf aus dem Schrank: »Ich kann ihn fragen.«

Kugelmeyer blieb noch einen Augenblick in der Tür stehen und sah seiner Frau zu. Hätte eigentlich zufrieden sein müssen. Das Bildproblem begann, sich aufzulösen. Was jetzt kam, betraf ihn nur noch finanziell, darauf war er vorbereitet. Er war aber nicht zufrieden, hatte ein komisches Gefühl. Setzte sich wieder an den Esstisch, blätterte in der Zeitung und suchte nach Gründen für die fehlende Zufriedenheit. »Ich weiß, wo er wohnt«, hatte sie gesagt. Das hatte ihn überrascht. Wenn er drüber nachdachte, fand er seine Überraschung albern. Er war's aber trotzdem.

Kugelmeyer ging nach oben und zog sich um, warf den PC an, überwies ein paar Rechnungen, schaltete den Fernseher an und gleich wieder aus, hörte Musik und sah aus dem Fenster. Nach einer Dreiviertelstunde ging er wieder in die Küche, grinste seine Frau, die am gedeckten Tisch saß und Zeitung las, kurz an und nahm das weich gekochte Huhn widerwillig aus dem Topf. Es hätte vielleicht etwas eher raus gekonnt. Alles ziemlich weich und schwabbelig. Musste nur zupfen, das Fleisch fiel fast von alleine vom Knochen. Roch auch nicht so, dass er Appetit bekommen hätte. Es war ein fettes Huhn gewesen. Er wunderte sich über den Appetit seiner Frau, sagte aber nichts. Stellte die Suppe im Topf auf den Esstisch, nahm die Kelle und schenkte ein. Setzte sich, nahm Brot und aß. War nicht sein Geschmack, aber er hielt durch. Kugelmeyer trank einen Schluck Bier und fragte dann doch, was er eigentlich nicht fragen wollte.

»Wo wohnt er denn?«

»Warum?«

»Nur so. Ist es weit?«

»Nein.«

»Dann ist es ja gut.«

Er nahm einen zweiten Schluck, setzte ab und wischte sich den Mund mit der Serviette ab.

»Wann willst du hin?«

»Mal sehen, weiß noch nicht.«

Kugelmeyer nickte zustimmend und trank sein Bierglas leer, sagte: »Ist ja auch egal«, und sah seine Frau dabei an.

»Was ist?«

»Nichts«, log Kugelmeyer, »war eine gute Idee mit der Suppe.«

KAPITEL 10

Gegen 15.30 Uhr hatte Krawotz kapituliert. Es war nicht mehr auszuhalten gewesen. Die Bandscheiben machten jede Bewegung zur Qual. Nichts besserte sich – im Gegenteil. Krawotz ächzte, biss die Zähne aufeinander, tat, was unbedingt nötig war, und verschwand zum frühestmöglichen Zeitpunkt. Fuhr nach Hause und hängte als Erstes das Schild »Heute Ruhetag« an die Tür. Begrüßte Kanzler und setzte sich auf die Bank, auf der er am Tag zuvor mit Kugelmeyer gesessen hatte. Er schwitzte, hatte starke Schmerzen im Rücken und fühlte sich elend. Die Panikattacke war noch nicht vergessen. Sein massiger Bauch wölbte und verlor sich in beunruhigendem Rhythmus in dem blauen XXL-Pullover, den er unter der alten Lederjacke trug. Krawotz tätschelte den brav bei ihm sitzenden Kanzler, ächzte laut in den Schankraum und versuchte, sich mit der Linken so auf der Bank abzustützen, dass die Schmerzen erträglicher wurden. War gar nicht dazugekommen, sich über den Vorfall am Morgen Gedanken zu machen. Er hatte sich darum gekümmert, dass ausstehende Rechnungen beglichen wurden, und in der Küche für Ordnung gesorgt. Strammes Pensum für einen, der eigentlich ins Bett gehörte. An sich selbst hatte er nicht gedacht. Das musste er nachholen, denn so konnte es nicht weitergehen. Die Sache war ein Schock für ihn. Die Angst hatte ihn immer mal wieder gepackt, aber so noch nie. Hatte ein Glas gewürgt und war umgefallen. Krawotz sah's als Signal, ein paar Dinge mussten sich ändern, möglichst schnell.

Er beschloss, das zu tun, was er in schwierigen Situationen immer getan hatte. Er wollte sich verkriechen, um nachzudenken. Der nächste Gedanke brachte die Lebensgeister zurück: Im Keller hatte er sich eine kleine Sauna eingerichtet. Kompaktmodell, gerade groß genug für einen wie Krawotz. Zwei Bänke auf zwei Ebenen. Unten konnte er nicht sitzen, das war zu eng, aber oben passte es genau, dort gab's sogar eine verstellbare Rückenlehne. Es konnte dicht unter der Decke an die hundert Grad heiß werden, aber er wollte es ja nicht übertreiben. Zwei Saunagänge, dazwischen Pause, dann viel trinken und ins Bett. So würde er Zeit finden, um mit sich ins Reine zu kommen.

Es war aber dann doch schon fast 18 Uhr, bis er in ein Handtuch gehüllt in den Keller schlurfte. Die Sauna war schon hochgefahren, das Handtuch hatte er auf die Bank gelegt, als er das Gesicht verzog, leise stöhnte, sich das Handtuch wieder um die Hüften schlug und sich noch einmal die Treppe hinaufquälte. Kanzler: den hatte er vergessen, der musste nochmal raus. Krawotz schlurfte durch den Schankraum und ließ den Boxer laufen. Dann schloss er die Tür hinter dem Hund ab. Niemand, den die Bandscheiben quälen, steht gerne nur mit einem Handtuch bekleidet an einem zugigen Türspalt. Für den Hund war das kein Problem, der wusste, wie er wieder ins Haus kam: Die Doppeltür zum Lagerraum ließ sich kaum noch verriegeln. Gegenlehnen genügte. Sie öffnete nach innen, sodass Kanzler sie aufdrücken konnte. Der Hund hatte das schnell gelernt, kam nach dem Pinkeln meistens durch den Keller wieder ins Haus.

Frierend und mit der Linken den Rücken stützend, schlurfte Krawotz zurück. Er freute sich auf die Wärme der Sauna. Hatte vor die untere Bank noch ein Höckerchen gestellt, damit er in seinem Zustand leichter nach oben kam.

Er war erst relativ spät im Leben auf den Genuss des Saunierens gekommen. Hatte sich nach einem Europacupspiel in Mailand mal was gegönnt. Edelpuff mit allem Drum und Dran. Zum Erholen gab's auch eine Sauna. Hatte sich noch geärgert, dass er nicht früher draufgekommen war, und sich sechs Wochen später eine für den Keller gekauft.

Krawotz zog die Tür hinter sich zu und krabbelte über das Höckerchen und die untere Bank nach oben. »Heiß wie die Hölle«, murmelte er, aber es tat gut. Er drehte die Sanduhr für den ersten Gang und suchte eine Stellung, in der er es gut aushalten konnte. Hörte die Doppeltür quietschen und wusste, dass Kanzler wieder im Haus war. Gutes Gefühl. Lehnte sich zurück und begann sich langsam an den Gedanken zu gewöhnen, dass er mit einem Arzt reden musste. Nicht wegen des Rückens und auch nicht wegen der Knie. Aber die Angst musste weg, denn wenn er es richtig sah, war zur Angst vor dem Tod jetzt noch die Angst vor der Angst gekommen. So konnte er nicht weitermachen.

Kanzler war tatsächlich wieder ins Haus gekommen.

Sein neuer Freund hatte ihn gerufen und ihn zuerst an seiner Hand schnüffeln lassen. Dann hatte die Hand ihm ein Leckerchen gegeben und hinter den Ohren gekrault. Er hatte ihn gelobt und gestreichelt, so wie er es gerne hatte, und viel länger als Krawotz es jemals getan hatte. Außerdem war er nicht kleinlich, was die Leckerchen betraf. Er hatte eine große Schachtel und Kanzler großen Appetit. Als er satt war, kam er wieder auf die Beine und lief durch die Flügeltür ins Haus. Es störte ihn nicht, dass sein neuer Freund gleich mitkam. Er roch viel versprechend. Kanzler lief durch die offene Tür in den Schankraum, zeigte ihm seinen Platz, schnaufte, freute sich und legte sich auf seine Decke. Sein Freund beugte sich zu ihm hinunter, streichelte ihn wieder und holte aus seiner Tasche, was Kanzler schon gewittert hatte. Er leckte am Knochen, nagte ein wenig und wurde schnell müde. Seine Decke war dicht an der Heizung, dort wurde er immer schnell müde. Sein Freund hatte ihn noch einmal gestreichelt, bevor er gegangen war und die Tür geschlossen hatte.

Das machte Krawotz nie.

Der lag mit geschlossenen Augen auf der oberen Bank und bildete sich ein zu fühlen, wie die Hitze in seinen Körper sickerte, wie sich die Poren öffneten und er das verlor, was er verlieren wollte. Drückte sich mit einer kleinen Bewegung des rechten Arms in eine bequemere Position und fragte sich, ob er seine Angst tatsächlich ausschwitzen könnte. Ein bisschen versponnen, aber eine schöne Vorstellung. Er nahm die Wärme gierig in sich auf und entspannte völlig. War fast dankbar dafür, dass er so füllig war. Hatte die Hoffnung, dass ein mächtiger Körper viel Wärme aufnehmen und speichern konnte. Wärme brauchte er. Die Gedanken machten sich auf und waren schon fast in Mailand angekommen, als er eine Art Knacken hörte. Dachte an Kanzler und öffnete die Augen.

Die Glastür seiner Sauna war nach außen zu öffnen. In der Mitte außen als Griff ein starker Bügel, der über die gesamte Türbreite reichte. Krawotz begriff nicht, was er sah. Unter dem Bügel steckten zwei Besenstiele. Seine zwei Besen, der eine für den Hof und der andere fürs Haus. Krawotz richtete sich auf, sah, dass die Besen unter dem Griff der Saunatür und an der Kiste für das Winterstreugut verkeilt waren. Sah es und begriff es trotzdem nicht. Die Kiste ließ sich nicht bewegen, stand an der Wand. Er setzte sich auf und stieß mit dem Fuß gegen die Tür.

Krawotz hatte sich zunächst erfolgreich gegen das Begreifen gewehrt. Als er dann doch begriff, war es wie eine Explosion. Fast hundert Grad in der Sauna und dort, wo es etwas kühler war, kam er nicht hin. Hätte aber auch keinen entscheidenden Unterschied gemacht. Kein Gedanke nach dem Wer und Warum, nur noch Angst. Keine Schmerzen mehr im Rücken, nur noch der Kampf gegen die Tür. Die Tür war sein Feind. Er trat, er schlug, er schrie. Hatte viel Kraft im Todeskampf, aber die Tür und ihre beiden dünnen Verbündeten waren stärker.

Schlimm war, dass sein Kopf noch funktionierte, als die Kraft zum Kämpfen schon nicht mehr reichte. Krawotz war Koch, und Köche wissen, wie es ist, wenn Fleisch gegart wird.

KAPITEL 11

Für einen, der seine Frau in den zurückliegenden zwölf Monaten vermutlich kein einziges Mal nach ihrer Meinung gefragt hatte, vollzog sich an diesem Mittwochnachmittag im Haus an der Chemnitzer Straße eine dramatische Änderung. Kugelmeyer hatte ursprünglich vorgehabt, Krawotz noch einmal zu besuchen. Auf dem Sofa sitzend hatte er das Bein ausgestreckt, eine Bremsbewegung simuliert und dabei wieder Schmerzen im Knie gespürt. War kurz hochgegangen und hatte den Kopf durch die Tür gesteckt.

»Meinst du«, hatte er seine Frau, die im Arbeitszimmer mit Unterrichtsvorbereitungen beschäftigt war, gefragt, »ich könnte es trotzdem riskieren?«

Natürlich konnte er es nur selber entscheiden, und einen Gang zum Arzt hatte er auch schon erwogen.

Kugelmeyer war zu Hause geblieben, hatte Altpapier sortiert und dabei einen Prospekt für Fernseher gefunden. 16:9-Format. Er hatte ihn seiner Frau gezeigt, weil er sicher sein wollte, dass sie ihn gesehen hatte. Sie hatte bei einer Bekannten mal so einen Apparat gesehen und geschwärmt.

»Was hältst du von denen?«

Selbstverständlich musste man das in Ruhe überlegen und konnte das nicht mal eben am Schreibtisch entscheiden. Kugelmeyer war wieder in die Küche, hatte aufgeräumt und sich Gedanken über die Entsorgung der Reste des Ekelhuhns gemacht. War zum dritten Mal hoch.

»Meinst du, man kann das in die Komposttonne werfen?«

Zweifellos hatte das noch Zeit. Er wollte auch gar nicht in Frage stellen, dass sie sich zunächst um ihre Vorbereitungen kümmern musste und es dann auch selber machen konnte. Sie würde es in Haushaltspapier packen und in die Tonne werfen. Wohin sonst? Es war nur eine Frage gewesen, und aus Kugelmeyers Sicht kein Grund, genervt zu reagieren.

Als er wieder im Esszimmer stand, wusste er nicht so richtig, wohin mit sich selber. Er hatte das Huhn in die Tonne geworfen, sah das gelöcherte Bild und hätte es am liebsten hinterhergeschmissen. Er setzte sich und kramte in einem alten Stapel Zeitschriften. »Test, Technik Abenteuer, ein 4x4-Magazin für die Freiheit auf Rädern.« Kugelmeyer fuhr Golf, schon immer, aber sein Traum war eine Islandtour mit Zelt und eigenem Geländewagen. Island musste nicht unbedingt und schon gar nicht sofort sein, aber gegen so ein wenig Island-Gefühl bei der täglichen Fahrt zur Arbeit hätte er nichts einzuwenden gehabt. Die Vorstellung, bei Bedarf sofort aufbrechen zu können, war schon elektrisierend. Der Island-Traum – starke Medizin, sie half fast immer, wenn er sich ablenken wollte.

Als er hörte, dass Ursel im Arbeitszimmer ihre Sachen zusammenpackte, setzte er Tee auf, stellte zwei Tassen auf den Tisch und holte die Spielkarten aus dem

Schränkchen. Er hätte gerne Tee getrunken und dabei mit Ursel mal über den Urlaub geredet. Island, erst mal ganz allgemein. Tat er dann aber doch nicht. Sie kam runter, sah das Magazin, zeigte auf das Titelbild und meinte, dass es so ein ähnlicher Wagen gewesen sei, den die Bulldogge gefahren habe. Es folgten für ihre Verhältnisse außergewöhnlich abfällige Bemerkungen über Männer und ihr Verhältnis zu Autos.

Kugelmeyer lächelte, mischte die Karten, teilte aus und goss Tee in die Tassen. Lächelte weiter, sortierte seine Karten, nahm einen Schluck und verzog das Gesicht.

»Ouu, zu süß, ich hab zu viel Zucker drin.«

Er hatte gar nicht erwartet, dass sie darauf reagierte, war nur so eine Feststellung. Er gewann das erste Spiel und sagte fröhlich: »Es passieren noch Wunder.« Gewann auch die zweite Runde, trank die Tasse leer und stellte sie mit so viel Schwung zur Seite, als wolle er ihr damit den Kampf ansagen: »Wer als Erster fünf Spiele gewonnen hat?«

Sie zuckte gleichgültig mit den Schultern.

Kugelmeyer gab Karten für das dritte Spiel, goss sich eine zweite Tasse ein, nahm – ein bisschen demonstrativ – weniger Zucker und rührte um.

»Du fängst an«, sagte er, »und was ich dich immer noch fragen wollte, du hast doch damals mit der Malerei angefangen. Warum hast du eigentlich aufgehört? Ich hatte den Eindruck, es macht dir Spaß.«

Ursel Kugelmeyer sortierte bedächtig ihre Karten und spielte die erste aus. Pik-König auf Kreuz-Neun.

»Was soll das?«, fragte Kugelmeyer.

Ursel schüttelte irritiert den Kopf, steckte die Karte wieder ein und spielte eine Pik-Neun.

»Warum hast du aufgehört?«, wiederholte Kugelmeyer. »Ich fand die Bilder eigentlich ganz schön. Wenn du weitergemacht hättest, wäre das vielleicht etwas geworden. Ist doch am Anfang immer schwierig.«

»Ich hatte keine Lust mehr.«

»Schade.«

Ursel Kugelmeyer sah ihren Mann an, als nähme sie ihm das »Schade« übel. Kugelmeyer fand's zickig, denn auch, wenn es vielleicht kein durch und durch überzeugtes »Schade« gewesen war, er hatte es nett gemeint. In der dritten Runde drohte Kugelmeyer auf die Verliererstraße zu geraten, hatte Karten ziehen müssen und konzentrierte sich aufs Spiel. Die Frage kam deshalb ganz beiläufig.

»Du warst doch ganz begeistert von diesem VHS-Heini, diesem Älteren, ich komm nicht auf den Namen.«

»Thomas«, antwortete sie.

Kugelmeyer verlor das Spiel und grinste: »Unter Malern gibt's kein Sie, was?«

»Ulrich Thomas«, erwiderte sie.

Kugelmeyer schluckte und griff zur Kanne: »Willst du noch?«

Er schüttete ihr Tee in die Tasse, streckte sich, entspannte und lächelte seine Frau an. »Oh Mann, weißt du eigentlich, dass du bisher alle Spiel gewonnen hast? Ich meine, du warst immer Gesamtsieger. Seit wir spielen. Wahnsinn!«

Ursel Kugelmeyer verteilte Karten, sah ihren Mann dabei aber nicht an, sondern schien sich nur mit Mühe darauf konzentrieren zu können, die Karten abwechselnd ihm und sich selber zu geben:

»Ich habe damals aufgehört, weil Uli mir den Hof gemacht hat. Er hatte sich in mich verliebt. Ich wollte das nicht.«

Eifersucht ist eine komplizierte Sache, unbegründete Eifersucht vermutlich noch komplizierter. Aber unbegründete Eifersucht, die man gar nicht mehr erwartet hat, weil man sich schon in der Liga der Gleichgültigen wähnte, verlangt die Bereitschaft, unmittelbar und hart an sich zu arbeiten. Das Irrationale darf man nicht so wuchern lassen. Die ersten Stellungnahmen sind deshalb nicht ganz einfach, es ist viel zu sortieren. Kugelmeyer sah seine Frau an und schwieg. Hatte Wackersteine im Bauch und suchte einen kleinen Satz, den er erst mal denken und dann aussprechen konnte. War aber schwierig. Klappte den Mund auf und fand nur den vermutlich dümmsten aller möglichen Sätze.

»Dann ist ja gut.«

Kugelmeyer glaubte, im Blick seiner Frau sogar so etwas wie Verachtung bemerkt zu haben. Aber, in einer solchen Situation kann man sich ja leicht täuschen. Es war nur ein ganz kurzer Blick gewesen.

»Ich meine nicht, dass es gut ist«, korrigierte er sich, »ich meine, warum hast du denn damals nichts gesagt?«

»Damals?«, fragte sie. »Es ist sechs Monate her.«

»Gott, ich dachte, es läge länger zurück.«

Ursel Kugelmeyer dachte einen Moment nach: »Sechs Monate, eine Woche und zwei Tage. Der Malkursus ist immer montags.«

Kugelmeyer hatte keinen Appetit mehr auf Tee, schob die Tasse beiseite, räusperte sich, sagte: »Stimmt, immer montags«, und ignorierte die Präzision der Zeitbestimmung. Er sah auf die Kerzenflamme im Stövchen und legte die Stirn in Falten.

»Ich habe ihn nur einmal und auch nur ganz flüchtig gesehen. Das war, als ich dich abgeholt habe wegen des Glatteises, du wolltest nicht fahren. Wenn ich den Richtigen meine, habe ich damals gedacht, dass sich da ein Rentner was nebenbei verdient.«

Ursel Kugelmeyer legte ihre Karten auf den Tisch, fingerte ein Taschentuch aus der Jeans und schnäuzte sich: »Er ist zweiundsechzig, hat den zweiten Dan in Karate, trainiert dreimal die Woche und muss sich nichts mehr nebenbei verdienen. Er lebt ganz gut von seinen Bildern. Die meisten verkauft er über eine Düsseldorfer Galerie. Außerdem hat er sowieso genug Geld. Er hat sich von seinem Bruder irgendwann ausbezahlen lassen, sie hatten eine gemeinsame Firma. Er macht nur noch das, wozu er Lust hat. Die Malerei und seinen Sport.«

Kugelmeyer schwieg und sortierte, was er gehört hatte. Anfangs zäh, dann immer schneller. Die Antwort drückte aufs Tempo, ein Satz, der raus wollte, aber nicht durfte:

Und so einer verliebt sich in dich?

Ihn nicht auszusprechen, war ein Kampf. Etwas in ihm fühlte sich unfair behandelt, herabgesetzt. Irgendwie stand der Vergleich mit dem malenden Karaterentner jetzt im Raum. Schwarzer Gürtel, Künstler, Geld – ein heikles Thema für jemanden, der unter der Vorstellung leidet, dass er viel mehr könnte, wenn er nur die Möglichkeit hätte, es zu zeigen. Die Malerei war seine Sache nicht, aber er hatte schon überlegt, alles mal aufzuschreiben, was er im Laufe der Jahre so erlebt hat. Kongo hatte ihn fast angefleht, sich hinzusetzen. »Ich kann das nicht«, hatte er gesagt, »aber du wärst dazu in der Lage, bestimmt.« Aber woher die Zeit nehmen, wenn man so einen Job hat? Polizist ist man vierundzwanzig Stunden am Tag, das hört nicht auf. Im Kopf und in den Nervenbahnen jedenfalls nicht, und das war entscheidend. Dazu kamen die Dienste am Wochenende. Ein bisschen mehr Freizeit, nur ein bisschen mehr, dann sähe er auch anders aus. Der Wunsch, sich zu bewegen, war da, hatte er doch gerade erst bewiesen. Den Vergleich mit dem Pinseltypen fand Kugelmeyer ungerecht, und mit Ungerechtigkeit konnte er schlecht umgehen.

»Zweiundsechzig? Ich dachte, er wäre älter.«

Der Satz klang vielleicht etwas schnippischer, als er gemeint war. Er wollte sein Gefühl gar nicht so unverhohlen zum Ausdruck bringen.

Ursel Kugelmeyer sah ihn einen Augenblick lang an. Es war ein Blick, den Kugelmeyer noch nicht kannte. Nichts Versöhnliches, nichts, was darauf schließen ließ, dass sie sich ärgerte, oder, was sonst eigentlich immer unterschwellig dabei war, unter der Situation ein wenig litt und sie beenden wollte.

»Ja stimmt, du hast Recht«, nickte sie, »er ist am Sonntag dreiundsechzig geworden. War eine schöne Feier.«

»Sonntag? Ich dachte, du wärst auf Beates Geburtstag gewesen.«

»War ich auch, sie haben beide am gleichen Tag Geburtstag und zusammen gefeiert. Der ganze Kursus war nochmal eingeladen.«

Kugelmeyer nickte, als wolle er sagen, dass er unter diesen Umständen nichts dagegen einzuwenden gehabt hätte, dass sie zu der Feier gegangen war. Er griff zu seiner Tasse, zog sie wieder zu sich heran und trank den letzten Schluck. Stellte sie ab und spielte mit dem Zeigefinger am Henkel. Dachte lange nach und nickte erneut.

»Dann kann ich verstehen, dass du ihn wegen des Bildes nicht gerne fragen willst.«

Ursel Kugelmeyer antwortete nicht, stand einfach nur auf, nahm das Bild von der Wand und legte es auf den Tisch.

»Das Karatetraining am Mittwoch dauert immer bis halb neun. Danach fahre ich rüber und frage ihn.«

Kugelmeyer nickte und spürte, wie die Steine in seinem Bauch heftig drückten: »Ja klar, warum auch nicht.«

Sie nahm ihre Tasse, stellte sie auf die Spüle und kam zurück. »Ich muss noch einkaufen.«

Kugelmeyer erhob sich ebenfalls, nahm Tasse und Kanne. »Bist du jetzt irgendwie sauer?«

Seine Frau warf ihm einen Blick zu, den Kugelmeyer überzogen fand. Es war ihm doch eigentlich nur darum gegangen, seine Bereitschaft zum Gespräch zu signalisieren.

»Könnte ich deiner Meinung nach einen Grund haben?«

Kugelmeyer dachte an den VHS-Typen und sein praktisch nicht existierendes Sexualleben der letzten Jahre.

»Nein.« Davon war er überzeugt.

Ursel Kugelmeyer reagierte nicht, drehte sich um und kramte in der Küche nach einer Einkaufstasche.

»Du kannst mir die Sache mit dem Bild natürlich in dreißig Jahren noch übel nehmen, dagegen kann ich nichts tun, aber ich zum Beispiel habe nichts mit einer von der VHS.«

Ursel Kugelmeyer ging wortlos an ihrem Mann vorbei

zur Garderobe, zog die leichte Regenjacke an und drehte sich noch einmal um.

»Ich habe auch nichts mit einem von der VHS. Aber das ist ja meine eigene Dummheit.«

Es gab keinen Entschluss. Kugelmeyer konnte sich zu nichts entschließen. Saß im Auto und fuhr los, hatte ein Ziel vor Augen, sah es aber nicht. Es war zu viel Aufruhr in ihm, zu viel Durcheinander. Beziehungen sind immer eine komplizierte Sache, aber wenn alles plötzlich mit einer solchen Geschwindigkeit in Bewegung gerät, braucht man Zeit. Das Unangenehmste war der Perspektivenwechsel, an den musste er sich erst einmal gewöhnen. Beziehungen, in denen sich beide auf Augenhöhe bewegen, sind selten. Irgendwie gibt es immer ein Gefälle. Das muss nicht schlecht sein, kann sich über die Jahre sogar zu einer recht stabilen Angelegenheit entwickeln, wenn beide das so akzeptieren. Kugelmeyer hatte seine Ehe mit Ursel immer ein bisschen aus der Position leichter Überhöhung erlebt. Bisweilen war's sogar die komplette Draufsicht gewesen. Er hatte immer das Gefühl gehabt, die Dinge schneller zu begreifen, mehr Durchblick zu haben, ein bisschen mehr im Leben zu stehen – Herrgott, er war Polizist, da kann das nicht verwundern! Plötzlich war's anders. Er saß in seinem Golf und schrumpfte. Männer schrumpfen von innen nach außen: Vergleiche, die ein bisschen unglücklich enden, zielen aufs Innerste, tun weh, sorgen für starke Kontraktion der Seele, der Körper folgt der Bewegung, der Mann schrumpft, und in der Beziehung ist die Blickrichtung plötzlich leicht nach oben geneigt. Ganz schwer auszuhalten!

Als er sein Ziel vor Augen hatte, erkannte er es. Kugelmeyer war nach Dahl gefahren. An der Straße zur Autobahn lag links ein Autohändler mit Gebrauchtwagen-Abteilung in Paradeformation. Ganz rechts ein Landrover Defender, dunkelblau, Aluminiumfelgen. Er war immer mal wieder vorbeigefahren und hatte die Wochen gezählt, die der Wagen dort stand. War kein gewöhnlicher Defender. Was ganz Seltenes, einer aus einer Jubiläumsserie mit Automatik, Klimaanlage, V8-Motor und deshalb unverkäuflich.

Kugelmeyer traf auf einen schlechten Verkäufer. Junger Typ, noch ganz am Anfang. Hatte beim Rhetorikkursus in der Weiterbildung gut aufgepasst, sich aber nicht besonders viel gemerkt. Wiederholte sich oft. Wäre nicht so schlimm gewesen, wenn er seine Fassungslosigkeit etwas besser im Griff gehabt hätte. Er sah Kugelmeyer an, als traue er der ganzen Sache nicht, als rechne er mit einer versteckten Kamera oder einem Testkäufer. Wies deshalb sogar zweimal auf den Verbrauch eines V8-Motors hin. »Der nimmt sich natürlich ein bisschen mehr als der Diesel.« Probefahrt, Rückgabe im Laufe des nächsten Tages – kein Problem.

Kugelmeyer rollte vom Hof, bog rechts ab, gab ein wenig Gas und hörte den Motor grummeln. Fuhr nach Osten, Fahlenscheid, kleines Skigebiet, kannte sich dort ganz gut aus. Viel Wald, schlechte Wege, heftige Steigungen. Machte das Auto dreckig und ahnte das Abenteuer. War ganz schön. Fuhr dann ein paar Kilometer zurück auf einen etwas abgelegenen kleinen Parkplatz im Wald, den Pärchen im Sommer meistens nicht länger als zwanzig Minuten in Anspruch nahmen. Nur die Spanner blieben länger. Kugelmeyer hatte keine Frau dabei und auch kein Fernglas. Kugelmeyer hatte den Defender mit V8-Motor. Auch nicht schlecht. Er ließ den Motor noch einmal kurz grummeln, machte ihn dann aus und die Standheizung an. Wirklich nicht schlecht. Die Sitze waren nicht serienmäßig. Sie hielten den Fahrer in Position und stützten, wo es sein musste. Sitze wie aus einem Rallyewagen – gut für den Rücken. Es wurde langsam dunkel, und Regen begann, auf das Aluminium des Landrovers zu trommeln. Kugelmeyer drückte sich ein bisschen fester in den Sitz, schaltete das Radio ein und gleich wieder aus, drückte den Kopf leicht gegen die Stütze und versuchte nachzudenken.

Am nächsten Tag sollte Frank Altmann beerdigt werden, da wollte er hin. Er wollte unbedingt mit Krawotz reden, der würde sicher kommen. Kugelmeyer versuchte, das, was er bisher gehört hatte, noch einmal zu überdenken und auf Hinweise abzusuchen, die er vielleicht übersehen hatte, konnte sich aber nicht konzentrieren.

Wie auch?

Wenn man erfährt, dass jemand die Finger nach der eigenen Frau ausstreckt, kommt der Reflex. So wie ein Blitz aus dem Dunklen, eine Botschaft aus den tiefen Schichten, aus dem Archaischen: Der kriegt was aufs Maul. Alle denken das, vielleicht nur ganz kurz, vielleicht nicht so laut, vielleicht auch unbewusst, aber sie denken es: Der kriegt was aufs Maul. Die allerwenigsten tun's wirklich. Viele trauen sich nicht, die andere Hälfte will auch gar nicht, weil der nächste Gedanke ziemlich schäbig ist: Mach's doch, wirst schon sehen, was du davon hast. Beim Reflex geht's oft auch gar nicht um die Frau, sondern ums Prinzip. Wer so etwas macht, kriegt was aufs Maul. Kugelmeyer saß im Landrover und hatte

Schwierigkeiten mit dem Innersten. Wenn man weiß, dass der andere den schwarzen Gürtel hat, kommt das Archaische schnell durcheinander. »Scheiße«, sagte Kugelmeyer leise. Das dritte Mal an diesem Tag.

KAPITEL 12

Um 14 Uhr, so hatte Kugelmeyer aus der Todesanzeige erfahren, sollte die Trauerfeier für Frank Altmann beginnen. Anschließend war die Beisetzung auf dem Attendorner Waldfriedhof. Zeitlich alles schon recht knapp. Zum ersten Mal trieb er den Defender, und zum ersten Mal fühlte er sich ein wenig deplatziert im Auto. Kugelmeyer ganz in Schwarz – Anzug, Lederschuhe, Mantel. Islandflair war das nicht, alles ziemlich ungewohnt. War aber einerlei, er hatte jetzt Zeit, sich zu gewöhnen. Der Defender gehörte ihm. Aber vielleicht hätte er am Abend zuvor die Standheizung besser aus gelassen. Seinem Kopf hatte die warme Gebläseluft nicht gut getan.

Er erinnerte sich noch, wie es schnell schön warm geworden war im Auto und er sich in dem Rallyesitz entspannt und gespürt hatte, dass die Polster ihn angenehm stützten, hatte dem Regen zugehört und gefühlt, wie der Kerl mit der Halbglatze, den er vor der Schule stehen und mit seiner Frau reden sah, kleiner wurde und aus seinem Kopf verschwand. In der Nacht war er dann zwar mehrfach aufgewacht, weil es auf Dauer doch nicht so behaglich war, aber er blieb, wo er war.

Kugelmeyer fand den Gedanken gut, nicht nach Hause zu fahren. Wenn sie nach ihrem Besuch bei dem Pinseltypen wieder heimgekommen sein sollte, würde sie sich Gedanken machen. Wenn nicht, war es sowieso egal. Gegen 1.30 Uhr war Kugelmeyer das zweite Mal ausgestiegen, hatte sich an der Motorhaube festgehalten und ein paar Dehnübungen gemacht. Eine kalte Nacht. War schnell wieder ins Auto gekrochen und hatte sich doch nochmal geärgert, das Handy aus der Jackentasche gezogen und nachgeschaut, ob er im Schlaf etwas nicht mitbekommen hatte. Kein Anruf, keine SMS.

So steht's also, dachte er. Ein Satz, den er nicht mehr denken mochte. Hatte ihn mit Sicherheit schon zehnmal gedacht an diesem Abend – bei jedem Blick aufs Handy. Wollte ihn nicht noch einmal denken und schaltete es aus. Jetzt war's einfacher, er konnte sich das Nachsehen sparen.

Kugelmeyer drückte den Kopf in die Stütze des Sitzes und massierte sich die Nackenmuskeln: Kopfschmerzen, schlechte Luft wegen der Standheizung. Er öffnete das Fahrerfenster einen Spalt, schaltete das Handy wieder ein und entschied sich, den Landrover zu kaufen. Musste ja irgendwie weitergehen, und der Defender war ein Anfang. Der Kaufentscheid war reine Bauchsache. Es war ihm wichtig, dass er zu so etwas noch den Mumm hatte. Den Kugelmeyer, der dazu nicht mehr in der Lage gewesen wäre, hätte er nicht gemocht.

Nach dem Frühstück bei McDonald's fühlte er sich deutlich besser. Der Kaffee und das Rührei waren gut gewesen, und er konnte aufs Handy sehen, ohne sich schlecht zu fühlen. Hatte es immer mal wieder ausprobiert und nahezu ärgerfrei weggesteckt. Außerdem ein bisschen geflirtet. Völlig harmlos und nur ein etwas längerer Blick als nötig, aber es hatte gut getan. War wieder in den Defender gestiegen, hatte nochmal aufs Handy gesehen und war nach Hause gefahren. 8.15 Uhr. Sie saß bereits im Unterricht. Hätte er albern gefunden, ins Schlafzimmer zu rennen und nachzusehen, ob ihr Bett benutzt aussah. Machte es aber trotzdem. Die Decke wie zum Lüften zurückgeschlagen. Konnte aber auch ein Trick sein. Er ging ins Badezimmer und prüfte die Zahnbürste. Fühlte sich noch feucht an, war also vermutlich benutzt worden. Besagte aber auch nicht viel. Er ging zum Telefon und rief sich selber auf dem Handy an – es funktionierte, keine Störung. Ärgerte sich über sich selber, duschte und fuhr zum Autohändler. Dort mochten sie ihn. Es gab eine Tasse Kaffee, nette Gespräche, finanzielles Entgegenkommen und die Frage, ob er einen wichtigen Anruf erwarte.

»Nein, warum?«, fragte Kugelmeyer.

»Sie sehen immer aufs Handy«, lachte der Verkäufer.

Kugelmeyer lachte auch.

Das Ganze zog sich doch etwas hin, obwohl alle aufrichtig bemüht waren, den Kauf zügig abzuwickeln. Den Golf nahmen sie ungeprüft. Kugelmeyers Versprechen, dass der Wagen in Ordnung sei, reichte völlig. Als er vom Hof des Händlers fuhr, war er gerade in der Zeit. Er musste sich noch umziehen. Dann stand er im schwarzen Anzug vor dem Defender und fand's komisch. Zur Beerdigung wäre der Golf besser gewesen, dachte er und steckte das Handy in die Brusttasche des Jacketts. Dort spürte er den Vibrationsalarm besser.

Nach allem, was er an Betroffenheit in der Zeitung hatte lesen müssen, hatte sich Kugelmeyer auf eine große Demonstration von Anteilnahme eingestellt. Doch als er kurz nach 14 Uhr auf den Parkplatz an der Friedhofskapelle fuhr, bekam er zu seiner Überraschung noch einen Platz für den Defender, der es ihm ermöglichte, halbwegs trocken bis zur Kapelle zu kommen. Es regnete heftig, Kugelmeyer hatte seinen Schirm vergessen, und halbwegs trocken war auch nur mit einem Sprint zu realisieren. Orgel und Gesang der Trauergemeinde ließen ihn unbemerkt die schwere Türe öffnen, vorsichtig wieder schließen und sich in leicht gebückter Haltung, so, als wolle er sich verstecken, in die letzte Reihe schleichen. Viel Luft in den Bänken. Außer den Familienangehörigen und Freunden waren es vor allem Vorständler jener Vereine, für die Altmann gespielt hatte, und eine kleine Delegation des Stifts, angeführt von Gottfried Thanat, die sich Mühe gaben, mit dem Tempo der Orgel Schritt zu halten. Aus den wenigen schweigend vor sich hin starrenden Aktiven hätte der Trainer, der rechts neben dem kleinen Altar Platz gefunden hatte, vermutlich keine landesligataugliche Mannschaft formen können.

Aus der letzten Bank suchte Kugelmeyer nach einem Hinterkopf, den er zuordnen konnte. Ohne Erfolg. Dunkle Mäntel, grau melierte Haare, die eine Hälfte noch kräftig im Wuchs, die andere kurz geschorener Silberkranz. Aus seiner Perspektive ziemlich hoffnungslos. Krawotz hätte er auch von hinten erkannt, sah ihn aber nicht. Kugelmeyer nahm an, dass er ganz vorne und deshalb für ihn verdeckt saß. Er fröstelte. Schuhe mit dünner Ledersohle und viel zu dünne Strümpfe. Bei seinem Sprint war er in eine tiefe Pfütze getreten, die Feuchtigkeit kam durch – unangenehmes Gefühl. Gedankenverloren griff er sich an die Brust, als sei er nicht sicher, ob das Handy noch an Ort und Stelle war. Deshalb bemerkte er erst spät, dass jemand versuchte, mit ihm Kontakt aufzunehmen. Sein Banknachbar war langsam an ihn herangerutscht, hatte ihm freundlich das Gesangbuch hingehalten und, als Orgel und Gemeinde verstummten, aus dem Augenwinkel einen fragenden Blick zugeworfen.

»Sie sind doch Kugelmeyer?«

Er nickte und beugte sich überrascht nach rechts in der Annahme, dass es der Flüsterer bei dieser Frage nicht bewenden lassen wollte. Der schwieg aber. Kugelmeyer richtete sich auf und sah in ein ihm völlig fremdes Gesicht. Nichts im Verhalten des Unbekannten deutete darauf hin, dass er vorhatte, das Gespräch fortzusetzen. Fünfzig Jahre alt, vielleicht ein wenig älter. Dunkle, schüttere Haare, linker Seitenscheitel. Dunkelblauer Regenmantel, schwarze Hose, grauer Schal und schwarze Schuhe mit Gummisohle. Kugelmeyer spürte, dass ihm die Nase lief, hatte kein Taschentuch und zog leise hoch. Er warf seinem Nachbarn einen zweiten Blick zu. Der wirkte müde und angegriffen, hatte Ränder unter den Augen, schien aber konzentriert auf das zu hören, was der Pastor Familie und Freunden des Toten zu sagen hatte. Für Kugelmeyer war zuhören nicht einfach. Seine Nase lief heftig, und es erforderte Konzentration, das Problem akustisch so zu lösen, dass er die Trauerfeier nicht störte. Er hoffte auf die Orgel. Aber nicht nur der Organist half Kugelmeyer. Als die Gesangbücher wieder aufgeschlagen wurden, drehte sich sein Nachbar leicht zu ihm um und hielt ein Papiertaschentuch in der Hand.

»Ich muss Sie noch sprechen«, flüsterte er wieder so leise, dass Kugelmeyer nicht sicher war, ob er ihn richtig verstanden hatte. Er schnappte nach dem Taschentuch, schnäuzte sich dreimal und warf einen dankbaren Blick über die rechte Schulter. Sein leises »Danke, kein Problem, ich habe Zeit«, verschwand scheinbar ungehört im Gesang der Trauernden. Sein Nachbar war wieder auf Distanz gegangen. Hielt sein Gesangbuch dicht vor den Bauch und schien versunken, ganz auf sich bezogen. Die Sphinx hatte gesprochen, die Sphinx schwieg. Schwieg, als hätte sie ewig geschwiegen, als hätte es die beiden Sätze nie gegeben. Nur das benutzte Papiertaschentuch, das Kugelmeyer vorsichtig mit den Fingerspitzen in seine linke Manteltasche steckte, war Beweis, dass die Sphinx reden konnte.

Merkwürdiger Kerl, dachte Kugelmeyer und konzentrierte sich wieder auf seine Nase. Die nette Geste hatte nur vorübergehend Linderung gebracht. Da er in den letzten Minuten abgelenkt gewesen war, griff er nach dem Handy, sah nach, steckte es wieder weg und zog vernehmlich hoch. Herrgott! Sie war lange zu Hause. So viel Distanz, so viel Ausdauer. Kugelmeyer fröstelte.

In die ersten Orgeltöne des letzten Liedes beugte sich die Sphinx ein drittes Mal zu ihm herüber: »Wissen Sie, wer ich bin?«

»Nein«, erwiderte Kugelmeyer überrascht und schniefte.

Kein Name, keine Erklärung, keine Fortsetzung des Gesprächs. Die Sphinx schwieg, konzentrierte sich auf den Gesang und setzte bei der zweiten Strophe ein. Sie sang leise und mit hellem Stimmchen. Albern, dachte Kugelmeyer und ärgerte sich. Weil er schon mal dabei war, suchte er auch nach einem Adjektiv für das Verhalten seiner Frau. Fand aber keins. Das Fremde ist erst mal schwer zu beschreiben. Wortlos, mit kalten Füßen und immer noch laufender Nase, saß er in der Kapelle und hörte dem zarten Stimmchen zu. Es stand im scharfen Kontrast zu dem, was in Kugelmeyer wuchs. Schlechte Laune beschrieb es nur unzureichend. Das Archaische in ihm machte Vorschläge, wie er die Dinge richten könnte. Die Orgel nervte, das Stimmchen und ein paar sauber ausrasierte Nacken vor ihm auch. Eigentlich nervte alles. Kugelmeyer brauchte Stille, um sich zu sortieren. Er schnaufte leise, aber anders als üblich. Für ihn selbst klang es drohend. Er war sich allerdings nicht sicher, ob andere es ebenfalls so empfunden hätten. War ja auch nicht klar, wem er drohte. Eigentlich hätte er aufstehen und etwas tun müssen. Hätte vielleicht nach vorne gehen, sein Handy in den Sarg werfen und seiner Frau unterhaltsame Gespräche wünschen sollen. Es wäre ein Zeichen gewesen. Aber er hatte noch zu viel mit seinen beiden letzten Zeichen zu tun. Der Schuss ins Bild und sein Widerstand gegen Möllendiek waren im Ergebnis noch offen. Deshalb blieb Elmar Kugelmeyer sitzen, hörte übellaunig dem Singsang des Kastraten zu und griff sich an die Brusttasche, weil es sich für einen Moment so angefühlt hatte, als hätte das Handy vibriert.

Er war der Erste, der draußen vor der Kapelle stand und darauf wartete, dass sich der Trauerzug zum Grab in Bewegung setzte. War wegen seiner Nase nach draußen geeilt. Wäre sonst gerne länger in der Kapelle geblieben. Es regnete immer noch. Er hatte den Kragen des Mantels hochgeschlagen und im Eingang Schutz gesucht. Musste aber nach und nach die regensichere Stellung aufgeben. In der Trauergemeinde gab es eine Vorliebe für die kleinen praktischen Schirme, die auf Knopfdruck öffnen. Die Tür ging auf, und Schirme verließen die Kapelle, immer nur Schirme. Es machte Plopp, und Kugelmeyer musste einen Schritt weichen. Nach fünf oder sechs Schirmen stand er schutzlos im feinen Kies vor der Kapelle und zog hoch. Er wartete auf die Sphinx, hatte aber ein Ortungsproblem. Wind war aufgekommen und der Regen noch heftiger geworden. Die Schirme wurden dicht über den Köpfen gehalten. Kugelmeyer sah nur dunkle Mäntel, dunkle Hosen und Schuhe mit dicken Gummisohlen. Kleine Grüppchen machten sich auf den Weg zum Grab. Gemischte Gruppen, er und sie untergehakt mit nur einem Schirm, oder Herren, solo. Gemäßigter Schritt. Kugelmeyer achtete auch auf die Gemischten. War sich nicht sicher, meinte aber, in der Kapelle neben der Sphinx Begleitung wahrgenommen zu haben. Die Suche blieb ergebnislos, keine passende Schirm-Mantel-Hose-Kombination in Begleitung. Er zog den hochgeschlagenen Kragen noch ein bisschen höher, schniefte wieder, vergrub die Hände in den Taschen und machte sich ebenfalls im Schlenderschritt auf den Weg zum Grab. Dort war die Situation noch aussichtsloser. Schirme dicht an dicht, keine Gesichter. Kugelmeyer fand weder Krawotz noch die Sphinx.

Aber die Sphinx fand ihn.

Sie stand plötzlich hinter ihm und redete wieder so leise, dass Kugelmeyer die ersten Worte gar nicht mitbekam. Er hatte im Regen gestanden und resigniert, sich mut- und hoffnungslos fühlend den Regen ertragen. Hatte das dämliche Handy aus der Tasche geholt und nachgesehen. Der Regen war wie Trommelfeuer. Es fühlte sich an, als ob jeder verdammte Tropfen, der vom Himmel fiel, auf ihn gerichtet war. Auch die, die ihn knapp verfehlten. Sie sprangen vom Boden auf und krallten sich in seine Hose. Und die, die schon gelandet waren, bevor er das Grab erreicht hatte, kämpften sich durch Ledersohlen und die dünnen Strümpfe. Hatten alle nur ein Ziel, sie wollten ihn fertig machen.

Kugelmeyer fror jämmerlich, an den Schultern war der Regen durch, auch sein Mantel hatte ihn im Stich gelassen. Er warf einen Blick auf den Sarg und stellte mit Erstaunen fest, dass es ein neidischer gewesen war. Wurde dann ganz sachlich: Fragte sich ernsthaft, ob es wirklich Todessehnsucht war, die ihn hatte neidisch werden lassen, oder einfach nur die Vermutung, dass der Trainer es schön trocken hatte.

Deshalb hatte er die ersten Worte des Flüsterers nicht verstanden. Hatte nur bemerkt, dass ihm jemand von hinten einen Schirm über den Kopf hielt. Er wollte sich schon umdrehen und dem Flüsterer ins Gesicht sehen, als er von ihm mit einem sanften Stoß zurückgedreht wurde. Kugelmeyer blickte nach vorne zum Grab, der Flüsterer sprach. So wollte er es, und Kugelmeyer fügte sich gerne, denn der Flüsterer hatte ein starkes Argument. Er hatte einen Schirm.

» … eine gute Seele«, verstand Kugelmeyer, »der hätte niemandem etwas getan. Am Frank darf das nicht hängen bleiben. Er hat gebüßt für die Schuld der anderen. Er hat es nicht ertragen, obwohl er unschuldig war. Der Tod des Alten war ein Unfall, verstehen Sie? Er ist nicht im Steinbruch gestorben, der war schon tot. Er hatte sein Todesurteil schon.«

Bei »Unfall« war Kugelmeyer zusammengezuckt und hatte versucht, sich trotzdem umzudrehen, wurde vom Flüsterer aber festgehalten.

»Der Frank hatte Angst. Das Spiel am Wochenende hätte nicht angepfiffen werden dürfen. Die halbe Mannschaft fehlte, er hatte keine Chance. Er war verzweifelt! Fußball war alles, das war sein Leben. Verstehen Sie?«

Der Flüsterer machte eine Pause, als wolle er Kugelmeyer die Chance geben, das Gehörte zu verarbeiten.

»Einer wie der Frank steigt nicht ab, ohne alles zu versuchen. Der Abstieg hätte Entlassung bedeutet. Die hätten ihn rausgeschmissen!«

Wieder stockte der Flüsterer. Kugelmeyer hatte eine etwas verkrampfte Haltung eingenommen. Er stand zum Grab gewandt mit dem Rücken zum Flüsterer, hatte sich deshalb nach hinten, in ein Hohlkreuz gebeugt, um ihn besser zu verstehen. Sein Rücken begann zu schmerzen.

»Der Frank war nicht wie die, die schon zehnmal rausgeflogen und zehnmal wieder irgendwo untergeschlüpft sind. Frank kannte das nicht. Er war auf seine Art ganz oben, hat immer nur Erfolg gehabt. Immer.«

Kugelmeyer spürte, wie der Flüsterer ihm ein wenig näher kam. War angenehm, so konnte er sich wieder aufrichten und den Rücken entlasten.

»Er hatte Erfolg, weil er die Niederlage nicht akzeptierte. Niemals! Aufstehen, kämpfen. Das war's. So hat er gelebt.«

Wieder schwieg der Flüsterer. Er bewegte sich, hatte zunächst rechts hinter Kugelmeyer gestanden und wechselte jetzt auf die linke Seite. Der musste wieder ins Hohlkreuz, denn der Flüsterer wisperte nur noch.

Außerdem hörte Kugelmeyer auf dem linken Ohr schlechter als auf dem rechten.

»Er hat sich umgebracht, weil er annahm, dass man ihm die Schuld am Tod des Alten geben würde. Aber er war es nicht. Er hat ihn in den Steinbruch gebracht, ja, aber da war er schon tot. Es war ein Unfall. Wenn ihn jemand umgebracht hat, dann dieser Idiot mit dem Passat. Am Sonntag auf der Kreisstraße unten am See, um drei Uhr in der Frühe. Das wird alles tot geschwiegen. Ich sage Ihnen aber, der Alte war tot, als er in den Steinbruch kam!«

Der Flüsterer musste gespürt haben, dass Kugelmeyer sich wieder umdrehen wollte, und hielt ihn am Arm fest.

»Es war ein furchtbares Missverständnis mit dem Alten. Der Frank hat sich erschrocken, er war schon fix und fertig, bevor der Unfall passiert ist, der konnte gar nicht mehr denken.«

Die Sphinx hielt Kugelmeyer den Schirm an die linke Hand.

»Nehmen Sie ihn«, sagte er und stieß ihn auffordernd mit dem Knauf an den Arm, »aber bleiben Sie noch hier. Ich will nicht, dass man uns zusammen gehen sieht.«

Dann trat er noch ein wenig näher an Kugelmeyer heran.

»Eins müssen Sie begreifen, Sie als Polizist: Jemand wie Frank Altmann tötet nicht. Der macht vielleicht eine Dummheit. Der glaubt vielleicht, dass ihm einer, dem nichts mehr wehtut, noch mal helfen kann. Aber jemanden umbringen, das hätte der Frank nicht gekonnt. Das war ein Unfall. Und jetzt fragen Sie sich doch endlich, wie ein Toter in seinen Kofferraum kommt. Die liegen doch nicht auf der Straße herum. Das müssen Sie klären. Das und nichts anderes! Lassen Sie sich nicht durch das Warum ablenken, das Wie ist entscheidend, nur das Wie. Aber seien Sie vorsichtig. Die haben Einfluss.«

Kugelmeyer nahm den Schirm in die rechte Hand und drehte sich um. Der Flüsterer hinderte ihn nicht mehr, er war im Aufbruch begriffen. An seiner Seite eine kleine Frau, die gequält ihren Schirm hielt und am Flüsterer zog.

»Reden Sie mit Krawotz, er ist nicht hier, aber reden Sie mit ihm«, sagte er und drehte sich dabei zum Gehen. Er hielt seiner Frau den Arm hin, die hakte sich unter, und beide verschwanden, den jahrelang geübten Gleichschritt wahrend, in Richtung Parkplatz.

Kugelmeyer blieb zurück und fror nicht mehr. Es lag aber nicht am Schirm. Er war zurück auf der Kreisstraße, sah wieder die Bremslichter und den Airbag, empfand den Augenblick der Stille nach dem Aufprall, und für einen kurzen Moment hatte Kugelmeyer das Gefühl, dass es vielleicht besser gewesen wäre, wenn er die Sache auf sich hätte beruhen lassen.

Wind griff in die Schirme und drückte sie zur Seite. Manche gaben nach und klappten um. Am Grab entstand Unruhe. Kugelmeyer drehte sich um, hielt den geborgten Schirm mit beiden Händen und stapfte gegen Böen und Regen zum Parkplatz. War nicht einfach für ihn, Zugang zu dem zu finden, was er gehört hatte. Selbst in bester Verfassung hätte er ein bisschen Hilfe brauchen können. Als er am Lenkrad des Defenders saß, startete er den Motor und entschied sich fürs Abblocken. Muss nicht stimmen, dachte er. War zwar eigentlich davon überzeugt, dass er die Wahrheit gehört hatte, aber als Polizist kann man erst mal skeptisch sein: muss nicht stimmen.

Seine Skepsis bestimmte die Richtung. Kugelmeyer wäre gerne nach Hause gefahren, hätte sich umgezogen und ein paar Worte mit ihr gewechselt, vielleicht auch ein paar Worte mehr. Aber so war's schlecht auszuhalten. Die Skepsis tat einerseits gut, schaffte Distanz, machte es möglich, nicht alles auf einmal verarbeiten zu müssen. Sie war auf Dauer aber nicht auszuhalten. Er hatte den eingedrückten Kofferraum des Subaru vor Augen und versuchte, sich nicht mehr vorzustellen. War aber schwierig. Passierte dann doch. »Und jetzt fragen Sie sich doch endlich, wie ein Toter in den Kofferraum kommt«, hatte der Flüsterer gesagt. Wie, nicht warum. So weit war Kugelmeyer noch nicht. Er wollte Gewissheit, wollte wissen, ob der Alte wirklich im Kofferraum gelegen hatte.

Er fuhr nicht nach Hause, er fuhr zur Klosterschänke. Krawotz gehörte vermutlich zu denen, die die Wahrheit kannten. Er würde sich nicht noch einmal so abspeisen lassen wie bei seinem ersten Besuch. Jetzt lag die Sache anders, es ging nicht mehr nur um einen Verdacht, um ein Gefühl. Kugelmeyer war, wenn der Flüsterer Recht hatte, ein Beteiligter. Er würde nicht gehen, bevor Krawotz geredet hatte.

*

Gut zwanzig Minuten brauchte Kugelmeyer vom Friedhof bis zur Klosterschänke. Es war eine unangenehme Fahrt. Er zitterte, hielt sich mehr am Lenkrad fest als dass er es kontrollierte. Kugelmeyer schlotterte im Rallyesitz, saß merkwürdig aufrecht, um mit dem Rücken nicht an die Lehne zu kommen. Alles war nass und kalt. Außerdem hatte er viel Feuchtigkeit mit in den Wagen gebracht, die Fenster beschlugen, die Heizung richtete nicht viel aus. Wenn er abbiegen wollte, musste er die Fenster öffnen, um nach draußen sehen zu können. Fluchte dann laut, weil ihn der Regen auch noch im Defender fand.

Er fuhr mit Tempo auf den Parkplatz und bremste mit blockierenden Reifen dicht neben der Tür. Nahm den Schirm, machte ein paar Schritte vor die Tür und ignorierte das »Heute Ruhetag«-Schild. Kugelmeyer klopfte und hörte Kanzler toben. Kein Vergleich mit der ersten Begegnung. Der Hund war außer sich, bellte, knurrte heiser und schien an der Innenseite der Tür hochzuspringen. Kugelmeyer machte einen Schritt zurück und bedauerte, seine Dienstwaffe nicht mitgenommen zu haben. Stand vor der Tür und wunderte sich. Entweder war Krawotz nicht zu Hause, oder er musste einen sehr gesunden Schlaf haben. Den Krawall, den Kanzler veranstaltete, konnte kein normaler Mensch überhören, auch nicht, wenn er schlief.

Kugelmeyer ging ums Haus herum. Sah, dass ein Fenster auf der Giebelseite gekippt war, und rief nach Krawotz. Erhielt keine Antwort und warf einen Blick in den Hof auf der Rückseite des Hauses. Sah nichts, das seine Aufmerksamkeit verdient hätte. Der Hof war aufgeräumt und gepflastert, die Mülltonnen standen am anderen Ende. Er hörte den immer noch tobenden Kanzler, wollte schon gehen und griff doch noch auf die Klinke der Doppeltür. Er klappte den Schirm zusammen, öffnete die Tür nur einen Spalt und wartete. Kanzlers Bellen kam nicht näher. Trotzdem öffnete er die Tür nur langsam und vorsichtig. Sie knarrte vernehmlich. Schwer zu sagen, ob das Geräusch den Hund noch wilder gemacht hatte. War ja eigentlich kaum noch möglich.

Im Keller brannte Licht. Kugelmeyer blieb stehen und rief »Krawotz«. Er warf einen Blick auf die Regale mit all dem Kneipen-Zeug, machte noch einen Schritt nach vorne und rief wieder nach dem Wirt. Ein bisschen lauter und ein bisschen ungeduldiger. Die Antwort kam von Kanzler. Er hörte ihn bellen, und er hörte es rumsen. Vermutlich sprang der Hund wieder gegen die Tür. Kugelmeyer wurde mutiger. Der hintere Teil des Kellers war offen. Wenn dort mal eine Tür gewesen war, hatte Krawotz sie ausgebaut. Es roch merkwürdig, die Luft war feucht, aber angenehm warm. Kugelmeyer bewegte sich vorsichtig zum Ende des Kellers. Er hatte die Türe offen gelassen und darauf geachtet, dass nichts seinen Rückzug behindern konnte. Solange er Kanzler im Schankraum toben hörte, fühlte er sich ziemlich sicher. Ziemlich – denn der Hund war wie von Sinnen. Er hörte es immer öfter und immer heftiger rumsen. Kugelmeyer konnte nur hoffen, dass die Tür gut verschlossen war.

An dem kleinen Gang, der ins Haus führte, blieb er stehen. Nach rechts ging es zu einer Treppe, links war es dunkel, so gut wie nichts zu erkennen. Kugelmeyer sah ein kleines rotes Lämpchen und vermutete die Heizungsanlage. Keine Lampe, Krawotz hatte lediglich eine Birne in die Fassung geschraubt, die an einem Kabel von der Decke hing. Die Birne war vermutlich durchgebrannt. Kugelmeyer machte einen Schritt zur Treppe. Alte Holzstiege, die steil nach oben führte und an einer Tür endete. Er ging hoch, drückte vorsichtig auf die Klinke und hörte Kanzler toben. Kugelmeyer war zufrieden. Der Hund war im Schankraum eingeschlossen. Er steckte den Kopf durch die Tür und rief noch einmal nach Krawotz.

Fühlte sich sicher vor dem Hund und bekam so ein merkwürdiges Gefühl. Hatte er vermutlich schon die ganze Zeit gehabt, aber wer Kanzler kennt und toben hört, ist taub für andere Gefühle. Krawotz konnte unmöglich schlafen. Wer so tief schläft, dass er den Hund und mein Rufen nicht hört, der ist tot oder gar nicht da, dachte Kugelmeyer und musste grinsen. Drehte sich um und ging die Treppe wieder hinunter. Der Sack mag es aber warm, dachte er und wunderte sich, warum der Wirt den Keller heizte. Es roch wirklich merkwürdig, und Kugelmeyer war sicher, dass nicht allem, was im Keller gelagert wurde, die Wärme gut tat. Er wollte schon gehen, warf dann aber doch noch einen Blick auf die Heizung. Alles sehr dunkel, sah nur das rote Lämpchen und stieß mit dem Fuß gegen Gerümpel. War plötzlich nervös, glaubte nicht mehr, dass es die Heizung war. Ging zurück zur Treppe, stieg hoch und knipste die Lampe über der Treppe an. Nur etwas mehr Licht im Gang, aber genug, um zu sehen, um was es sich handelte. Mein Gott, dachte Kugelmeyer, der Idiot hat vergessen, die Sauna auszumachen. Ging zurück und sah die beiden Besenstiele, die die Tür verriegelten.

Er roch das Merkwürdige und hatte ein starkes Gefühl, auf das er aber nicht hörte. Kugelmeyer war Polizist.

Krawotz saß zusammengekauert auf der unteren Ebene, gegen die Tür gelehnt. Als Kugelmeyer sie öffnete, kippte Krawotz nach vorne. Der Versuch, ihn aufzufangen, und der Griff nach dem Arm waren ein Reflex. Kein Gedanke mehr möglich. Das Optische und das Gefühlte hatten große Wucht. Er taumelte zurück und schrie auf. Begriff nicht, was er sah und was er in der Hand hielt. Hatte sich so leicht gelöst wie beim Hühnchen am Tag zuvor. Schrie wieder und schleuderte es weg. Schnappte nach Luft, roch das Entsetzliche und stürzte nach draußen. Hörte Kanzler bellen, hielt sich die Hand vor den Mund, stolperte zu den Mülltonnen auf der anderen Seite des Hofes und stöhnte laut. Stützte sich auf sie wie ein Seekranker auf die Reling eines Schiffes und stöhnte erneut. Richtete sich auf, atmete tief durch und spürte, dass er kurz davor war, den Verstand zu verlieren. Er sprach mit sich selbst, hörte aber nicht, was er sagte. Beugte sich wieder über die Tonne und übergab sich. Würgte und kam wieder hoch, kämpfte gegen seine Schwindelgefühle. Er hörte das Handy klingeln, nahm es aus der Tasche und stöhnte. Sagte nur: »Ich habe Krawotz gefunden, er ist tot. Mein Gott, er ist tot.«

Hörte seine Frau reden, verstand aber nicht, was sie sagte.

Brüllte: »Gott, der Arm ist ab«, holte tief Luft, roch immer noch das Merkwürdige und musste sich wieder übergeben. Sah auf das Handy und verstand immer noch nicht, was seine Frau sagte.

»Er war in der Sauna, die haben ihn gekocht.«

Er steckte das Handy in die Tasche, ohne es abzuschalten, und holte es wieder heraus.

»Du musst die Polizei rufen, hörst du. Die müssen einen Arzt mitbringen, der Arm liegt noch im Keller.«

Kugelmeyer musste sich setzen. Er rutschte an den

Tonnen nach unten, blieb sitzen, legte das Handy neben sich und hörte die Stimme seiner Frau. Irgendwann dann nicht mehr. Saß mit dem Rücken gegen die Tonnen gelehnt im Regen, den er aber nicht mehr spürte. Es dauerte lange, bis er die Sirene hörte.

*

Als Möllendiek die Klosterschänke erreichte, stand Kugelmeyer schon wieder und hatte einen längeren Disput mit dem Notarzt hinter sich.

Der hatte ihm einreden wollen, dass es besser sei, sich eine Spritze »für die Nerven« geben und wegen des Schocks im Krankenhaus behandeln zu lassen. Ausgeschlossen! Kugelmeyer saß immer noch an die Mülltonnen gelehnt und weigerte sich. Er hatte das Gefühl, gebraucht zu werden. Wollte auf jeden Fall noch mit Möllendiek reden. Sah dem Notarzt ins Gesicht, bemerkte, dass es eine Ärztin war und sagte zur Begründung: »Klärungsbedarf, hier besteht absoluter Klärungsbedarf.« Zwei Rettungssanitäter mit Decke blieben bei ihm und redeten, soweit er es verstand, dummes Zeug.

Kongo kam mit Möllendiek. Gott, was für eine Erleichterung. Kugelmeyer rappelte sich hoch, nahm Kongo in den Arm: »Das glaubst du nicht, völliger Wahnsinn, die haben den Krawotz gekocht. Einfach gekocht. Wie ein Suppenhuhn. Ursel und ich haben uns gestern noch eins gemacht. Sie sagt zu mir, ich will mal wieder Suppenhuhn, und am Tag danach wird Krawotz gekocht. Und ich muss die Knochen rausziehen. Ich fasse es nicht.«

Er ließ Kongo stehen und drehte sich zu Möllendiek.

»Wir müssen uns unbedingt unterhalten, hier läuft ein ganz dickes Ding.«

Möllendiek nickte und hatte endlich den Ton, den Kugelmeyer so lange vermisst hatte. Sagte »natürlich« und meinte, dass es aber besser sei, sich im Notarztwagen kurz mal untersuchen zu lassen und zu Hause umzuziehen. »Dann haben wir Zeit.« Er lächelte und fügte »Müller bleibt bei Ihnen« hinzu. Kongo fasste Kugelmeyer am Oberarm und zog ihn sanft in Richtung Notarztwagen. Auf halbem Weg drehte Kugelmeyer sich noch einmal um. Er hatte das Gefühl, seinen Chef warnen zu müssen: »Seien Sie bloß vorsichtig, das ist nichts für schwache Nerven.«

Möllendiek lächelte und sagte: »Danke.«

Kugelmeyer hatte das Gefühl, als komme das Verhältnis zu seinem Chef langsam wieder ins Lot. Wollte es Kongo mitteilen, schwieg aber. Ihm wurde wieder übel. Die Notärztin riet ihm dringend, sich im Krankenhaus behandeln zu lassen, was Kugelmeyer aber nicht wollte. Hatte das Gefühl, keine Zeit zu haben. Außerdem wollte er mit seiner Frau reden, er würde sonst keine Ruhe finden. Nur weil Kongo versprach, bei ihm zu bleiben, ließ ihn die Ärztin nach einer Spritze gehen.

Kongo fuhr den Defender und war voll des Lobes für Kugelmeyers Kaufentscheidung.

»Die Sitze sind gut, findest du nicht?«, fragte Kugelmeyer.

»Die ganze Karre ist gut«, nickte Kongo.

»Ich will nach Island.«

»Aber heute nicht mehr«, meinte Kongo.

Kugelmeyer brummte zustimmend. Er fühlte sich müde. Die Dinge entfernten sich von ihm. War angenehm, auch wenn er meinte, ein paar Gedanken festhalten zu müssen.

»Magst du Hühnersuppe?«

»Ne«, antwortete Kongo, »ist mir zu labberig.«

Kugelmeyer grinste. »Fahr mal langsamer«, bat er.

Kongo sah ihn fragend an und nahm das Gas weg. Kugelmeyer löste den Gurt, öffnete die Beifahrertür, beugte sich zur Seite und übergab sich erneut. Schloss die Tür wieder, noch bevor der Defender stand.

»Fahr weiter«, sagte er und grinste. »Das Wort war nicht gut.«

Kongo sah ihn entgeistert an, überlegte und schaffte es, die Frage: »Welches Wort? Labberig?« nicht laut zu stellen. Als der Defender wieder Fahrt aufnahm, fühlte sich Kugelmeyer immer noch schlecht. Übergeben musste er sich nicht mehr. Die Dinge entfernten sich weiter von ihm, und er hatte immer weniger das Gefühl, irgendetwas festhalten zu müssen.

»Von mir aus können wir jetzt nach Island fahren«, sagte er und lehnte sich zurück.

»Aber nur, wenn du dich wieder anschnallst«, nickte Kongo, nahm den Fuß vom Gas und beschleunigte erst wieder, als Kugelmeyer den Gurt ins Schloss gefummelt hatte.

War wohl kurz eingenickt. Er kam hoch, als Kongo vor der Haustür hielt und den Motor ausmachte. Schnallte sich wortlos ab, öffnete die Tür und blieb stehen, als wisse er nicht wohin. Ursel stand schon in der Tür und sah ihn merkwürdig an. Kongo war um den Defender gegangen, hatte ihn an der Beifahrertür abgeholt und sprach mit Ursel. War Kugelmeyer ganz recht, wäre schwierig für ihn gewesen, alles zu erklären. Bemerkte noch, dass der Mantel auf der rechten Seite unter der plötzlichen Aktion im Defender gelitten haben musste. Roch nicht gut. Fasste Ursel mit beiden Armen an den Schultern und sagte: »Du, es tut mir wirklich Leid.« Er meinte den Mantel. Ließ Ursel los, weil Kongo sagte, dass es besser sei, und zog den Mantel aus. Setzte sich aufs Sofa und versuchte, Ordnung in das zu bringen, was er Ursel erzählen wollte. Sah seine Frau und Kongo an der Tür stehen und tuscheln. »Mit ihm auch?«, fragte er, versuchte zu lachen. Ein Witz! War aber schon nicht mehr ganz sicher, ob er es wirklich gesagt oder nur gedacht hatte. Scheiße, Ursel weiß noch nichts vom Defender, das gibt Zoff, war der nächste Satz, den er aber wirklich nur gedacht hatte, da war er sicher. Wollte warten, bis Kongo gegangen war, und dann mit dem Defender anfangen. Am besten mit Island und seinen Träumen. Das musste sie verstehen. Hatte aber das Gefühl, dass ihm das Sitzen nicht gut tat. Er versuchte aufzustehen, spürte den Schwindel und sah, wie Kongo und seine Frau an der Tür standen und zu ihm herüberblickten. Die Dunkelheit kam von außen. War wie ein schwarzer Kreis, der sich zusammenzog. Am Ende nur noch ein kleines Loch, durch das er Kongo und Ursel sah, die plötzlich vor ihm standen.

Dann nichts mehr.

KAPITEL 13

Die Jalousien waren außen angebracht, ließen sich elektrisch verstellen, dunkelten den Raum allerdings nur leidlich ab. Wenn er auch noch die dunkelblauen Vorhänge zuzog, war es sogar in sommerlichen Mittagsstunden ganz in Ordnung. Thanat suchte besonders nach Phasen der Ineffizienz und Zeitverschwendung Augenblicke der Dämmerung. Saß dann zurückgelehnt in seinem Sessel und entspannte. Ließ alles hängen – gestattete seinem Körper keine Bewegung, keine Anstrengung. Auch seine Gedanken, die sich situationsabhängig mal breit gefächert, mal laserartig gebündelt den Angriffswellen der Probleme entgegenwarfen, konzentrierte er auf einen einzigen Punkt. Fokussierung im Geiste, das Lösen und Entspannen im Körperlichen: Dichotomie der Entspannung als Schule des Willens. Ein paar zielführende Gedanken, die er selbst entwickelt und über die er unbedingt noch schreiben musste. Das Grobkonzept lag fertig strukturiert zu Hause auf dem Schreibtisch, dazu noch ein paar andere Ideen, die das Buch gut ergänzen würden. Erste Kontakte mit einem Literaturagenten waren viel versprechend. Münchner Adresse, der Kerl hatte in vier Minuten, fünfundvierzig

Sekunden eine umfassende Marktanalyse geliefert und anschließend noch einmal vier Minuten über den Titel gejubelt: Dichotomie der Entspannung als Schule des Willens.

Für seine Übungen bevorzugte Thanat einen abgedunkelten Raum. Nicht, weil ihn das Tageslicht in seiner Konzentration gestört hätte. War alles nur eine Frage des Willens und der Disziplin. Nein, die Abdunkelung war eine Sicherheitsmaßnahme, denn Thanat entspannte völlig. Auch der Unterkiefer sank in Ruhestellung, und die Zunge suchte, dank des leicht nach vorne gebeugten Kopfes, eine sichere Position im Bereich knapp oberhalb der Unterlippe. Ein ganz wichtiges Detail! In einem völlig entspannten Körper kann die eigene Zunge bei Rückenlage zu einer tödlichen Bedrohung werden. Das Problem aus Sicht einer Führungskraft ist nun, dass ein derart entspannter Körper visuell nicht ohne Risiko ist, weil dazu angetan, Autorität zu untergraben. Der Leiter des St.-Ludgerus-Stifts konnte nie ganz ausschließen, dass einer der Halbwichtigen sein Büro stürmen würde, um ihn mit Problemchen zu bewerfen. Eine fatale Situation, denn einmal entspannt, brauchte Thanat ein paar Augenblicke, um wieder an die Oberfläche seines Seins zu gelangen, sich zu sammeln und den leider unvermeidlichen Speichelfluss zu stoppen. Die Dunkelheit im Raum gab ihm einen kleinen Vorsprung. Da der Vorraum seines Büros grundsätzlich hell ausgeleuchtet war, brauchten die Augen des Eindringlings etwas Zeit, um sich zu gewöhnen. Wer an dieser Stelle nachlässig war, die Systemvoraussetzungen nicht erfüllte, bekam schnell Probleme. Auch das Verhältnis zu dem Agenten war ein wenig abgekühlt, nachdem der einen Selbstversuch hatte abbrechen müssen, weil seine Frau unvermittelt im Büro gestanden hatte. Ihre Schilderung hatte – einseitig – tagelang für Heiterkeit gesorgt.

Das Problem im Ludgerus-Stift mit einem Schlüssel zu lösen, verbat sich aus prinzipiellen Gründen. Thanat war angetreten mit dem Versprechen, dass seine Tür immer und für jeden offen stehen werde. An seinem ersten Arbeitstag hatte er in seiner kurzen Vorstellung die Mitarbeiter geradezu angebettelt, ihn in diesem Punkt auf die Probe zu stellen. Ein Vorsatz, den er künftig nicht mehr so in den Vordergrund stellen würde.

Ineffizienz und Zeitverschwendung beschrieben seinen Mittwoch tatsächlich am besten. Das für den Vormittag ins Auge gefasste Gespräch mit Schwester Walburga wegen der neuen Wohngruppen war nicht zu Stande gekommen. Viel Aufregung im Haus: Krawotz war – wie Thanat mit Interesse zur Kenntnis genommen hatte – nicht zur Arbeit erschienen, was den Produktionsabläufen in der Küche allerdings ein wenig den Rhythmus genommen hatte. Krawotz war ein Ekel, aber er hatte seine äußerst heterogene Mannschaft, die er in erster Linie nach finanziellen Erwägungen zusammengestellt hatte, im Griff. Ohne ihn waren bewährte Hierarchien ins Wanken geraten und mussten neu geordnet werden. Kurz nach Arbeitsbeginn war es nach Thanats Erkenntnissen zu einer Gesprächsrunde des Küchenpersonals gekommen, in deren Verlauf zurückliegende Konflikte angesprochen, zwei Fensterscheiben zersplittert, mehrere Stühle beschädigt und ein Feuermelder eingeschlagen worden waren. Die gereizte Stimmung in der Küche teilte sich den Feuerwehrmännern durch einen im Ton recht barschen Empfang mit. Ein Wort gab das andere, und Thanat hatte Mühe, den vom Einsatzleiter bereits gegebenen Befehl zum Löschangriff abzuwenden.

Eine Situation, die ihn in seinem ganzen Leistungsspektrum forderte, denn die Aufregung im Küchenflügel war den meisten Bewohnern nicht verborgen geblieben, und auf Grund des knappen Personalbestands war es nicht möglich, alle Demenz-Schützlinge in der gewünschten Eile aus der Gefahrenzone zu bringen. Argumentativ hatte Thanat am Rande seiner Möglichkeiten operiert und am Ende resignierend festgestellt, dass vor diesem Hintergrund Inhalt unwichtig war und nur noch Lautstärke half. Beim Küchenpersonal, bei der Feuerwehr und auch bei den Schützlingen. Das Mittagessen bestand – auf seine Anordnung – im Wesentlichen aus einer Art kalten Platte, die auch nur deshalb zu Stande gekommen war, weil sich manches eben doch ein bisschen länger hält als angenommen. Die Stimmung im Haus verbesserte sie allerdings nicht. Thanat hatte ganz auf Nahrung verzichtet, weil er erstens ein vorsichtiger Mensch war und zweitens zu Altmanns Beerdigung musste. Hatte mit knurrendem Magen in der Bank gesessen und sich auf die für 15.30 Uhr terminierte Nachbesprechung mit dem Küchenpersonal konzentriert. War dabei allerdings schnell in die Defensive geraten, da er die Beteiligten nur mit Mühe von einer kollektiven Krankmeldung hatte abbringen können. Die körperlichen Blessuren des Vormittags schienen dabei weniger schlimm als die psychischen. Um ein Haar war der vereinbarte Kompromiss noch einmal ins Wanken geraten, als er in einem Nebensatz – gar nicht böse gemeint – darauf hingewiesen hatte, dass Krawotz sicherlich bald wieder fit sein werde. Ismet Canovic, der nach eigenen Angaben in einem Ort namens Hrge, Bosnien, die Küche eines Vier-Sterne-Hotels geleitet hatte, war daraufhin aufgestanden und hatte mit einer auf Thanat etwas theatralisch wirkenden Geste erklärt, dass man gekommen sei, um zu reden und nicht, um sich bedrohen zu lassen. Seine anschließend vorgetragene charakterliche Einschätzung Krawotz' einte die Anwesenden, drohte aber in der Fülle von Beispielen auszuufern und ließ sich erst mit einer Neubewertung der tariflichen Situation beenden.

Thanat hatte es, als er wieder allein in seinem Büro saß, zunächst mit Atemübungen versucht, sich dann aber doch für eine Banane samt anschließender Entspannungsübung entschieden. War bereits in den tieferen Schichten seiner Psyche unterwegs, als ihn etwas an die Oberfläche zog, das er erst nach und nach als Telefonklingeln identifizierte. Da hatte er allerdings schon zum Hörer gegriffen, ihn sich an den Kopf gehalten und sich wohl auch mit Namen gemeldet.

»Ich dachte, du solltest das wissen«, raunte die ihm bekannte Stimme am anderen Ende der Leitung.

»Ja, ist gewiss besser so«, stimmte Thanat sicherheitshalber zu. Er flüsterte ebenfalls, schloss die Augen, presste den Mittelfinger der linken Hand gegen die Stirn und versucht sich an das zu erinnern, was ihm die Stimme vermutlich schon mitgeteilt hatte, als er dem Telefon noch nicht seine ganze Aufmerksamkeit hatte schenken können.

»Wir müssen uns natürlich auch in deiner Küche umsehen. So wie es aussieht, sind da schon noch ein paar

Fragen offen. Ich meine, wir stehen ganz am Anfang, möglicherweise war es auch ein tragischer Unfall, aber kümmern müssen wir uns. Ich hoffe, du verstehst das.«

»Natürlich«, flüsterte Thanat verzweifelt ins Telefon. Ihm fehlte jeder Sinnzusammenhang, und einen Reim darauf, warum sich jemand in seiner Küche umsehen wollte, konnte er sich schon gar nicht machen. Außerdem hatte er keine Ahnung, warum er flüsterte. Augenblicke später machte er aber einen erfreulichen Schritt nach vorne. Er hatte die Flüsterstimme identifiziert. Sie gehörte Möllendiek.

»Viktor?«

»Ja?«

»Du bist das!«

Möllendiek schwieg. Thanat kniff die Augen zusammen, als fühle er einen stechenden Schmerz. Seine letzten vier Worte hätte er gerne zurückgenommen.

»Gottfried?«

»Ja?«

»Bist du betrunken?«

»Nein! Wie kommst du darauf?«

»Wie ich darauf komme?« Möllendieks Flüstern wurde zunehmend lauter: »Wie viele Möllendieks kennst du, die dir etwas von einem Polizeieinsatz erzählen? Schon recht merkwürdig, dass ich mit dir rede und du mich nicht erkennst.«

»Was für ein Polizeieinsatz?«

Möllendiek stöhnte, holte tief Luft und flüsterte wieder: »Gottfried! Das ist kein guter Augenblick, um sich voll laufen zu lassen. Sieh zu, dass du nüchtern wirst!«

»Viktor, ich trinke keinen Alkohol, das weißt du.« Thanat flüsterte nach wie vor, hatte allerdings immer noch keine Ahnung, warum. »Ich bin stocknüchtern, ich habe nur ein bisschen meditiert, der Tag war bislang alles andere als einfach.«

Das »Aha« am anderen Ende der Leitung klang unüberhörbar ironisch.

»Was heißt aha? Glaubst du mir nicht?«

»Doch«, zischelte Möllendiek ungeduldig.

»Also nein«, folgerte Thanat und hielt dabei die linke Hand vor Hörer und Mund.

»Doch heißt nicht nein.«

»Wer so doch sagt, meint nein.«

Thanat machte eine kurze Pause, schloss erneut die Augen, seufzte und fuhr Möllendiek dann ein wenig genervt an: »Und wieso flüsterst du die ganze Zeit? Ich kann dich kaum verstehen.«

Möllendiek ließ sich Zeit mit der Antwort, sprach aber keinen Deut lauter: »Hast du überhaupt mitbekommen, warum ich dich angerufen habe? Weißt du, was ich dir vor zwei Minuten gesagt habe?«

Thanat schnaufte leise, zuckte die Schultern, versuchte ein zweites Mal, sich zu erinnern und schnaufte wieder. »Nein.« Er flüsterte wieder.

»Gottfried«, brummte Möllendiek ein wenig drohend, »dass ich dich informiere, muss nun wirklich nicht jeder mitbekommen: Krawotz ist tot. Er war ein bisschen zu lang in seiner Sauna. Die Tür war von außen verriegelt.« Möllendiek holte tief Luft. »So etwas kann unter Umständen auch durch Zufall passieren, aber auf den ersten Blick sieht es nicht so aus. Kerl, was ist los bei euch? Erst dieser Prälat, dann Altmann und jetzt der Koch. Da müssen wir mal nachfragen, und es ist besser, wenn du schnelle Antworten hast. Mit Meditation, oder wie du das nennst, kommst du nicht weit.«

»Was meinst du mit ein bisschen zu lang in der Sauna?«

»Kugelmeyer sagt, sie hätten ihn gekocht.«

»Kugelmeyer?« Zum ersten Mal sprach Thanat in Zimmerlautstärke.

»Er hat ihn gefunden«, antwortete Möllendiek unverändert leise.

»Oh Gott, nicht der! Was sagt er denn?«

»Nichts, der war mit den Nerven völlig fertig. Hat nur noch wirres Zeug geredet. Der Notarzt hat ihn erstmal ruhig gestellt. Wenn er wieder bei Verstand ist, rede ich mit ihm.«

»Was wollte der bei Krawotz?«

»Ich habe keine Ahnung, er schnüffelt rum. Ich kann's nicht mehr ändern. Die Sache hat schon die Runde gemacht. Ich muss ihn jetzt vorsichtiger anfassen. Die Angelegenheit war ein bisschen unappetitlich. Die Kollegen würden es nicht verstehen, wenn ich ihn jetzt auch noch zur Schnecke mache. Außerdem ist einfach zu viel los bei euch. Ich kann's ja selber schon nicht mehr so ganz nachvollziehen.«

»Was meinst du damit?« Dieses Mal war es Thanat, der so leise sprach, dass er kaum zu verstehen war.

»Herrgott, dass bei euch mal jemand stirbt, ist doch normal. Solange die im Bett liegen, wundert sich niemand. Aber im Steinbruch, auf dem Dachboden und in der Sauna?«

»Bitte, Viktor, bleib wenigstens du sachlich!« Thanat hatte das »Bitte« laut betont und war dann mit jeder Silbe des Satzes leiser geworden. »Über Abel habe ich schon mit dem Landrat gesprochen, und für einen Trainer, der sich den Platz am Ende der Tabelle zu Herzen nimmt, kann ich nichts. Und Krawotz war immer schon extrem, um nicht zu sagen maßlos. Er hat maßlos gefressen, war maßlos geizig und hat maßlos rumgehurt. Dass so einer etwas länger in der Sauna bleibt, kann mich nicht wundern.«

»Gottfried! Maßlos ist wohl nicht die richtige Bezeichnung, wenn die Türe zur Sauna von außen mit zwei Besenstielen verriegelt ist.«

»Ach?«

»Ja, aber behalt es für dich.«

»Natürlich.«

»Wir müssten natürlich schon fragen, ob es in seinem Umfeld jemanden gibt, der einen Grund gehabt hätte, ihn umzubringen.«

»Oh, da gibt es einige.«

»Wie bitte??«

Thanat berichtete vom Vormittag im Stift und legte dabei großen Wert auf die Schilderung der Ursachen für die Verstimmung beim Küchenpersonal, die nach seiner Einschätzung einzig in Krawotz' miesem Charakter zu suchen waren.

»Das kann wichtig sein«, bestätigte Möllendiek besonders leise flüsternd. »Das solltest du den Kollegen auf jeden Fall sagen. Ist gut, wenn wir ein paar Alibis von Typen aus dem Kosovo oder so nachprüfen können. Balkan ist gut, da gucken alle immer gleich so, als müsste man nicht mehr viel erklären.«

»Ja, ja, die Alibis müsst ihr auf jeden Fall prüfen«, schnaufte Thanat erleichtert.

»Also«, sagte Möllendiek, »es geht doch. Jetzt sieh bitte zu, dass du so schnell wie möglich wieder nüchtern wirst.«

»Mach ich«, resignierte Thanat, »und danke für deinen Anruf.«

»Ist schon in Ordnung«, brummte Möllendiek versöhnlich. Er freute sich, dass Thanat sein dummes Versteckspiel mit der Trinkerei aufgegeben hatte. Er legte den Hörer auf, zog die Augenbrauen hoch und murmelte »affig«. Dass einer nicht zugeben konnte, dass er auch mal besoffen am Schreibtisch saß, verstand er nicht.

*

Die Pflegedienstleitung hätte auch ohne weitere Verpflichtungen ihren Tag so ausgefüllt, dass sie nicht das Gefühl hätte haben müssen, unausgelastet zu sein. Aber in der Servimus wurde neuerdings sehr viel Wert auf Kommunikation gelegt. Geschäftsführerin Dr. Benedikta Mechtersheim, 55, untersetzt, überaus durchsetzungsfähig, bat seit einem halben Jahr im nahezu wöchentlichen Rhythmus in die Kölner Zentrale, durchdrungen von der Gewissheit, dass das Potenzial des Unternehmens (»An erster Stelle unsere Mitarbeiter, an zweiter Stelle unsere Mitarbeiter und an dritter Stelle ebenfalls unsere Mitarbeiter!«) nur durch einen ständigen Prozess horizontaler wie vertikaler Kommunikation abgerufen werden könne. Hier hatte sie Defizite geortet. Außerdem ließ sie sich gerne persönlich unterrichten, im kleinen Kreis und im ganz kleinen Kreis.

Für Walburga kamen Verpflichtungen im Orden hinzu. Dienst- bzw. Ordensjubiläen, die angesichts des Durchschnittsalters meistens das Attribut »Goldenes«

besaßen und mit großer Sorgfalt vorbereitet wurden, weil man den unterschwellig doch etwas finalen Charakter einer solchen Veranstaltung schnell als belastend empfinden konnte. Die Generaloberin hatte im Laufe ihrer Amtszeit eine Vorliebe für ein betont fröhliches Fest und die Idee entwickelt, die Jubilarin mit einem Geschenk zu überraschen, das ihr Perspektive, Aufgabe und Hoffnung weit über den Tag hinaus sein sollte. Die nicht immer ganz einfachen Details überließ sie ihren Mitschwestern. Gottfried Thanat hatte der Rat suchenden Schwester Walburga bei einem früheren Anlass ein 1000-Teile-Puzzle empfohlen, was für eine vorübergehende Entfremdung gesorgt hatte.

Die Nachricht, dass Thanat sie dringend sprechen müsse, erreichte Schwester Walburga nach einer vierstündigen Debatte in der Kölner Zentrale über die inhaltlichen Schwerpunkte der neuen Mitarbeiterzeitschrift, und es dauerte bis kurz vor 18 Uhr, ehe sie sich loseisen konnte. Sie setzte sich in ihren Dienstwagen, einen Polo, startete den Motor und fuhr zurück in das Stift – nach Hause.

Die nicht enden wollenden Diskussionen um Nebensächlichkeiten, das Hin und Her um Kleinigkeiten, das Gezerre um Standpunkte belasteten alle mehr oder weniger, für Schwester Walburga waren sie unerträglich. Das Einschwemmen des Gedankenwusels aus anderen Köpfen in den ihren empfand sie als eine Art Körperverletzung, der sie sich früher oder später durch Meditation entzog. Sie saß dann in sich gekehrt im Kreise der Kombattanten, so wie sie vor Jahren am Esstisch der Familie Littfeld gesessen hatte. Weiterführende Redebeiträge durfte man in diesem Fall von ihr nicht mehr erwarten, was aber toleriert wurde, da ihre starke Konzentration auf Abwesendes als Gebet und Zeichen großer Frömmigkeit interpretiert wurde. Nach anfänglicher Unsicherheit hatte Mechtersheim diese Interpretation vorgegeben. Sie ermöglichte es allen Beteiligten, das zunächst mit Erstaunen zur Kenntnis genommene Verhalten mit Wohlwollen zu quittieren, auch wenn der eine oder andere am Tisch die Zusammenarbeit mit den Schwestern insgeheim in die Kategorie Folklore einordnete.

Die von ihr als übermäßig empfundene Belastung hatte Schwester Walburga nach und nach mit einem kleinen Trick in den Griff bekommen. Sie verteilte die Arbeit auf zwei Schultern. Wann immer die Schwester am Rande ihrer Möglichkeiten war, wann immer es Dinge zu erledigen gab, denen sie sich nicht gewachsen fühlte, half Bärbel Littfeld. Bärbel war anders, sie verfügte über Erfahrungen und Fähigkeiten, die Schwester Walburga nicht hatte, die ein Mensch, der seine Kraft täglich im Kampf gegen das Chaos verbraucht, vielleicht auch gar nicht haben kann.

Zu Beginn war es mehr die Erinnerung gewesen, die half, nach und nach aber drängte sich Bärbel in schwierigen Situationen in den Vordergrund und bot Beistand, wann immer nötig. Das anfängliche Zögern, diese Hilfe zu akzeptieren, wurde schnell schwächer, denn Schwester Walburga empfand Bärbels Wesen als ungemein befreiend. Bärbel war fröhlich und lachte viel, sie lebte in großer Harmonie mit sich selbst, dem Heute und Morgen, sie hatte Kraft. Sie fühlte sich dem lieben Gott sehr nah, während Schwester Walburga in der täglichen Überforderung diese innige Nähe nur selten fand. Bärbel war da, wenn Walburga sie brauchte, wurde zum guten Geist, der Zuversicht und Selbstvertrauen gab, wurde unverzichtbar. In Augenblicken größter Bedrängnis war es für Walburga sogar, als stünde Bärbel leibhaftig, aber nur für sie sichtbar im Raum vor ihr, um ihr ein stilles Zeichen zu geben, dass sie da war und helfen würde. Aber das war selten.

Es war fast immer Bärbel Littfeld, die Thanat gegenübersaß, wenn es um Dinge ging, die sich nicht mit dem Organisationsplan lösen ließen. Sie war es, die ihn so gut verstand, die seinen Gedanken und Einsichten folgen konnte. Für Bärbel war Thanat das sich wieder weit öffnende Fenster zu einer Wirklichkeit, von der sie seit jenem Sonntagmorgen wusste, als ihre Hamster sie verlassen hatten. Eine Wirklichkeit, die Geborgenheit und Trost bot, die keine Angst vor Krankheit oder Tod kannte. In der engen Zusammenarbeit mit Thanat entdeckte Bärbel auch den therapeutischen Aspekt jener Zuversicht, die aus ihrem Gottvertrauen und dem Wissen um Erlösung erwuchs. Sie war es, die mit einer medikamentösen Feinjustierung älteren Bewohnern Türen öffnete und Übergänge erleichterte, sie am Ende begleitete und Zuversicht vermittelte. Sie war es, die Thanat und Walburga das Leben im Stift ein wenig leichter machte, Fröhlichkeit und so viel guten Mut ausstrahlte.

»Es tut mir aufrichtig Leid«, Thanat war aufgesprungen, um den Schreibtisch geeilt und hatte ihr den Stuhl angeboten, »Sie sehen angegriffen aus.«

Walburga setzte sich, machte eine abwehrende Handbewegung und lächelte gequält.

»Soll ich Ihnen schnell einen Tee machen?«

»Nein, schon gut, es gab reichlich Tee.«

Thanat nickte mitleidig. Die immer gleiche Verpflegung am Konferenztisch: zwei Thermoskannen Kaffee, zwei Thermoskannen Tee, Mineralwasser und die bunte Gebäckmischung auf kleinen Schalen. Alles entsetzlich süß und das wenige Genießbare immer schnell weg.

»Ich hätte Sie wirklich gerne in Ruhe gelassen, aber ich fürchte, der morgige Tag benötigt noch ein wenig Aufmerksamkeit und Planung von uns beiden. Sie wissen, dass unser lieber Krawotz einen bösen Unfall hatte?«

Die Arbeitsteilung zwischen Schwester Walburga und Bärbel hatte sich nach innen als hilfreich und unproblematisch erwiesen. Aber im täglichen Miteinander gab es gelegentlich auch komplizierte Augenblicke. Dass ausgerechnet Thanat den Wissensstand von Schwester Walburga abfragen musste, fand sie unsensibel. Sie sah ihn an, schwieg und verzieh ihm. Vermutlich stand er unter Stress. Gottfried Thanat war nicht immer so souverän, wie er glauben machen wollte. Dann brauchte er Hilfe, dann brauchte er sie. Ein schönes Gefühl.

Thanat dehnte ein »Jaa« in den Raum, kniff die Lippen zusammen, begann schweigend Akten auf dem Tisch zu ordnen und räusperte sich.

»Ich hatte einen Anruf von einem guten Freund, der mich von den Ereignissen in Kenntnis setzte. Die Hintergründe sind noch nicht ganz geklärt. Alles sehr unglücklich. Zwei Besenstiele müssen sich an der Tür seiner Sauna verklemmt haben. Ließ sich nicht mehr öffnen. Er blieb dann länger im Ofen als gesund gewesen wäre, viel länger. Ausgesprochen unglücklich. Auch deshalb, weil dieser entsetzliche Kugelmeyer ihn gefunden hat. Die Polizei kann derzeit wohl auch noch nicht ganz ausschließen, dass da jemand nachgeholfen hat.«

Er packte einen Stapel gehefteter Blätter auf einen Aktenordner und bemühte sich angestrengt, Kanten und Ecken sauber abschließen zu lassen. Er sprach weiter, ohne sie anzusehen.

»Ich konnte da wohl ein paar hilfreiche Hinweise geben. Der Streit heute Morgen in der Küche und das Verhältnis von Krawotz zu seinen Mitarbeitern muss man unter diesen Umständen natürlich in einem ganz anderen Licht sehen.«

Thanat nickte gedankenversunken: »Da wird sich der eine oder andere wohl Fragen nach seinem Alibi gefallen lassen müssen.«

Er sah auf und lächelte Schwester Walburga an. »Sollte mich schon wundern, wenn da alle gleich aus dem Schneider wären.« Machte eine Pause und zuckte mit den Schultern: »Aber vielleicht war es ja auch ein Unfall. Die Bereitschaft der Polizei, nicht immer gleich vom Schlimmsten auszugehen, ist wohl gegeben.«

Er nahm die Blätter wieder vom Aktenordner, legte sie links auf den Schreibtisch, öffnete eine Schublade, hängte den Ordner hinein und schloss ab.

»Ich sag das jetzt mal ganz platt: Entweder es war einer dieser Balkan-Banditen oder ein Unglück. Ich glaube, wir können davon ausgehen, dass es darauf hinausläuft.«

Schwester Walburga sah Thanat müde an und lächelte kurz. So beiläufig, als habe er ihr von einer Blumenspende für die Teeküche berichtet. Walburga mochte Krawotz nicht, es war ihr gleichgültig, wie er ums Leben gekommen war, und die Ereignisse in der Küche hatte sie nicht mitbekommen. Sie war seit elf Stunden auf den Beinen, fast sieben hatte sie in der Kölner Verwaltungszentrale mit Gesprächen und Konferenzen verbracht. Sie war einfach nur erschöpft.

Ihre Gelassenheit irritierte Thanat. Er hatte Aufmerksamkeit, vielleicht sogar Spannung und Erleichterung erwartet. Er grinste verlegen: »Na ja, warum sollen wir misstrauischer sein als die Polizei? Aber, meine Gute, wenn man sich das vorstellt – köchelt in der eigenen Sauna vor sich hin! Ich denke, er hat für seine Sünden gebüßt, davon können wir ausgehen. Kein Grund mehr, noch Groll gegen ihn zu hegen.«

Er öffnete seine Schublade erneut und zog den am Tag zuvor erhaltenen Krawotz-Brief heraus: »Ich weiß nicht, ob Sie sich erinnern. Er hat in diesem Pamphlet davon gesprochen, dass er gewisse Dinge angeblich sicher hinterlegt hat. Ich gehe mal davon aus, dass morgen die Polizei das Personal in der Küche befragt und sich bei dieser Gelegenheit auch ein wenig umsieht. Wäre doch misslich, wenn dann Dinge auftauchen würden, die nur umständlich erklärt werden könnten.«

Thanat sah Walburga fragend an und erntete erneut ein Blumen-für-die-Teeküche-Lächeln. Er schwieg einen Augenblick lang und sagte wieder gedehnt. »Jaa«. Drückte sich mit beiden Armen an den Sitzlehnen ab, als wolle er sich erheben, ließ sich dann aber wieder in den Sessel fallen.

»Ich meine, es wäre vielleicht nützlich, wenn wir beide uns in der Küche ein wenig umsähen und Ordnung schafften. Verwirrendes Zeug hilft jetzt doch niemandem mehr. Der Polizei am allerwenigsten.«

Er zögerte einen Moment, wartete vergeblich auf eine Reaktion und sprang dann fast aus dem Sessel.

»Wollen wir? Vier Augen sehen mehr als zwei. So müsste die Sache schnell erledigt sein, und dann haben wir Ruhe.«

Walburga nickte, erhob sich ebenfalls und strich mit der rechten Hand zweimal über ihren Rock, säuberte ihn von Schmutz, der gar nicht da war.

*

Am Eingang zur Küche blieb Thanat einen Moment stehen, machte einen Schritt zur Seite, sodass auch Walburga den Raum betreten konnte. Er ließ seinen Blick schweifen und fand nichts, was ihm als geeignetes Versteck erschien – alles offen, jederzeit jedem zugänglich. Stand in der Tür und hatte Mühe, sich zu konzentrieren. Musste wieder an den Vormittag denken, an das Eintreffen der Feuerwehr und seine verzweifelte Verhandlungsführung. Er fröstelte und schüttelte sich. Stand in der Küche und bekam Hunger. Außer der Banane am Nachmittag hatte er seit dem Frühstück nichts zu sich genommen.

Die Suche lohnte vermutlich nur an einer Stelle. Die Küche lag im Souterrain des Anbaus, der in einen Hang getrieben worden war. An drei Seiten waren die Wände fensterlos, auf der Nordwestseite fiel Licht durch vier bodentiefe Fenster. Sie lagen der Eingangstür gegenüber. Auf der rechten Seite, im ersten Drittel, war eine Tür, die zu einem Räumchen führte, in dem nicht mehr als ein kleiner Schreibtisch, ein Stuhl und ein paar kleine Regale Platz fanden. Ein Kabuff für Krawotz, in dem Dienst- und Speisepläne, Bestellungen, Lieferscheine und sein restlicher Papierkram lagerten. Von Krawotz abgeschlossen, aber mit Thanats Generalschlüssel zu öffnen.

»Da müssen wir wohl rein«, nickte Thanat in Richtung Tür, »das ist seine Höhle.«

Er ging zur Tür, zog seinen Schlüssel aus der Hosentasche, öffnete die Tür und trat ein. Walburga zögerte. Ein winziger, fensterloser Raum, der nicht gelüftet worden war und in dem Krawotz vermutlich oft und lange gesessen hatte. Thanat schaltete das Licht an, sah sich um und schnaufte leise. Rechts von der Tür ein kleiner Schreibtisch mit Rollcontainer, darüber ein schmales Regal. Auf dem Schreibtisch befanden sich ein Computer mit Drucker, drei Ablagekörbchen, die voll gestopft waren mit losen Blättersammlungen. Ein kleiner, unsortierter Zettelhaufen klemmte unter der Schreibtischauflage. Links von der Tür ein einfaches Wandregal, in dem sechs Büroordner standen.

Er kratzte sich verlegen am Kopf.

»Ich schlage vor, Sie nehmen sich das Regal vor, ich den Schreibtisch.«

Er drehte sich um und sah sie fragend an.

Sie nickte.

Thanat setzte sich auf den Schreibtischstuhl, nahm sich den Stapel Blätter aus dem rechten Ablagekörbchen und begann, sie durchzusehen. Walburga griff nach dem ersten Ordner und war überrascht – leer. Nur zwei von sechs Ordnern besaßen einen Inhalt, und der hatte nichts mit der Küche oder der Gaststätte zu tun. Der erste enthielt Prospekte und Preislisten, der zweite ebenfalls. Nummer eins ausschließlich Daimler Benz, Nummer zwei eine Mischung von anderen Herstellern.

»Nur Autoprospekte.«

Thanat drehte sich zu ihr um, sah den Prospekt eines Geländewagens und brummte nachdenklich: »Ist vielleicht besser, wenn wir trotzdem einen kurzen Blick reinwerfen. Könnte er ja für eine gute Idee gehalten haben, seinen Nachlass quasi im Kofferraum seines Traumautos zu verstecken.«

Walburga nickte und ging die beiden Ordner durch. Blätterte die Preislisten sorgfältig um und nahm die Prospekte heraus. Ohne Ergebnis.

»Nichts, nur Autos.«

»Sicher?«

»Ja, ganz sicher.«

»Dann kommen Sie, der Schreibtisch ist eine Strafarbeit, aber da müssen wir durch.«

Walburga stellte sich neben ihn, nahm sich den Inhalt des zweiten Körbchens, überflog das erste Blatt und legte es auf den Schreibtisch. Sicher mehr als vierzig hatte sie noch in der Hand. Das meiste gedruckt, aber ein wildes Durcheinander: Beschwerde an einen Lieferanten mit der Drohung, die Zahlungen einzustellen, der Leserbrief an eine Zeitung, Kopien anderer Leserbriefe, Spielberichte, eine Adressenliste aus dem Internet, Lieferscheine. Aber auch Handschriftliches. Krawotz musste die Angewohnheit gehabt haben, sich alles Mögliche zu notieren. Ärger über den einen oder anderen Mitarbeiter mit genauen Beschreibungen von Ort und Zeitpunkt seiner Verfehlung. Gelegentlich mit einem Verweis auf Zurückliegendes: »Vor ungefähr drei Wochen schon mal!« Banales wie: »zu spät« und Merkwürdiges wie: »trinkt Apfelschorle«. Aber auch Kryptisches wie: »Flur 3/21, Vermutung, aber aufpassen« und immer wieder die Erinnerung, den Arzt anzurufen. Manchmal mit dem Zusatz: »Muss jetzt!!«

War unangenehm. Krawotz hatte eine furchtbare Klaue, sein Gekrakel war nur mühsam zu entziffern. Überfliegen und weglegen war nicht möglich. Sie stand in dem Krawotz-Verschlag, hielt ein Blatt Papier in der Hand, auf dem seine Pranke gelegen hatte, mühte sich zu entziffern und seine Gedanken nachzuvollziehen. Kam ihm auf diese Weise näher als sie wollte. Zu viel Krawotz am Ende eines langen Tages. Ihr war, als hinge seine stinkige Lederjacke noch über dem Schreibtischstuhl und verströme Krawotz-Geruch. Viel Ekliges auf engem Raum. Unerträglich.

Bärbel warf einen Blick auf Thanat, der sich ebenfalls durch Handschriftliches kämpfen musste, und abgestoßen wirkte. Seine Nähe tat gut, sein Widerwille ebenfalls. Thanat hatte auch eine verletzliche Seite. Sie, Bärbel, wusste das, sonst niemand. Wer verletzlich ist, braucht Schutz. Neben ihm stehend, ordneten sich die Dinge. Wie in einem Magnetfeld, in dem alles Richtung bekam. Blatt acht: Bärbel las den Entwurf eines Leserbriefes und hatte wieder ihre Handschuhe an. Mit denen war es leichter, Briefe zu berühren, die das Ekel in Händen gehabt hatte. Gut, dass es verschwunden war.

Die Handschuhe, eine Tasche – sie stand neben Thanat, hielt den Brief in der Hand und machte sich in Gedanken wieder auf den Weg zur Klosterschänke. Ein Katzensprung. War auf Schwieriges vorbereitet gewesen. Hatte Wasserlösliches zur Beruhigung dabeigehabt und eine Spritze mit Inhalt. Hatte befürchtet, dass das Gespräch nicht einfach werden und sie etwas würde aushalten müssen.

Sie hatte den Hund gesehen und sich mit ihm angefreundet. Sie hatte schon vorher an ihn gedacht und Geschenke eingepackt. Wusste ja, dass Krawotz einen Hund hatte, wusste, dass er auf Zuwendung reagieren würde.

Ein guter Hund, der ihr den Weg weist. Alles ist so einfach – aber das ist es immer. Wenn man das Richtige tut, ist es immer einfach, dann fügt es sich. Furchtbarer Keller, stinkiges Loch, die Höhle des Ekligen. Ein Ort, den es nur gibt, damit man davor fliehen kann. Aber der liebe Gott hilft, hat den Fleischberg zur Ruhe gelegt, hat es ihm gemütlich gemacht. Es ist, als habe er ihn vorbereitet, ihn schlafen lassen, die Aufmerksamkeit genommen. Wie es sich fügt! Der Kasten hell, der Kellergang dunkel. Sie sieht nicht hin, aber das viele Rosafarbene im äußeren linken Auge, das oben auf der Bank liegt, nimmt sie wahr. Krawotz in Lederjacke und hängender Jeans ist widerlich, Krawotz in Rosa und mit Schweiß nimmt ihr die Luft. Atmen ist unmöglich. Sie muss aber nicht viel tun. Die Besen stehen bereit. Eine Armbewegung, mehr nicht. Sie verlässt ihn eilig. Nicht weil sie Angst hätte, sondern weil sie im Haus nicht atmen kann. Auf dem Hof fühlt sie Erleichterung und Glück. Das Gute bewahrt und nur getan, was richtig ist. Sie muss lachen, aber nur ganz leise, nur für sich. Dann denkt sie an den armen Hund, wird ihn besuchen. Er kennt sie ja.

»Jahahaa!« Thanat jauchzte.

»Unser raffiniertes Köchlein, ich dachte es mir doch!«

Thanat hielt Blätter in der Hand, die mit zwei Büroklammern am oberen Rand zusammengehalten wurden.

»Sehr gerissen, der Willi Bernd!«

Er grinste sie an und wedelte mit den Blättern: »Wussten Sie, dass er zwei Vornamen hatte? Willi Bernd! Er mochte es aber nicht, wenn man ihn so ansprach, da war er empfindlich. Willi Bernd Krawotz – da haben wir uns aber was ganz besonders Schlaues ausgedacht!«

Er hielt ihr die Blätter vor die Nase: »Ganz offen, wie hingeworfen, Rechnungen, Küchenkram, alles mit Datum, fortlaufend und mittendrin, oben zusammengefaltet, sodass man es beim schnellen Durchsehen nicht findet, seine dumme kleine Buchführung.«

Thanat zog die beiden Büroklammern ab, legte die Rechnungen auf den Tisch, faltete Krawotz' Papiere auseinander und las.

»Sieh an, sieh an, Kopie Nummer 2. War auf seine alten Tage doch misstrauisch, der Willi Bernd. Zwei Kopien! So viel Misstrauen.« Er sah sie mit gespielter Entrüstung an. »Wofür hält der uns? Für schlechte Menschen?«

Thanat überflog die ersten Seiten, murmelte »bekannt, bekannt« und blieb dann hängen.

Was er las, schien ihn zu beeindrucken. Er, der eben noch triumphiert hatte, weil ihm das Versteck des Kochs nicht entgangen war, saß bewegungslos und blieb still. Bärbel machte einen Schritt zurück und warf einen Blick auf das Papier. Der erste Teil sah aus wie eine Kopie des Schreibens, das Krawotz an Thanat geschickt hatte. Namen und Sterbedaten. Der zweite Teil war umfangreich, kleinste Schrifttype, engster Zeilenabstand und aus ihrer Distanz nicht zu entziffern. Thanat las und blieb still. Er brauchte lange, ließ dann die Blätter sinken, faltete sie wieder zusammen und sah sie entgeistert an.

»Ein Kübel mit Dreck.«

Er überflog den Text erneut, blieb aber an einigen Stellen hängen, so, als müsse er sich vergewissern, wirklich verstanden zu haben, was er gelesen hatte. Nahm den Inhalt nur widerstrebend zur Kenntnis und ließ am Ende schlaff die Arme hängen.

»Ein Krake.«

Thanat sah sie wieder an.

»Krawotz war ein Krake!«

Er schüttelte den Kopf: »Ich habe ihn unterschätzt. Dieser Mensch war überall, er hat sogar in meinem Papierkorb geschnüffelt. Hier!!«

Thanat presste das »Hier« heraus und wedelte mit den Blättern.

»Seine Schleimspur, sie zieht sich durchs ganze Haus! Ich kann sie noch riechen. Krawotz-Mief. Hier, hier stets: Herr Kommissar, verstehen Sie das? Herr Kommissar, ich sage nur die Wahrheit. Herr Kommissar, ich habe Vertrauen zu Ihnen.«

Er schlug mit der Faust auf den Schreibtisch, sprang auf und wandte Bärbel den Rücken zu, als wolle er seinen Zorn verstecken. Drehte sich um und zwang sich zur Ruhe: »Verkauft, aber nicht für ein Linsengericht. Heute muss es schon das Filet sein, ein gutes Filet für die Putze!«

»Ich verstehe nicht«, sagte Bärbel.

»Ich auch nicht«, entgegnete er schnell, »das versteht keiner. Wo leben wir hier? In Gotham-City? Sehe ich aus wie der Joker? Diese weich gekochte Wanze zieht alles in den Dreck! Ist schon tot, schwabbelt vom Knochen befreit im Sarg und mischt sich noch ein. Er hat spioniert und wühlt jetzt hiermit im Müll.«

Thanat wurde lauter: »Hiermit!« Er hielt ihr Krawotz' Kopien vors Gesicht.

»Dieser Soßenfix sieht die Welt durchs Schlüsselloch der Schiedsrichterkabine und begreift nichts. Ein Fußballer erklärt die Welt. Oh Gott!!«

Thanat stöhnte laut, sah, dass sie sich erschreckte. »Beruhigen Sie sich«, schnaufte er, meinte aber sich selber.

»Ich fasse es nicht! Fußballer – Kranke! Die mit dieser 1:0-Behinderung sind überall, sie leben ihren Wahn, drehen sich um sich selbst, erzeugen Sog, und alles, was noch Struktur hat, alles, was ein wenig Sinn und Inhalt hat, verschwindet. Sie fahren mit Toten spazieren, wenn sie glauben, dass es den Abstieg verhindert. Das ist Voodoo!«

Er setzte sich wieder, stierte auf den Schreibtisch, rollte die Blätter und trommelte mit ihnen auf das rechte Knie.

»Kann ich es lesen?«

Thanat reagierte nicht auf ihre Bitte.

»Jetzt wird's gefährlich!«

Er warf ihr einen kurzen Blick zu.

»Wenn wir so weit sind, dass Fußball-Voodoo erklärbar, sogar entschuldbar ist und gleichzeitig jede Küchenschabe wegen einer unverstandenen Medikamentierung öffentlich Anklage erheben darf, dann wird's gefährlich.«

»Ich würde es gerne lesen«, sagte Bärbel leise.

Thanat sah sie überrascht an.

»Natürlich, Entschuldigung, lesen Sie.«

Er gab ihr die Kopien. »Ach was«, korrigierte er sich selber abschätzig, »was heißt gefährlich. Blödsinn! Wir müssen sachlich bleiben, ganz sachlich. Wir können alles erklären. Der Verstand ist auf unserer Seite. Nicht wahr?«

Bärbel sah ihn an, nickte und versuchte zu lesen.

»Lassen Sie sich nicht irritieren. Es ist widerlich, aber nur das Geschreibsel von einem, der seinen miesen Charakter gelebt, aber nichts verstanden hat. Das kann man in den Griff bekommen.«

Sehr geehrter Herr Kommissar,
wenn Sie das hier lesen, ist …

Thanat sprang auf.

»Möchten Sie sich setzen?«

Er wartete ihre Antwort nicht ab.

»Setzen Sie sich lieber.«

Er trat zur Seite, lächelte und bot ihr den Stuhl. Sie nahm Platz und begann von neuem.

Thanat holte Luft, wollte erneut etwas sagen, schluckte es aber hinunter.

»Entschuldigung, ich lasse Sie in Ruhe, lesen Sie erst, dann reden wir.«

Er nickte, steckte beide Hände in die Hosentaschen, machte einen Schritt zurück und stellte sich in die Tür. Wippte auf den Fußballen, atmete tief durch, warf ihr über die Schulter noch einen kurzen Blick zu, ließ sie dann aber doch allein und schlenderte ziellos durch die Küche. Warf einen Blick in die Schränke und den Kühlschrank. Hatte ihn schon fast wieder geschlossen, als er noch einmal genau hinsah. Ein Eierpappkarton und ein Zettel, der mit einem Gummiband daran befestigt war. Grauer Karton mit seltsamer Färbung. Eins der Eier war offensichtlich ausgelaufen, vermutlich schon länger her. Roch nicht gut. Auf dem Zettel ein Rezept. »Tiramisu«, zweimal unterstrichen. Thanat schüttelte sich. War nur ein ganz flüchtiger Gedanke, aber faszinierend: Welche Möglichkeiten ein kreativer Koch doch haben könnte. Überlegte kurz und stellte die Eier wieder zurück.

Bärbel hatte Mühe, die Krawotz-Hinterlassenschaft zu entziffern. Acht-Punkt-Schrift, enger Zeilenabstand, der Drucker schien nicht der beste, alles war leicht verwischt. Sie runzelte die Stirn, hielt das Blatt ein wenig dichter vor die Augen.

Sehr geehrter Herr Kommissar,

wenn Sie das hier lesen, ist möglicherweise etwas schief gegangen, was ich mir heute Morgen lieber gar nicht vorstellen möchte. Aber ich fühle jetzt Gefahr auch für mich, und deshalb schreibe ich alles so runter, wie ich es weiß: Das betone ich: weiß!!! Vielleicht kennen wir uns, und Sie wissen, dass ich keiner bin, der viel rumquatscht, aber nichts zu sagen hat. Was ich sage, stimmt, sonst halte ich die Klappe. So einfach ist das!

Was ich zu sagen habe: Im Stift werden alte Leutchen umgebracht, reihenweise umgebracht!!! Glauben Sie nicht? Sie denken, Krawotz spinnt und will jemanden anschwärzen. Das tue ich nicht, ich weiß, wovon ich rede, ich habe Beweise. Ich sage Ihnen: Was sich hier in den letzten Wochen und Monaten ereignet hat, ist ein Scheißspiel. Aber nicht alle, die mitspielen, haben Dreck am Stecken. Wirklich nicht! Man muss die Dinge aber auseinander halten, sonst versteht man nichts und zieht die falschen Schlüsse. Das ist ganz wichtig! Man muss das eine vom anderen ganz sauber trennen! Glauben Sie mir!

Es geht nämlich nicht nur um Mord, sondern auch um zwei Sportler, die ich besser kenne als mich selbst und für die ich meine Hand ins Feuer lege. Für beide! Verstehen Sie das? Kennen Sie solche Menschen? Ich kenne sie. Es sind Männer wie Sie und ich, Herr Kommissar, die vielleicht mal einen Fehler machen, aber bestimmt nichts Unrechtes tun. Männer, die für den Fußball und ihren Verein leben. Und nur wenn man weiß, dass einem der Fußball alles sein kann im Leben, versteht man, was passiert ist. Ich rede von Dietmar Leowald und Frank Altmann, bei denen es sich, wie Sie wohl wissen oder gelesen haben werden, um den zweiten Vorsitzenden und den Trainer unseres Vereins handelt, oder besser, gehandelt hat. Männer, die ihren Weg gegangen sind, immer geradeaus! Wenn es ein paar mehr von diesem Schlag in unserem Land gäbe, sähe es besser aus. Herr Kommissar, ich will Sie nicht beeinflussen, ich sage Ihnen die Wahrheit, ich sage, was Sie wissen müssen.

Die Verbrecher sitzen an anderer Stelle, aber nicht weit weg. Ganz oben dieser Thanat. Ein eitler Sack, der viel redet, Vorträge hält und von nichts wirklich Ahnung hat. Neben ihm die Pflegedienstleiterin Schwester Walburga. Nonne! So weit ist es gekommen! So eine ist Nonne. Keiner wird schlau aus ihr, weil sie kaum spricht. Aber alle haben Angst, nicht umsonst, behaupte ich. Manchmal ist sie unverschämt und dann wieder wie ausgewechselt, fast schon nett. Davon darf man sich aber nicht täuschen lassen, denn dann sind solche wie die am gefährlichsten. Ich weiß, wovon ich rede, glauben Sie mir. Vorsicht, wenn sie nett ist, sage ich denen, die auf mich hören. (Sind nicht wenige.)

Vor ungefähr anderthalb Jahren fiel mir auf, dass in kurzen Abständen genau die Bewohner abgingen, über die am meisten gestöhnt wurde. Ich bin keiner, der an Zufälle glaubt, dafür bin ich zu alt, verstehen Sie? Ich habe ein bisschen rumgehört. Ich weiß, wer was mag, wer was trinkt. Hier und da mal eine Gefälligkeit, ein gutes Schlückchen, dann wird geredet. Manchmal nur kurz, manchmal sogar nur eine Andeutung, dann, wenn Ärger über irgendetwas die Zunge löst, auch lang. Dann muss man zuhören! Aber das wissen Sie besser als ich. Seit ein paar Wochen bin ich sicher. Das ist kein Zufall. Das Haus ist voll belegt, 100 Prozent. Gutes Geld, Herr Kommissar, das nimmt jeder gerne. Da tun sich alle nichts.

Der Thanat hat seine Verbindungen, es gibt genug, die ihn gerne reden hören. Auch ganz oben. Er ist immer gefällig, immer hilfsbereit. Und dann so ein Zufall! Wenn mal wieder

Mutti oder Vati von so einem Polit-Hirschen untergebracht werden musste, war auch ein Zimmer frei. Das ging ruckzuck. Kein Warten, kein Vertrösten. Die Mutter vom Landrat konnte nach zwei Tagen einziehen. So einfach kann das sein. Die alten Leutchen müssen nur wissen, wann es Zeit ist. Zufall? Gutes Geld, habe ich gesagt. Stimmt auch. Schön, wenn man dann beim Personal auch noch scharf kalkulieren kann, sonst wird's schnell teuer. Ist überall so: Personal kostet. Weiß ich doch auch. Schön, wenn dann nur die Unkomplizierten bleiben, die man noch mit 'nem Halmabrett in die Ecke setzen kann. Zufall? Glauben Sie das nicht! Fragen Sie den Thanat doch mal nach »aktiver Homogenisierung der Bewohnerstruktur«, fragen Sie ihn, was er damit meint. Ich habe Kontakte im Haus, auch unter den Putzen. Die nehmen gerne mal ein gutes Filet mit nach Hause. Ich weiß, und Sie wissen, wie interessant es sein kann zu erfahren, was alles so weggeschmissen wird. Wenn die Putzen begriffen haben, worauf sie achten sollen, klappt das. Ich bin keiner, der hinter anderen herschnüffelt, interessiert mich gar nicht, aber wenn es um die Sache geht, kann ich hartnäckig sein. Und es lohnt sich, auch für Sie: Sie erhalten mit diesem Brief eine Liste von Namen und Sterbetagen. Die Tage sind unter Umständen nicht ganz präzis, aber die Namen stimmen, und die Gerichtsmedizin müsste alles Weitere klären können.

Nun zu der gut gemeinten Aktion meiner beiden Sportkameraden. Das ist wichtig, da geht es um den Abel.

Die Eintracht hat ein Katastrophenjahr hinter sich. Der Abstieg ließ sich am Ende nicht vermeiden. Eine schlimme Sache. Der Sponsor geht, mit ihm die besten Spieler, in der Bilanz nur rote Zahlen. Blutrot könnte man sagen. So beginnt der Untergang, da wird man durchgereicht, bis es nicht mehr geht. Kreisliga vielleicht. Da ist man weg! Und es dauert Jahre, bis ein Verein sich erholt. Jahre, die nicht mehr zurückkommen. Keiner von uns wird jünger. Verstehen Sie? Man will es doch auch mal geschafft haben, auf was zurücksehen und sagen, das war ich! Wir haben doch alle das Alter. Und dann geht alles kaputt. Das tut weh, verstehen Sie? Aber wer wehrt sich? Es hängt doch alles immer nur an den wenigen, die bereit sind, was zu tun, die Verantwortung übernehmen. Das wissen Sie doch. Die meisten reden, reden, reden, tun aber nichts. Wenn die wenigen dann auch die Hände in den Schoß legen, bricht alles zusammen. So einfach ist das! Muss ich Ihnen nicht sagen. Altmann und Leowald waren noch bereit zu kämpfen, als die Mannschaft schon aufgegeben hatte. Den meisten Spielern ist das doch egal, die sind jung, die sehen das Geld. Heute spielen sie in Rot, morgen in Blau. Frank Altmann und Dietmar Leowald waren aber anders. Wollen Sie ihnen das vorwerfen? Das Spiel am 19. Mai hätte nicht stattfinden dürfen. Die halbe Mannschaft war verletzt oder beruflich verhindert. War keine gute Stimmung bei den beiden. Habe ich gesehen, sie saßen bei mir oben, in der Schänke. Celim Ceknak, Innenverteidiger in der Zweiten, liest die Hürriyet und erzählt, dass in seiner Heimat ein Spiel abgesagt worden ist, weil man den Schiedsrichter vor dem Anpfiff tot in der Kabine gefunden hat. Infarkt oder so. Leowald und Altmann haben das gehört und sind ins Grübeln geraten. Natürlich haben sie an diesem Abend keinen Sprudel getrunken. Vielleicht bin ich auch ein bisschen schuld. Ich habe mit dem Frank immer offen über alles gesprochen. Wir waren wie zwei Hände, die beten. Verstehen Sie? Zwei Hände, die beten, ja! Da gab es keine Geheimnisse, der wusste auch Bescheid. Am Vormittag hatte ich ihm noch gesagt: Pass auf, der Prälat Abel ist der Nächste. War nämlich 'ne peinliche Nummer! Da haben sie gepennt in der Verwaltung. War angeblich Militärgeistlicher. Irgend so ein Offizier hat ihn mal hergebracht. Will sich aber niemand mehr erinnern. Der Alte selber hat nicht mehr viel gesagt. Einzelgänger, schon ziemlich durch den Wind. Prälat! Da hat natürlich jeder gedacht, das wäre einer von uns. Stimmt aber nicht. Der war evangelisch! Die heißen in bestimmten Gegenden auch so. Konnte doch keiner ahnen. Ich habe mir noch gedacht, der bleibt nicht hier! 100 Prozent belegt und dann ein Evangelischer in der Kartei.

Das gibt's doch gar nicht, die haben doch ihre eigenen Häuser. Husum vielleicht? Irgendwo da oben bestimmt. Das habe ich dem Frank gesagt. Ich erzähle, der Ceknak erzählt, und die beiden haben an dem Abend ein wenig kombiniert. Der Frank ist hoch zum Abel und sieht nach, ob er schon verfügbar ist. Sieht auch ganz so aus. Wäre doch ganz harmlos gewesen. Unbekannter Toter in der Schiri-Umkleide. Den Schwarzkittel will ich sehen, der dann anpfeift. Dem Abel hätte es nicht mehr geschadet, und die Mannschaft hätte nochmal eine Frist gehabt. Herrgott, es ging um alles! Der Frank hat aber nicht aufgepasst. Der Prälat war noch gar nicht hin. Als er den Kofferraum am Sportplatz aufmacht, guckt der Alte ihn an. Scheiße!!! Der Frank schmeißt den Deckel wieder zu und will ihn wieder in das Stift bringen, schafft es aber nicht. In der Nacht knallt ihm so ein Idiot an einer roten Ampel hinten drauf. Da hatte sich die Sache für den Abel erledigt. Husum war kein Thema mehr. Sie haben ihn dann in den Steinbruch gebracht. Was anderes ist ihnen nicht eingefallen. Den Subaru hat er noch am Sonntag verkauft. Ich habe dem Frank die Adresse eines Bekannten gegeben. Ein sehr unkomplizierter Mensch, ging alles ganz reibungslos. Das Auto dürfte mittlerweile im Baltikum angekommen sein.

Herr Kommissar, jetzt kennen Sie die Wahrheit.

Ich möchte nur noch sagen, dass ich immer

volles Vertrauen zu der Polizei gehabt habe und noch habe. Ich bin sicher, Sie wissen, was Sie zu tun haben. Es muss noch Gerechtigkeit geben, denn der Frank lebt nicht mehr. Hochachtungsvoll:
Ihr Bernd Krawotz.

Bärbel legte die drei Kopien zurück auf den Schreibtisch. Sie überlegte kurz, ob es besser sei, sie wieder zwischen den Rechnungen zu verstecken, überließ die Entscheidung aber Thanat. Sie blieb sitzen und wartete. Krawotz war ein widerlicher Mensch gewesen. Es gab ihn nicht mehr. Er hatte ein Gedankenpaket hinterlassen, in das sie hineingesehen und das sie schnell wieder verschlossen hatte. Ein bisschen Aufregung über das Gelesene, aber Aufregung der Art, die sie kannte, mit der sie umgehen konnte. Einfach abwarten war das Beste. Aufregung empfand sie als eine Art hektischer Bewegung in ihr selbst. Bewegung, die Kraft und Energie benötigte. Bekam sie sie nicht, wurde sie schwächer und verschwand. Die Vorstellung von dem Paket, das sie nicht mehr öffnete, tat gut. So hatte sie Kraft für das, was wichtig war, so konnte sie warten. Als Thanat das Kabuff wieder betrat, musste sie lachen. Es war viel schneller gegangen, als sie es sich vorgestellt hatte, ihr Kopf war schon wieder leicht. Sie sah Thanat ins Gesicht und bemerkte seine Sorgen. Sie war sicher, dass sie unnötig waren. Die Dinge würden sich fügen, das taten sie immer.

»Schön, Sie lachen zu sehen«, sagte er.

So hatte er sich noch nie angehört. Armer Kerl, es ging ihm wirklich nicht gut, er war so unsicher. Zum ersten Mal, seit sie sich kannten, hatte sie das Bedürfnis, ihn zu berühren. Sie stand auf, nahm vorsichtig seine Hand und zog ihn schweigend zum Stuhl. Für ihn war es jetzt vermutlich besser, sich zu setzen, sie konnte stehen. Ein kurzer Augenblick, den sie genoss. Sie war die Stärkere, sie besaß Zuversicht und konnte geben. Ein Moment zwischen zwei Menschen, der auch Anerkennung gebiert. Sie wird allerdings nicht immer gleich von beiden bemerkt, schwebt oft orientierungslos im Raum. Sie, die sie einfordern könnte, spürt sie sofort, er, der sie zollen müsste, selten von alleine. Aber das spielte keine Rolle. Sie konnte warten. Manchmal muss Anerkennung eben wachsen, bis sie von beiden bemerkt wird.

»Ähh ...«

Thanat schien irritiert.

Bärbel lehnte sich an den Schreibtisch, zuckte mit den Schultern und lächelte ihn an. Wie ein unsicherer Junge saß er vor ihr und suchte nach Worten. Irgendwie auch süß. Es schwirrte wieder in ihr, aber dieses Mal ganz anders. Ein Schwirren, das sie zulassen wollte.

»Hm, ich denke, wir ... nein, ich wollte sagen, ich habe mir überlegt, dass wir beide jetzt vielleicht doch schnell gedanklich noch ein paar Positionen fixieren sollten.«

Sie hatte ihn angefasst.

»Ich denke, es kann nicht schaden, wenn wir beide uns auf eine gemeinschaftliche Sprachregelung verständigen, meinen Sie nicht?«

Bärbel lächelte wieder und nickte so erfreut, als habe er sie gefragt, ob sie mit ihm essen gehen wolle. Er empfand das als unangemessen. So wie er es als unangemessen empfunden hatte, ihn anzufassen. Thanat mochte das nicht. Hatte es noch nie gemocht. Von niemandem! Jetzt, im Alter von fast fünfzig Jahren konnte er noch den Widerwillen spüren, den er als vielleicht 13- oder 14-Jähriger empfunden hatte, wenn ihn seine Mutter rausgeputzt hatte. Das an ihm Rumfingern – entsetzlich! Das Gefühl hatte er gespeichert. Andere auch. Weihnachten, ganz schlimm, alle in den Arm nehmen wegen der Geschenke und so. Ekelhaft! Lieber hätte er auf Geschenke verzichtet. Zwei Schritte Abstand – zu allen, so war's am angenehmsten. War ihm natürlich klar, dass er sich mit dieser Haltung ein wenig am Rande der Norm bewegte. Riss sich auch zusammen, wenn nötig. Hatte aber immer das Gefühl, im Recht zu sein. Er belästigte ja niemanden, er respektierte die Grenzen anderer. Hatte angenommen, dass sich alles irgendwann schon regeln würde. Überraschte sich dann selbst ein bisschen. Er war schon als Junge immer stolz darauf gewesen, dass er etwas aushalten konnte. Schmerzen und so. Entwickelte auf diesem Gebiet ein ganz eigenes Verhältnis. So sah er es. Als ihm dann bewusst wurde, dass sich etwas vermischte, dass es vielleicht Wünsche geben könnte, deren Erfüllung im bürgerlichen Lager die gängigen Toleranzwerte deutlich überschritt, besann er sich und unterließ mit großer Konsequenz alles, wozu er sowieso keine Lust gehabt hätte. Sexuelle Begegnungen, die ihrem Wesen nach in einem Ambiente mit Blümchen auf dem Tisch vollzogen werden konnten, gehörten dazu. Arbeiten bis an die absolute Belastungsgrenze und Sport mit der steten Bereitschaft zum Anaeroben. So war's in Ordnung. Aber anfassen ließ er sich immer noch nicht gerne. Von Frauen schon gar nicht.

Thanat stand wieder auf.

»Vielleicht sollten wir uns zu mir ins Büro setzen. Ist alles etwas kompakt und improvisiert hier unten.«

Bärbel nickte und lächelte.

Nicken hätte gereicht, fand Thanat.

*

Die Rückkehr in sein Büro tat gut. Schweigend waren sie nebeneinander die Treppe hinaufgegangen. Zügig, im gemäßigten Galopp. Zwischen ihnen gab es das alberne Kräftemessen nicht. Auf Flur zwei dann ein Irrläufer, dem Schwester Walburga nur mit Mühe wieder Richtung geben konnte. Er war davon überzeugt, ausgeraubt worden zu sein und kaum zu beruhigen. Thanat ging voraus, schloss die Türe hinter sich und genoss es, allein zu sein. Hatte sich mit Bedacht in seinen Ledersessel gesetzt. Ganz langsam, so, als müsse er die gewohnte Kuhle in dem durchgesessenen Möbel erst suchen. Lehnte sich zurück, schlug die Hände vors Gesicht, fühlte seine Erschöpfung und gestattete sie sich nicht. Setzte sich aufrecht, legte beide Unterarme auf die Lehnen und murmelte: »Jetzt nicht, jetzt noch nicht.« Eine Frage des Willens, dachte er und stand wieder auf. Auf dem Tischchen neben dem Fenster stand seine persönliche Obstschale: zwei Bananen, ein Apfel und drei Kiwis. Die Bananen waren noch fast grün, der Apfel, ein alter Bekannter – also eine Kiwi. Natürlich fehlte das von ihm gewünschte Tellerchen mit Messer und Löffel. Kiwis ohne Tellerchen, Messer und Löffel! Dachte nur ein Wort, dachte »Putze« und verlor die Kontrolle. Sauber gemacht und nicht wieder an den Ort gestellt. Konnte ihn unter normalen Umständen schon ärgern, jetzt war es zu viel.

Eruption!

Nicht mehr abzuwenden. Er flog in einer nach Vollstreckung gierenden Gewaltbereitschaft zum Tischchen, nahm eine der Kiwis, presste Unverständliches aus der Kehle und feuerte sie gegen das Fenster. Sah, wie sie an der Scheibe explodierte, brüllte »Filet!« und warf eine zweite hinterher. Der Einschlag lag eine Handbreit links über dem ersten. Die Explosion der beiden Kiwis an der Scheibe war eine sichtbare, aber unzureichende Beschreibung dessen, was sich in ihm abspielte. Es war die Brandung einer Wutwelle gegen die Gesetze der Physik. Schwappte von unten nach oben. Begann im Bauch und überflutete das Denken. Tremor. Schwer atmend blieb er am Tischchen stehen, verschonte aber die Dritte. Machte zwei schnelle Schritte zum Fenster und begann, die langsam nach unten fließenden Reste der Kiwis mit der Gardine abzuwischen. Er stand vor dem Fenster und wischte mit hektischen, kreisenden Bewegungen die Kiwis von der Scheibe. Nahm immer wieder neue, noch unbenutzte Stellen der Gardine und wischte nach, hielt, als das Fenster sauber war, die Gardine in beiden Händen und massierte die Kiwireste ein. Atmete immer noch schwer, als er sich wieder setzte und eine der beiden fast grünen Bananen schälte. Sie war hart und schmeckte bitter. Legte die Banane weg, schloss die Augen, klammerte sich an die Stuhllehnen und bekam das Zittern in den Griff. Noch viel Wut in ihm, aber die ersten Anzeichen von Reue waren bereits spürbar. Er hatte sich gehen lassen, sich nicht mehr kontrolliert. Begriff die bittere Banane deshalb auch als Strafaktion. Saß im Sessel und konzentrierte sich aufs Kauen, als Walburga klopfte. Er schloss erneut die Augen, schluckte, nahm Anlauf und rief sein kurzes »Ja«.

Sie saßen sich in einer für sie ungewohnten Sprachlosigkeit gegenüber. Thanat hielt noch die Hälfte der grünen Banane in der Hand, sah sie stumm und langsam kauend an. Sie gab ihm die Zeit, die er offensichtlich brauchte, und erwiderte seinen Blick. Das Bittere bereitwillig akzeptierend, sezierte er ihren Blick. Fand viel Emotionales, herausfordernd Emotionales. Das, was sie stumm sagte, hätte sie vermutlich mit Worten nie ausdrücken können. Thanat verlor ein wenig die Orientierung, begriff nicht, was sie dazu bewegt haben mochte, ihr Verhältnis so zu belasten. Enttäuschung war für ihn ein Gemütszustand, den er sich in der Jugend gestattet hatte, den er aber mit einem fortschreitenden Reifeprozess nicht mehr akzeptierte. Enttäuschung begriff Thanat als Zeichen fehlender Voraussicht, Naivität, mangelnder Menschenkenntnis und Realitätsverlust. Für einen Mann in Führungsposition ein Alarmsignal! Aber an diesem Abend spürte er sie. Die Zusammenarbeit mit Schwester Walburga war aus seiner Sicht fast von Beginn an von größtmöglicher Wirksamkeit und Harmonie gekennzeichnet gewesen. Eine ganz eigene Harmonie, die die Distanz als Bedingung forderte und nichts gestattete, was nur innerhalb des Radius einer Tröpfcheninfektion vorstellbar war. Etwas sehr Schönes also. War all das bedroht?

Thanat stand auf, warf die Bananenschale in den kleinen Komposteimer und setzte sich wieder. Stützte beide Ellenbogen auf den Schreibtisch, hielt sich für einen Augenblick mit beiden Händen die Augen zu, riss dann die Arme auseinander, hielt sie in der Position des Gekreuzigten, streckte an beiden Händen Zeige- und Mittelfinger ab, sagte: »Zwei Dinge«, ließ sich wieder in seinen Sessel fallen und fuhr fort:

»Zwei Dinge müssen wir klären.«

Er schlug die Beine übereinander, hielt den rechten Zeigefinger an die Nase, dachte kurz nach und zeigte dann auf die Schublade, in der Krawotz' Brief lag.

»Dieser Lump stellt ein paar hässliche Behauptungen auf, die natürlich völlig gegenstandslos sind. Ein Kantinenwirt mag etwas von Salatsoßen verstehen, es gibt aber keinen Grund für uns, mit dem Küchenpersonal über die Medikamentierung unserer Bewohner zu diskutieren. Die im Einzelfall von Ihnen vorgenommene, segensreiche und begründbare Feinjustierung ist natürlich nur in einem medizinischen Gesamtrahmen zu verstehen. Selbstverständlich handeln wir nur in enger Kooperation mit dem medizinischen Dienst. Woher sollten wir sonst unser Wissen beziehen? Ohne Frage würden wir, sollte man uns das Vertrauen entziehen, auch einer Exhumierung und gerichtsmedizinischen Untersuchung ehemaliger Bewohner mit größter Gelassenheit entgegensehen. Das können wir mit ruhigem Gewissen auch so sagen.«

Thanat erhob sich, legte die Hände auf den Rücken, warf den Kopf in den Nacken und nahm Kurs auf das Fenster. Dann schien es, als störe ihn etwas, er wechselte abrupt die Richtung und schlenderte zur Tür.

»Wir müssen in diesem Fall im Interesse des Hauses aber zwei Fragen stellen: Will man das? Will man das wirklich? Natürlich wären sofort Gerüchte im Umlauf, natürlich wäre der Ruf des Hauses erschüttert. Eine Institution, die nichts so dringend braucht wie das Vertrauen der Menschen, von einem auf den anderen Tag erledigt. Will man das alles?«

Er stand vor ihr, hielt inne und sah sie fragend an.

»Und was tut man den Angehörigen an? Die Trauer über den Verlust eines geliebten Menschen kehrt zurück, das leere Grab, die zweite Beerdigung. Das soll so sein? Und, wenn ja, auf welcher Grundlage? Weil ein Schnüffler, einer der Informationen mit Schnaps und Fleischwaren kauft, ein wenig fantasiert? Aber wir stellen uns dem Gesetz nicht in den Weg. Dazu haben wir keinen Anlass. Wenn es gewünscht wird, helfen wir. Wir legen unsere Akten offen, und wenn es sein muss, greife ich sogar selber zum Spaten und hole die alten Leutchen, wie dieser Schweinehund sie nennt, wieder raus. Mache ich alles, machen wir alles. Und am Ende knipst einer von uns beiden hier auch noch das Licht aus. Ganz klar, wenn das so gewollt wird, machen wir das. Nur, man muss es eben wirklich so wollen, das ist alles, was wir sagen.«

Thanat war in Schwung, seine Sätze kamen stakkatohaft. Bei »ganz klar, wenn das so gewollt wird …« hatte er sich wieder in den Stuhl geworfen, begonnen auf den Schreibtisch zu trommeln, sich dann zurückgelehnt und sie fragend angesehen.

Bärbel lachte, nickte, lachte nochmal und sagte: »Ja, schön.«

Ein Lachen, das Thanat akzeptierte. Ein weiterer Gedanke schoss ihm durch den Kopf: Er hob die Hand:

»Nur eines akzeptieren wir nicht: die Beobachtung dieses Blockwarts, dass immer die gestorben sind, über die im Haus am meisten geklagt wurde. Das weisen wir zurück. Nicht den Tod von Bewohnern, den natürlich nicht. Aber, dass es hier so was wie eine Hierarchie unter den alten Menschen geben soll. Die, die nerven, und die, die man mit einem Halmaspiel in die Ecke setzen kann. An der Stelle wird es niederträchtig, und da muss ich laut werden. Nicht wegen Ihnen, nicht wegen mir. Aber da ist es meine Pflicht, mich vor meine Mitarbeiter und das Haus zu stellen.«

Thanat stockte, kniff die Augen einen winzigen Moment zusammen und zog die Augenbrauen hoch, als sei ihm etwas eingefallen:

»Das ist das, was wir in den Vordergrund stellen müssen. Sie und ich, wir beide erwarten keine Rücksichtnahme, wir übernehmen selbstverständlich die Verantwortung, aber dass man die Arbeit unserer Mitarbeiter in den Dreck zieht, das machen wir nicht mit. Da ist die Grenze. Solche Äußerungen begreifen wir beide im Übrigen als deutlichen Hinweis auf den Wahrheitsgehalt der gesamten Klageschrift. Alles Luft, heiße Luft, aber bitte, das haben nicht wir zu beurteilen, das sollen andere tun.«

Er zuckte mit den Schultern und grinste sie fragend an, erhielt aber keine Reaktion. Immer noch viel Emotionales in ihrem Blick, was jetzt aber besser zu ertragen war, weil es doch sehr in Richtung Bewunderung tendierte. Er blickte durch das gesäuberte Fenster und dachte nach.

»Vermutlich gibt es im ganzen Haus kein Halmaspiel. In diesem Punkt sollten wir vielleicht sicher sein. Es ist so ein bildschönes Argument. Es wäre einfach schade, wenn bei einer zufälligen Hausbegehung irgendwo diese Figürchen über das Brett hüpfen.«

Sie gluckste und kicherte: »Das ist kein Problem.«

Thanat nickte dankbar: »Es wäre ja auch kein Problem, wenn eine der Mitarbeiterinnen dabeisitzt, ließe sich alles rechtfertigen. Aber das Argument wäre relativiert, beschädigt. Wissen Sie, manchmal sind Argumente wie Skulpturen, wie Kunst – einfach nur schön. Aber dann müssen eben auch die Kleinigkeiten stimmen.«

Thanat grinste, sah sie aber nicht an, weil er nicht glaubte, dass sie etwas sagen wollte. Er atmete durch, schüttelte dann aber den Kopf und machte eine abwehrende Handbewegung.

»Aber das ist ja auch nur die Argumentation für den unglücklichsten Fall.«

Nachdenklich begann er, Staubkörnchen mit der Spitze des Zeigefingers vom Schreibtisch zu entfernen.

»Der unglücklichste Fall, sage ich. Es muss ja gar nicht sein, dass das, was das Köchlein sich da zusammenfantasiert hat, für unnötige Aufregung sorgt. Kopie Nummer zwei«, Thanat klopfte sich an die Brusttasche seines Sakkos, »bleibt in der Familie.«

Er schwieg, brummte leise vor sich hin und sah an die Decke.

»Nachdem ich mich ganz erfolgreich durch seinen Verschlag da unten gewühlt habe, wäre es eine fast sportliche Herausforderung, Nummer eins und das Original zu suchen. Irgendwie habe ich das Gefühl, das wäre eine Angelegenheit von überschaubarem Einsatz.«

Er kippte nach vorne und grinste sie an.

»Ich bin fast sicher, jetzt, da ich weiß, wie dieser Brandstifter tickt, finde ich seine Verstecke. Wir müssten uns halt nur ein bisschen umsehen.«

Bärbel lächelte, wirkte aber nicht besonders glücklich über die Idee.

»Eine halbe Stunde, vielleicht fünfzehn Minuten mehr. Wenn wir dann keinen Erfolg gehabt haben, ziehen wir uns zurück. Was meinen Sie?«

Sie lächelte, als habe er eine unpassende Bemerkung gemacht, die sie ihm verzeihen musste.

»Ach kommen Sie, manchmal hilft es, wenn man die Dinge sportlich sieht. Fünfundvierzig Minuten investieren wir.«

Thanat stand auf, setzte sich aber sofort wieder, blieb stumm und regungslos sitzen.

»Das hätte ich fast übersehen.«

Er warf ihr einen flüchtigen Blick zu, griff zum Telefon und zog es langsam und nachdenklich zu sich heran.

»Vielleicht können wir uns unseren Einsatz auch schenken.«

Er schnippte mit dem Zeigefinger gegen den Hörer, nahm ihn aber nicht ab.

»Ich sagte doch, dass dieser furchtbare Kugelmeyer ihn gefunden hat. Wie ich höre, hat ihn die Sache ein wenig aus der Bahn geworfen. Ein ziemliches Weichei, unser Hauptkommissar, möchte ich mal behaupten. War jedenfalls danach nicht mehr ansprechbar. Er soll erst morgen von seinem Vorgesetzten vernommen werden. Könnte ja sein, dass der mehr gefunden hat als einen weich gekochten Küchenchef. Vielleicht sollte man sich vorsorglich mal nach seinem Befinden erkundigen? Was meinen Sie? Kann uns doch nicht gleichgültig sein, wie es dem netten Herrn Kugelmeyer geht. Was? Wir haben uns kennen gelernt und hatten ein anregendes Gespräch. Das ging doch bis ins Grundsätzliche. Selten, dass man einen so aufgeschlossenen Gast hat.«

KAPITEL 14

Kugelmeyer öffnete die Augen und bereute es im gleichen Augenblick. Er war noch nicht richtig wach, der größte Teil seiner selbst schwebte noch tief im Irgendwas. Nur eine kleine Schicht seines Bewusstseins wurde schon wieder von Gedanken durchzogen, die Wahrnehmungen begriffen. Wahrnehmungen, die sich allerdings auf ein einziges Wort reduzierten: Schmerz! Kugelmeyer schloss die Augen und grunzte. Der Schmerz in seinem Kopf brüllte und fraß, was Kugelmeyer hätte denken können. Er hielt die Hände vors Gesicht und stöhnte wieder. Ließ die Hände sinken, blinzelte zur Decke, rappelte sich vorsichtig auf, schnaufte, sah, dass er unter einer Decke auf dem Sofa lag und ließ sich zurück aufs Kissen sinken. Legte sich den rechten Unterarm über beide Augen und stöhnte zum dritten Mal – lauter als zuvor und fast ein bisschen ungeduldig.

Es war auch die Bitte um Aufmerksamkeit.

Er blieb aber allein, und es blieb still. Nicht, dass der Schmerz nachgelassen hätte, aber es gab plötzlich Bilder in seinem Kopf, die Erinnerungen transportierten. Die hässlichsten gleich am Anfang. Der gequollene Koch, der ihm entgegenfällt. Hätte er vermutlich ertragen und über die Jahre irgendwie damit umgehen können. Er hätte Krawotz nur nicht ins Gesicht sehen dürfen. Die erste Begegnung ist immer ein Blick, Blicke haben Lichtgeschwindigkeit, sind schneller als der Schall. Menschen kommunizieren mit Blicken. Mit Blicken manchmal besser als mit Worten. Menschen verstehen Blicke, auch die von denen, die schon keine Menschen mehr sind. Es war Krawotz' letzter Blick, der berichtete. Vom Kampf, von der Angst, vom Tod. Möchte man gar nicht wissen. Aber dann erfährt man es doch, und es ist unauslöschbar, man weiß es für immer. Könnte selber dran sterben – tut es aber nicht. Man muss damit leben. Das hätte er vermutlich alles noch in den Griff gekriegt, wenn er den kippenden Krawotz nicht hätte festhalten wollen. Kugelmeyer hatte plötzlich nicht nur Bilder im Kopf, auch das Gefühl war wieder da. Das Gefühl des Lösens, der kaum spürbare Widerstand, den der glitschige Arm noch leistete, bevor er sich vom Rumpf trennte. Auch der Geruch im Keller kam zu ihm zurück. Der Geruch, den er anfangs kaum wahrgenommen hatte, der intensiver geworden war und ihn beim Öffnen der Sauna mit einem Schwall umschlossen hatte. Süßlich – etwas, das man nur einatmet, wenn man es nicht einordnen kann, wenn man schnuppernd nach etwas sucht, das ähnlich riecht und doch nichts findet.

Kugelmeyer sprang auf und schaffte es gerade bis zur Gästetoilette. Elendes Gewürge, es gab nichts mehr, das der Magen hätte hergeben können. Krampfte drei-, viermal unter Schmerzen und würgte Galliges hinauf. Er stöhnte in die Stille des Hauses, spülte, richtete sich auf und säuberte sich an dem kleinen Waschbecken. Sah müde in den Spiegel und hätte sich vermutlich erschrocken, wenn er das Gesicht dort wirklich zur Kenntnis genommen hätte: ein alter Kerl mit Furchen in grauer Haut, der mit anderem beschäftigt schien. Einer, der zur Kenntnis nahm, dass er allein im Haus war und die Gründe sortierte. Kugelmeyer trocknete sich ab und warf, als er die Toilette verließ, einen Blick auf den Parkplatz vor dem Haus. Der Landrover. Er blieb an der Garderobe stehen, griff nach seinem Jackett und zog das Handy aus der Brusttasche. Kugelmeyer war wieder im Bild. Verfügte über alle Erinnerungen, die nötig waren, um sich noch elender zu fühlen. Er betrat das Wohnzimmer, rief »Ursel?«, setzte sich und erwartete schon nichts mehr. Vermutete, dass sie beim Künstler war, und verübelte es ihr nicht einmal. Nahm zur Kenntnis, dass sie auch unter diesen Umständen nicht bei ihm geblieben war, und akzeptierte es, weil die Energie für alles andere fehlte. Fand es nur traurig. Hätte gerne mit ihr über das gesprochen, was passiert war. Hätte überhaupt gerne mit jemandem gesprochen.

Sagte laut: »Das war …«, und kam nicht weiter. Er musste sich räuspern, hatte einen furchtbaren Geschmack im Mund, stand auf und ging in die Küche. Trank ihren Tomatensaft, fand, dass er gar nicht so schlecht schmeckte, und er ihn vielleicht schon früher hätte probieren sollen, setzte sich ins Esszimmer und sah ihren Zettel, der auf seinem Platz lag. »Muss noch etwas erledigen.«

Kugelmeyer nickte und sagte leise: »Ja klar, mich.«

Er hielt den Zettel in der Hand und folgte mit seinen Augen den Bogen ihrer Handschrift. Eine Kinderschrift, aber alles sehr gut lesbar. Sie schrieb Worte in einem Zug, setzte nie ab. Für Menschen, die so schreiben, dachte Kugelmeyer, ist »etwas« ein schwieriges Wort. Das »w« endet oben und das »a« beginnt unten, man braucht einen Verbindungsstrich. Er hatte sich nie Gedanken über ihre Handschrift gemacht. Fiel ihm an diesem Abend zum ersten Mal auf. Das Wort »erledigen« dagegen passte gut zur Schrift, geschrieben wie aus einem Guss, auch wenn das »l« nicht ganz der Schulbuch-Version entsprach, »erledigen« war ihr flüssig von der Hand gegangen. Kugelmeyer legte den Zettel wieder auf den Tisch, stand auf und spürte leichten Schwindel. Außerdem musste er etwas gegen seine Kopfschmerzen tun. Er fasste sich an den Kopf. Einen Augenblick später fuhr er zusammen, fasste sich erneut an den Kopf. Das Telefon! Schon ein paar hundert Mal gehört, aber in dieser Verfassung war das Geräusch neu. Eine Abfolge von Ping-Tönen. Stiller Himmel, stiller Ort, stille Straße, stilles Haus. Nur noch Ping-Töne im Kugelmeyer'schen-Universum. Hatte er selbst so programmiert – die Ping-Töne, weil sich sonst niemand, den er kannte, für sie entschieden hatte. Sie hatte sich beschwert und immer mal wieder geklagt, wenn das Telefon pingte. Stand neben dem Esszimmertisch und hörte sich selber nochmal zu, wie er ihr Gejammer wortlos ignorierte. Konnte er, Technik war sein Gebiet, sie würde nie eine Ahnung davon haben, wie man das Klingeln änderte. Sein Schweigen damals als Revanche für irgendwas noch Damaligeres. Jetzt gab's Ping-Töne pur. Aber ohne den kleinen Triumph seines Monopols, ohne ihr Gruseln, ohne etwas, das ablenkte, waren sie schallender Terror, das Frohlocken eigener Blödheit. Dreimal klingelte es, bevor er handeln konnte, das vierte Ping brach ab, er hatte den Hörer in der Hand, sagte »Ja«, setzte sich aufs Sofa und war erleichtert, dass sie wenigstens anrief. Ein bisschen was musste es also doch noch geben.

»Kugelmeyer?«

Die Stimme am anderen Ende fegte durch seinen Kopf wie der Express durch einen Provinzbahnhof. Wummerte rechts rein und links wieder raus, transportierte etwas, das Kugelmeyer nicht erkannte. Wusste nur, dass es der falsche Zug war.

»Kugelmeyer, sind Sie das?«

Er schwieg. Ordnete die Stimme Thanat zu, lehnte sie still ab und beließ es dabei.

»Kugelmeyer, mein Bester, das sind Sie doch. Hören Sie mich nicht? Hallo!«

Das Hallo war gejodelt. Eine Provokation, Jodel-Hallos brechen das Schweigen, aber sie machen aggressiv.

»Ja«, gab Kugelmeyer zu. Ein tonloses Ja, keines, das Widerstand androhte. Wie auch?

»Kugelmeyer, wie geht es Ihnen? Herrgott, ich habe gerade die Sache mit unserem Krawotz erfahren. Schlimm!«

»Ja.«

»Muss ja grauenvoll gewesen sein, Sie konnten ihm nicht mehr helfen?«

Kugelmeyer schwieg.

»Entschuldigen Sie, natürlich nicht. Mein Gott, ich kann es immer noch nicht glauben! Wie fühlen Sie sich?«

»Danke, es geht.«

»Es geht? Mann Gottes, bitte verzeihen Sie mir, wenn ich Sie jetzt belästige. Es muss furchtbar für Sie gewesen sein. Schlimm so etwas, das steckt niemand einfach weg. Ich weiß doch, wie ich mich fühle, und ich habe nichts gesehen, nur gehört. Wenn ich irgendetwas für Sie tun kann, sagen Sie es. Bitte! Sagen Sie es.«

»Danke, ich bin in Ordnung.«

»Wissen Sie, ich muss mich wohl bei Ihnen entschuldigen. Unser Gespräch, ich hatte den Eindruck, ich habe Sie vielleicht ein wenig vor den Kopf gestoßen mit meiner Offenheit, habe Sie vielleicht provoziert. Das täte mit aufrichtig Leid, ganz ehrlich! Wenn ich Mitschuld daran habe, dass Sie in diese Situation geraten sind, dann tut mir das furchtbar Leid.«

»Das muss es nicht.«

»Doch, doch, doch! Ich habe mich kindisch verhalten. Habe den dicken Max markiert. Ich tue das manchmal, ich weiß das. Spätpubertärer Blödsinn! In meinem Alter! Möglicherweise habe ich Sie mit dieser Unart provoziert. Ich weiß doch, dass Sie sich nicht einschüchtern lassen. Sie sind keiner, der kneift. Auf Druck antworten Sie mit Gegendruck. Wer Ihnen sagt, gucken Sie weg, hier ist alles in Ordnung, erreicht genau das Gegenteil. Das weiß ich doch. Gott, Kugelmeyer, es tut mir wirklich Leid.«

»Schon in Ordnung.«

»Das ist es nicht. Sehen Sie, ich habe Sie da vielleicht leichtfertig in etwas reingezogen, von dem ich keine Ahnung hatte. Ich habe wirklich angenommen, dass Sie sich verrannt haben. Als ich mit Viktor über die Angelegenheit sprach, habe ich es ihm so gesagt, genau so: Lass ihn doch fragen, habe ich gesagt, er sieht Gespenster. Und jetzt? Gott! Es kann nicht wahr sein. Krawotz ist tot. Und dann unter solchen Umständen. Ich kann es immer noch nicht glauben. Wirklich nicht. Ihnen gegenüber bin ich ganz ehrlich. Mein erster Gedanke war, das war kein Unfall, da hat jemand nachgeholfen. Viktor sieht das, glaube ich, nicht so. Aber er muss alles Emotionale rauslassen, er darf nur die Fakten sehen. Aber ich? Ich sag's Ihnen: Ich habe mich zu Tode erschrocken.«

Thanat schwieg, als warte er auf eine Reaktion Kugelmeyers.

»Soll ich Ihnen sagen, warum?«

Er machte erneut eine Pause, die allerdings so kurz war, dass Kugelmeyer gar keine Möglichkeit hatte, Ja zu sagen, und natürlich auch keine, Nein zu sagen.

»Man denkt an Mord und sagt sich im gleichen Augenblick, das ergibt doch keinen Sinn. Verstehen Sie?«

Kugelmeyer schwieg.

»Es ergibt keinen Sinn! Warum sollte jemand Krawotz umbringen? Er war Koch, Wirt in einer Fußballkneipe. Er hatte Schweißfüße, aber deshalb bringt man einen Menschen doch nicht um! Ich fasse es einfach nicht.«

Thanat war etwas lauter geworden. Zu laut für Kugelmeyers Kopf.

»Sicher, hier und da wird gestöhnt. Er führte ein strenges Regiment in der Küche. Da hat der eine oder andere mal geschimpft. Alltag, Kinderkram. Und dann seine Sexgeschichten. Ja, ja, da wird viel geredet. Ich hab das auch im Orden so vertreten: dankbares Thema, viel Geschwätz. Ich habe ihm dann nur empfohlen, sich nicht immer selber mit diesen Sachen ins Gespräch zu bringen. Herrgott! Der Mann war unverheiratet. Das alles ist doch kein Grund, ihn umzubringen. Oder wie sehen Sie das?«

»Nein.«

Kugelmeyers Antwort klang müde, er fühlte sich überschwemmt. Thanat hatte unaufhörlich auf ihn eingeredet und mit seinem Monolog von ihm Besitz ergriffen. Kugelmeyer hörte, aber die Worte prallten an ihm ab. Es waren zu viele. Zu viel Thanat-Gerede.

»Das ist schön zu hören, wissen Sie, ich habe da schon an mir selbst gezweifelt. Ich habe den Gedanken gesucht, den ich übersehen habe. Ich habe die Antwort gesucht: Kann es für irgendjemanden einen Grund geben, Krawotz umzubringen?«

Thanat schwieg in den Hörer.

»Kennen Sie einen?«

Kugelmeyer hatte sich vorübergehend aus sich selbst entfernt. Saß auf dem Sofa, den Hörer ans Ohr gepresst und überließ Thanat den Bereich seines Bewusstseins, der wehtat, im Nebel lag und süßlich roch. Ein kleiner, intakter Teil wollte trauern und sich beklagen über den falschen Anrufer. Gerade hatte er mit dem Gedanken zu spielen begonnen, sie anzurufen. Sperrige, fast verwegene Vorstellung, würde viel Mut benötigen, Mut, den er vermutlich nicht hatte.

»Kennen Sie einen?«, hatte Thanat gefragt.

»Noch nicht«, hörte Kugelmeyer sich antworten.

Eigentlich hatte Thanat schon gewonnen. Hatte gespürt, dass der am anderen Ende der Leitung keine Gefahr mehr war. Er wusste nichts, war schlaff und müde, ausgezählt. Thanat hatte sich auf sicherem Terrain gewähnt und war ins Schwätzen gekommen. Hätte die letzte Frage gar nicht mehr stellen müssen. Hatte es doch getan, weil er Kugelmeyers Bankrotterklärung hören wollte: Nein, ich kenne keinen, ich habe keine Ahnung, tappe im Dunkeln. Ich bin blöd. So wollte er es hören. Die ersten vier Worte hätten gereicht, sie hätten den Rest im Anhang versteckt. War aber schief gegangen. »Noch nicht« hatte Kugelmeyer gesagt. Der Blödmann! Lag am Boden, war fertig und wurde wieder frech. »Noch nicht« war eine Kriegserklärung.

Kugelmeyer sah das auch so. Das, was er wollte, waren eine Kopfschmerztablette, ein Gespräch mit seiner Frau, viel Schlaf, sich raushalten und das nackte Vergessen. Das, was er tun würde, hatte mit all dem vermutlich nicht viel zu tun.

Langes Schweigen in der Leitung.

»Noch nicht«, echote Thanat gedehnt, »das klingt nach Zuversicht. Schön, dass Sie Ihr Kämpferherz nicht verloren haben.«

»Warum auch?«, fragte Kugelmeyer und hätte Gründe en masse nennen können.

Thanat lachte und schwieg vier oder fünf Sekunden. Also eine Ewigkeit. Das Schweigen war eine Drohung, war die Aufforderung, sich nicht zu überschätzen, die Behauptung, dass er, Kugelmeyer, sicher nicht so hart sei, wie er glaubte und die Weissagung, dass es schlimm enden würde, wenn er jetzt noch einen Fehler machte.

»Erholen Sie sich gut«, sagte Thanat und: »Wir sehen uns.«

»Ja«, gab Kugelmeyer zurück, »wir sehen uns.«

Er beendete das Gespräch, legte den Hörer auf den Tisch, schnitt eine Grimasse und massierte sich mit allen zehn Fingern die Stirn. Stand auf, ging die Treppe hoch ins Bad, löste eine Aspirin im Zahnputzbecher auf und sah lange in den Spiegel. Das meiste von dem, was Thanat ihm schweigend hatte mitteilen wollen, hatte er verstanden. »Blöder Sack«, sagte er mit Blick in den Spiegel und war sich nicht sicher, ob er wirklich Thanat meinte. Er nahm eine zweite Aspirin aus der Schachtel und ging mit dem Zahnputzbecher und der noch sprudelnden Tablette nach unten. Der im Spiegel wirkte nicht motivierend auf ihn.

*

Thanat legte den Hörer fast behutsam auf und sah Schwester Walburga dann schulterzuckend an.

»Es tut mir Leid, ich hätte uns das gerne erspart, aber an dieser kleinen Visite in der Schänke führt offensichtlich kein Weg vorbei. Wir sollten auch dort ein wenig Ordnung schaffen. Dieser Hauptkommissar hat etwas von einem Waran. Natürlich ist er bei weitem nicht so intelligent wie diese Echsen, aber er hat ihren Beißreflex. Was er hat, lässt er nicht mehr los.«

Unerwartet schlug er die Hände vors Gesicht und stöhnte leise: »Alles nur Idioten.« Er ließ die Hände langsam wieder sinken und schloss für einen Moment die Augen. Fing sich wieder und lächelte Walburga an.

»Entschuldigung, aber manchmal denke ich, es ist allmählich an der Zeit, dass ich mich nach etwas Neuem umsehe. Wenn man zu lange an einem Schreibtisch sitzt, verliert man sich doch sehr in den Details.«

Walburga schaute überrascht.

»Nein, nein, das hat nichts mit Ihnen zu tun, im Gegenteil, Sie nehme ich, von dem, was ich jetzt sage, ausdrücklich aus, aber glauben Sie mir: Menschenkenntnis ist eine Strafe!«

Thanat hatte das A in Strafe besonders kehlig ausgesprochen. Es klang nach Pein.

»Sehen Sie mich nicht so zweifelnd an. Es ist so, glauben Sie mir. Wen der liebe Gott mit der Gabe versehen hat, seine Mitmenschen zu verstehen und zu durchschauen, den will er auf die Probe stellen, und zwar auf eine harte Probe!«

Thanat lehnte sich zurück und sackte schlaff zusammen, raffte sich aber sofort wieder auf.

»Jetzt mal im Ernst: Ein nettes, gedeihliches Miteinander ist nur an der Oberfläche möglich. Kommt man sich näher, dringt man in die Tiefen, lernt man, den anderen zu verstehen, ist es vorbei.«

Er winkte mit den Händen bekräftigend ab. »Schluss, aus, vorbei.«

Machte eine Pause und rutschte mit seinem Stuhl näher an den Schreibtisch, näher an Walburga, und hob den rechten Zeigefinger.

»Jeder ein kleiner Mikrokosmos, überall kreist alles um sich selbst, aber alle mit Unwucht, verstehen Sie?«

Thanat machte zweimal kurz hintereinander eine Bewegung mit dem Kopf zur Seite und schnitt dabei eine Grimasse, als habe er Schmerzen.

»Alle mit einer Unwucht. Wenn man ein Gehör dafür hat, kann man's überall gewaltig scheppern hören. Jedem fehlt etwas: Anerkennung, Selbstbewusstsein, Zuwendung, Liebe und den meisten der Verstand. Es gibt natürlich auch die Kombination. Das sind die, die in zwei Richtungen gleichzeitig kippen. Und das sage ich Ihnen: Wenn sich die Menschen im Rhythmus ihrer Unwucht bewegen müssten, wären wir von merkwürdig schwankenden Gestalten umgeben.«

Thanat stockte, sah, dass Walburga seinem Ausbruch immer noch nicht ganz folgen konnte.

»Es ist so! Glauben Sie mir, leider sage ich die Wahrheit. Unwucht, schwankende Gestalten. Heftig schwankende Gestalten, die von ihrem eigenen Ungleichgewicht eigentlich von den Beinen geholt werden müssten, denn es kommt ja noch viel schlimmer! Was treibt diesen Homunkulus? Pressluft, er ist pressluftgetrieben. Die große Luftpumpe Überheblichkeit pumpt und pumpt. Die völlige Unfähigkeit, sich selbst realistisch einzuschätzen. Das kann ich auch – die Lebenslüge in vier Worten. Aber was soll's? Man muss ja auch das Positive sehen. Ich bin überfordert, und Überforderung ist die Lizenz zum Jammern! Ich bin so überlastet! Herrlich!«

Thanat warf Walburga einen aggressiven Blick zu, der jeden Widerspruch erstickte.

»Und doch gibt es gesteuertes Leben auf diesem Planeten. Warum? Ich sage es Ihnen: Das alles ist nur erträglich, weil der Mensch es schafft, sich schmerzfrei zu machen. Eine Art Daueranästhesie. Und wissen Sie, wie die Narkotika heißen? Dummheit, Selbstherrlichkeit und Selbstzufriedenheit. Das hilft immer.«

Er stockte, dachte nach und schien einer Lösung plötzlich näher gekommen.

»Blöd sein und sich gut finden. Genau das ist es! So versteht es jeder.«

Er hatte sich beruhigt, nickte scheinbar gedankenversunken und wiederholte, von seiner Formulierung überzeugt: »Blöd sein und sich gut finden.«

Thanat brach ab, schwieg, senkte ein wenig unsicher seinen Blick und strich mit der rechten Hand prüfend über die Schreibtischkante, als habe er sie gerade glatt geschliffen. Dann warf er Walburga einen verstohlenen Blick zu. Er hatte übertrieben und war laut geworden.

Sein »Na ja« klang, als wolle er das Gesagte relativieren.

Sie zuckte die Schultern und lächelte: »Es ist besser, man spricht es auch aus, wenn man es so empfindet.«

Thanat nickte: »Da haben Sie wohl Recht.«

Er stand auf, blieb mit seinem Blick auf dem Schreibtisch hängen, als gäbe es noch etwas, das bearbeitet werden müsste, fuhr mit der linken Hand über die Tischplatte und holte tief Luft.

»Bringen wir es hinter uns. Zwei, drei Lungenzüge Kneipenmief sollen dem Schlaf ja förderlich sein. Kommen Sie, wir machen es kurz.«

*

Kugelmeyer setzte sich an den Esstisch, stellte den Zahnputzbecher, in dem die Reste der Tablette hartnäckig gegen ihre Auflösung kämpften, vor sich auf den Tisch, warf einen Blick auf ihren Zettel und einen zweiten auf das Loch in der Wand. Eine Gedankenkette, die er nicht wollte: der Zettel, das Loch, sie, der Künstler. Kugelmeyer hätte das Denken gerne vorübergehend eingestellt, wollte das Thema »Anruf« zurückstellen, bis die Tabletten Wirkung gezeigt hatten. Er stützte beide Ellenbogen auf den Tisch, hielt die Hände vors Gesicht und starrte in die eigene Dunkelheit. Sah den Maler mit dem schwarzen Gürtel und fühlte, was er nicht fühlen wollte. Die Angst vor einem, der alles besser kann, der überall die Maßstäbe setzt und nicht viel übrig lässt von einem selbst, einen zum Knuddelbären macht.

Er stand auf, war zu müde, um sich zu wehren. Kniff die Augen zusammen, als er stand, weil ihm wieder schwindelig wurde. Nahm Kurs aufs Sofa, sagte laut und müde: »Knuddelbär ruft nicht an«, schlug die Decke zur Seite und machte sich lang. Schloss die Augen und hoffte, dass er den Kopfschmerz würde ignorieren können. Lag auf dem Rücken, fühlte, wie die Wellen schwächer wurden, entspannte und wartete auf den Schlaf. Sank ins Dunkle, wurde leicht und hatte schon vergessen, was ihn quälte, als er stoppte, nicht weiter sank, sondern im Halbschlaf schwebte. Ein unfertiger Gedanke rumorte, gab keine Ruhe, sondern bestand darauf, gedacht zu werden. Nicht der Künstler war's, auch nicht der Knuddelbär. Thanat.

Kugelmeyer tauchte auf und rekapitulierte noch einmal. »Kann es einen Grund geben, Krawotz umzubringen?«, hatte er gefragt und dann: »Kennen Sie einen?« Kugelmeyer schlug die Augen auf, holte tief Luft und setzte sich. »Für wie blöd hält der mich?«, murmelte er und legte die Decke zur Seite. Er lehnte sich zurück und starrte an die Zimmerdecke. Nein, er kannte keinen Grund, aber es gab sicher einen. Krawotz hatte Andeutungen gemacht, der Flüsterer auf dem Friedhof auch, und eine Antwort auf die Frage, warum ein geistlicher Würdenträger nachts in einem Subaru-Kofferraum transportiert wurde, hatte er auch noch nicht. »Kennen Sie einen?«, hatte Thanat gefragt, gemeint hatte er aber mit Sicherheit: »Kennen Sie ihn?«

Kugelmeyer schnaufte leise und stellte die Frage wieder laut ins Zimmer: »Für wie blöd hält der mich?« Thanat erfährt, dass er, Kugelmeyer, den toten Krawotz in der Sauna gefunden hat, und ruft an. Redet dummes Zeug, heuchelt Mitleid und will wissen, ob er den Grund kennt, warum Krawotz ermordet wurde. »Der hat Schiss«, sagte er wieder laut und schlug sich auf die

Schenkel: »Der hat einfach nur Schiss, ich könnte etwas wissen.«

Kugelmeyer stand auf, ohne dass ihm schwindelig wurde, setzte sich und feuerte sich an.

»Konzentrier dich!«

Er stand erneut auf, lief in die Küche, schüttete sich Tomatensaft ein, nippte am Glas, zog eine Grimasse, weil er Tomatensaft doch nicht mochte, und fragte wieder laut:

»Warum ruft der Drecksack jetzt an? Warum glaubt der plötzlich, dass ich etwas wissen könnte?«

Kugelmeyer hatte das Gefühl, dass es einfach sein müsste, auf die Antwort zu kommen, dass die Antwort auf der Hand lag, aber er stocherte im Gedankennebel. Er schüttete ein wenig Salz und viel Pfeffer in den Tomatensaft und trank aus. Der Geschmack verbesserte sich nicht wesentlich, der Nebel im Kopf lichtete sich auch nicht spürbar.

»Kerl«, fluchte er, »reiß dich zusammen. Warum ruft der Sack um diese Zeit an?«

Kugelmeyer ging ans Waschbecken, ließ kaltes Wasser laufen und wusch sich das Gesicht. Kam wieder hoch, hatte nicht das Gefühl, etwas verbessert zu haben, steckte den Kopf komplett unter den Hahn und ließ sich Wasser auf den Nacken laufen. Nahm das Geschirrtuch, wischte sich trocken, war aber nicht schnell genug. Kaltes lief den Rücken runter. Keine Wirkung, das Dumpfe aus der Notarzt-Spritze blieb. Entschied sich für einen Frontalangriff: Aß einen halben Esslöffel Tabascosoße und hörte sich augenblicklich pfeifen. Gemeines Geräusch, er war auf Scharfes vorbereitet gewesen, hatte ja auch so sein sollen, aber die Dosierung war ein Vorschlag aus der Geisterbahn. Er wusste, dass Trinken nicht schlau war in einer solchen Situation, tat es aber trotzdem, weil er das starke Bedürfnis verspürte, irgendetwas zu tun. Trank Wasser aus dem Kran und verteilte den Horror. Er tänzelte auf Zehenspitzen, presste das Pfeifen zu kehligem Protest und schlug den Kopf im dumpfen Rhythmus gegen die Tür. Die Augen tränten, Mund und Rachen waren vom Schmerz betäubt, sein Grunzen füllte den Raum, alles war in Aufruhr, alles war in Bewegung, nur das Dumpfe blieb unerbittlich, es hielt den Gedanken gefangen, den er suchte. Kugelmeyer schüttelte den Kopf, als wolle er ihn freirütteln, aber erntete nur Schmerz. Er kniff die Augen zusammen, schaltete das Licht in der Küche aus und setzte sich ins dunkle Wohnzimmer. Presste die Fäuste vors Gesicht, kämpfte still gegen den Schmerz, kämpfte lange. Sprang dann plötzlich auf und lallte »Blödmann«. Kein einfaches Wort für eine Tabasco-Zunge, aber für sich genommen war's ein einfacher Gedanke.

Krawotz war tot, als er ihn gefunden hatte, das wusste Thanat. Er hatte ihm nichts mehr sagen können. Aber vielleicht gab es in der Schänke noch Hinweise auf den Mörder, oder vielleicht glaubte Thanat auch nur, dass es sie gab. Wenn sie dort waren, hatte Kugelmeyer sie nicht gefunden, sie vielleicht auch gar nicht finden können, weil sie zumindest im Schankraum von Kanzler bewacht worden waren. So gab's Sinn: Thanat hatte wissen wollen, ob Kugelmeyer noch etwas anderes als den toten Krawotz gefunden hatte.

»Noch nicht«, wiederholte Kugelmeyer laut, und dieses Mal meinte er es auch so. Er sah auf die Uhr, es war kurz vor zehn. Kein ungewöhnlicher Zeitpunkt für den Besuch in einer Kneipe. Er ging zur Garderobe, zog sich seine Regenjacke an, eilte zurück ins Wohnzimmer, um Wagenschlüssel und Handy zu holen, war fast schon draußen, als er noch einmal kehrtmachte, um auch die Dienstwaffe einzustecken.

»Jetzt schauen wir mal«, flüsterte er und startete den V8.

KAPITEL 15

Sie hätte das Leben gern noch festgehalten, aber es verließ sie schnell. Sie starb in der Rückwärtsbewegung, stürzte, schlug auf, nahm es aber schon nicht mehr wahr. Die Wucht des Projektils hatte alles in ihr zerplatzen lassen, was fühlen konnte. Sie hätte nicht einmal sagen können, wo sie getroffen worden war, denn das, was sie spürte, war gleichzeitig und überall. Kein Schmerz, aber etwas, das nicht auszuhalten, das stärker war als sie. Eine Art stiller Explosion im Körper, die sie wie eine Welle durchlaufen, alles erfasst und das Leben vertrieben hatte. Sie war getroffen worden, nach hinten getaumelt, hatte einen Stuhl umgerissen und war zu Boden gestürzt. Mag sein, dass ihr Herz noch schlug, als sie auf den Boden traf, mag sein, dass sie noch einmal nach Luft schnappte oder ein Muskel zuckte. Aber das war schon bedeutungslos.

Der Schuss, das Gepolter des Stuhls, der auf sie gefallen war, keine stabile Position gefunden hatte, über ihren Brustkorb langsam auf den Boden gerutscht war und noch einmal kurz die Stille durchbrochen hatte. Zwei Männer an einem Tisch, die sich scheinbar an den Händen hielten, den Blick nicht von der Toten wenden konnten und schwiegen. Der Schlanke führte die Hand des anderen, dessen Stirn stark blutete und der die Waffe umklammerte, behutsam zum Tisch, drückte und schüttelte vorsichtig das Handgelenk, um ihm wortlos zu verstehen zu geben, dass er die Pistole loslassen sollte.

»Kugelmeyer«, sagte er leise, als sie auf dem Tisch lag, »da kommst du nicht mehr raus, das ist dein Ende.«

Kugelmeyer sah sein Blut auf Tisch und Waffe tropfen, sah die Lache größer werden und begriff nicht. Er hatte die Waffe gezogen, um sich zu schützen, hatte sie in der Hand gehalten, aber nie vorgehabt zu schießen. Er sah die am Boden liegende Walburga, und ihm war auch aus der Distanz von vielleicht drei Metern klar, dass sie sofort tot gewesen sein musste. Der Schuss hatte sie in der Brust getroffen. Ein Schuss, den er nicht abgefeuert hatte.

Schwester Walburga hatte sich Thanats Wunsch, in der Klosterschänke für Ordnung zu sorgen, nur mit stillem Widerwillen gefügt. Schweigend hatte sie neben ihm im Auto gesessen und gehofft, dass er nicht bemerken würde, wie sehr ihr die Vorstellung, das Krawotz-Haus betreten zu müssen, zu schaffen machte. Er hielt es für notwendig, sie akzeptierte es, nahm es auf sich. Sie würde ihm keine große Hilfe sein. Sich in dem Haus zu bewegen, in den Ecken zu schnüffeln, würde ihr unmöglich sein. Bärbel auch. Sie hatte viel geleistet in den letzten Tagen, eine Rückkehr in die Höhle des Ekligen war ihr nicht zuzumuten. Die Begleitung Thanats in die Höhle des Scheusals war Sache der Schwester, war etwas, das nur ausgehalten werden konnte.

Thanat kannte sich aus vor Ort. Kurz nach seinem Dienstantritt hatte er bei einer seiner Trainingseinheiten mit dem Rennrad in der Klosterschänke Station gemacht, eine Apfelschorle getrunken und mit Krawotz ein paar Belanglosigkeiten ausgetauscht. Der Dicke war sehr bemüht gewesen und hatte ihm zugesichert, dass er immer willkommen sei, die Tür für ihn immer offen stehe. »Kommen Sie unten rum, da ist immer offen, die alte Luke kann man gar nicht mehr abschließen, kommen Sie einfach rein, ich lasse keinen Sportler verdursten, auch nicht, wenn oben dicht ist.«

Thanat stellte seinen Wagen nicht auf dem Parkplatz der Gaststätte ab, sondern gute hundert Meter weiter, eine Querstraße rechts. Ohne, dass sie etwas hätten sagen müssen, waren sie ums Haus gegangen und zur Hintertür hinein. Sie war tatsächlich nicht abgeschlossen gewesen, und das Polizeisiegel hatte ihn nicht interessiert. Walburga stand hinter ihm und versuchte, so flach wie möglich zu atmen, als Thanat im Keller Halt machte und sich leise summend umsah: »Wenn er hier etwas versteckt hat, haben wir keine Chance, aber ich glaube, das war nicht seine Art. So dachte unser Köchlein nicht. Das hier wäre im Grunde einfach, nur eine Fleißaufgabe, einer wie Krawotz versteckt mit dem, was er für Intelligenz hält.«

Er grinste sie an, sagte: »Kommen Sie«, und machte drei Schritte in Richtung Treppe. An dem kleinen Gang, der zur Sauna führte, blieb er stehen und warf einen Blick nach links. Walburga schloss die Augen und hoffte, dass er der Versuchung würde widerstehen können.

»Bringt nichts«, murmelte er und setzte sich zu ihrer Erleichterung in Richtung Treppe in Bewegung. Oben im Schankraum drückte sie sich in eine Bank und sah ihm zu. Sie fühlte sich getrieben, wäre gerne sofort wieder verschwunden. Die Unruhe war kaum zu ertragen, sie stahl ihr die Gedanken. Vielleicht gab es auch gar keine Gedanken, vielleicht nur eine Ahnung davon, was kommen würde.

Merkwürdiges Schauspiel: Thanat hatte sich Handschuhe an- und die Vorhänge zugezogen, sich in die Mitte des Raums gestellt, die Arme ausgebreitet, die Finger gespreizt und begonnen, sich langsam zu drehen, als sei er ein Radar. War mit den Augen in der einen oder anderen Ecke hängen geblieben, hatte sich aber langsam weitergedreht. Dann stoppte er, eilte zur Theke und ließ den Zeigefinger der rechten Hand über den Thekenrand gleiten und murmelte: »Nein, nein«. Öffnete Schränke und Schubladen hinter der Theke, sah oberflächlich hinein und wiederholte sein »Nein, nein«. Stelzte zurück in die Mitte des Raums, vergrub die Hände in den Hosentaschen, spitzte die Lippen wie zu einem Kuss, begann wieder, sich langsam zu drehen und brummte. Plötzlich stoppte er, hörte auf zu brummen und lächelte sie an. Sagte: »Wetten«, und machte ein paar schnelle Schritte zur Glasvitrine, die links neben der Theke stand, öffnete sie, holte einen Pokal heraus, untersuchte ihn, nahm den zweiten und jubelte beim dritten. Der Sockelboden war hohl. Er zog zusammengefaltete Papiere hervor und wedelte triumphierend.

»Was dem wichtig ist, versteckt er nicht im dunklen Loch, das legt er in seinen Schrein.«

Er hielt den Pokal in der Linken, die Zettel in der Rechten und kam fröhlich lachend auf sie zu.

»Habe ich es Ihnen nicht versprochen? Wenn ich

weiß, wie einer tickt, weiß ich auch, wo er etwas versteckt.«

Er setzte sich ihr gegenüber, stellte den Pokal auf den Tisch und blätterte in Krawotz' Hinterlassenschaft.

»Warten Sie, wir können sofort wieder verschwinden, ich will nur schnell sehen, ob alles komplett ist.«

Thanat überflog seinen Fund und summte leise, aber fröhlich. Er saß mit dem Rücken zu der Tür, die hinter der Theke lag und in den Keller führte. Walburgas Unrast steigerte sich zum Entsetzen, als sie sah, wie sich die Tür öffnete und Kugelmeyer den Raum betrat. Der Waran, dachte sie.

Plötzlich war viel Wut in ihr. Alles war aus dem Gleichgewicht geraten. Sie lebte in einer Welt, in der sie gemeinsam mit Thanat Verantwortung trug für eine Gemeinschaft von Seelen in der Nähe zur Unsterblichkeit. Eine Gemeinschaft im Grenzbereich, deren Gesetze sich an größtmöglicher Zuversicht und Gottvertrauen orientierten, die viel Sensibilität, Verständnis und Einfühlungsvermögen benötigte. Bedroht, vielleicht sogar zerstört von einem Widerling, dessen Handeln von der Gier bestimmt wurde. Der Gier nach Geld, käuflichen Frauen und Schmutz. Bedroht von einem, der nicht mehr unter ihnen weilte und der jetzt späte Hilfe erhielt von einem Deppen, der von allem sicherlich noch weniger begriff als das Ekel. Der Waran ließ die Tür offen stehen, sagte nichts, sondern schlich zum Tisch. Ihre Blicke begegneten sich, aber beide schwiegen einander an. Walburga voll Zorn, Kugelmeyer, weil er auf Thanat und das fixiert war, was der in Händen hatte. Sein Gegner hieß Gottfried Thanat, nicht Walburga. Eine Einschätzung, die er schnell bereuen sollte.

Thanat hatte nichts bemerkt von dem, was sich hinter seinem Rücken zusammenbraute, sondern hatte – mittlerweile amüsiert – in Krawotz' Hinterlassenschaft gelesen. Gerade wollte er Walburga zufrieden das Zeichen zum Aufbruch geben, als er ihr Entsetzen bemerkte und einen Augenblick später Kugelmeyer neben sich.

Walburga sah Thanats Verblüffung, als er sich nach links wandte und Kugelmeyer erkannte. Ein wenig lähmte ihn wohl noch sein Triumph über den Koch, denn er schien hilflos, als der Waran schnappte und die Schmierereien an sich riss. Er sprach, Thanat schwieg. Der Waran redete weiter auf Thanat ein, grinste und warf einen Blick auf die Zettel. Trat einen Schritt zurück, als wolle er Distanz schaffen zwischen sich und den beiden am Tisch, und schien einen Wimpernschlag später schon gefangen von dem, was er las. Seine Augen huschten über das Papier, er stoppte, sah auf und sagte etwas zu Thanat, das Walburga nicht verstand.

Sie verstand nichts von dem, was in den wenigen Augenblicken vor ihrem Tod gesprochen wurde. Sie fühlte nur die Wut über das, was passiert war. Sie warf Thanat einen Blick zu, sah seine Mutlosigkeit, griff nach dem Pokal, sprang auf und schlug ihn dem Waran auf den Kopf. Der hatte sie spät, aber nicht zu spät bemerkt. Er riss den rechten Arm zum Schutz nach oben und wich zur Seite. So traf ihn der Pokal nicht frontal, sondern mit seiner Kante an der Stirn, die aufplatzte und sofort stark blutete. Walburga holte ein zweites Mal aus, um zu schlagen, der Waran war vorbereitet und griff ihr in den Arm, ließ sie aber, irritiert vom eigenen Blut, das ihm in die Augen tropfte, wieder los. Walburga drängte ihm wütend entgegen und holte erneut zum Schlag aus.

Das eigene Blut ließ ihn sich selbst wohl in größerer Gefahr vermuten, als es der Realität entsprach. Kugelmeyer wehrte mit der Linken den dritten Schlag ab und stieß sie zurück, zog seine Waffe und entsicherte sie. Thanat hatte sich aus seiner Starre gelöst, war aufgesprungen, hatte sich zwischen die beiden Kämpfenden geworfen und nach der Pistole gegriffen. Walburga stoppte, sah, wie die beiden um die Pistole rangen, sah, wie der Waran den leichteren Thanat scheinbar spielerisch zur Seite drückte, die Pistole, deren Lauf die ganze Zeit zum Boden gerichtet war, hob und auf sie feuerte. Zu diesem Zeitpunkt doch eigentlich schon grundlos.

»Jetzt schauen wir mal«, hatte Kugelmeyer geflüstert, als er sich in den Landrover gesetzt hatte, um zur Schänke zu fahren. War vom Grundstück gerollt, hatte für einen Moment das sonore Grummeln des V8 genossen und Augenblicke später schon Zweifel an der Richtigkeit seines Tuns gespürt. Die Nadel der Tankanzeige war nicht nur im roten Bereich, sie lehnte müde links am Rand und ließ sich auch in Kurven oder durch Bremsen nicht zu Bewegungen verleiten. Offensichtlich stand er kurz vorm Trockenfallen. Es war eine unangenehme Vorstellung liegen zu bleiben – Stress, den er nicht gebrauchen konnte, weil er dem Kopfschmerz den Rückweg bahnte. Außerdem kämpfte Kugelmeyer weiterhin mit dem Dumpfen, stand er immer noch unter der Wirkung des Medikaments, das ihm die Notärztin verabreicht hatte. Es fiel ihm schwer, sich zu konzentrieren, seine Gedanken schienen ein Echo im eigenen Kopf zu haben, Bewegungsabläufe mussten merkwürdig genau bedacht werden, um nicht schief zu gehen. Sicherlich hätte er nicht Auto fahren dürfen, zweimal betätigte er den Blinker beim Abbiegen, zweimal hupte er dabei. Kugelmeyer öffnete die Seitenscheibe in der Hoffnung auf kühlen Wind. Den bekam er auch und ein paar kalte Tropfen gleich mit. In der Dunkelheit hatte er den Regen an der Frontscheibe noch gar nicht bemerkt. Er schaltete die Wischer ein und fragte sich, ob die Ärztin bei der Dosierung nicht ein wenig übertrieben hatte. Vielleicht, dachte er, gibt es nur zwei Dosierungen. Ruhig stellen und ganz ruhig stellen. »Blöde Kuh«, schimpfte er leise, denn wenn es so war, ahnte er, wofür sie sich bei Kugelmeyer entschieden hatte.

Mit äußerst behutsamem Druck aufs Gaspedal rollte er in Richtung Schänke, sah mehr auf die Tankanzeige als auf die Straße und kniff die Augen bei jeder Straßenlampe und jedem entgegenkommenden Fahrzeug kurz zu, weil das Licht schmerzte. Er war froh, als er den Parkplatz der Schänke sah, betätigte den Hebel links am Lenkrad, mit dem Hupe und Blinker bedient wurden, vorsichtig, um unerwünschte Aufmerksamkeit zu vermeiden, wollte einbiegen und brach ab, weil er Licht in der Schänke sah. Er fuhr weiter, vielleicht hundert Meter, bog erst dann rechts ab und musste rangieren, weil ein Golf ungeschickt geparkt an der Ecke stand. Er stieg aus, lief die sanft ansteigende Straße zurück, musste aber nach knapp dreißig Metern sein Tempo reduzieren, weil sein Körper bergauf zu nicht mehr als einem Schlendern in der Lage war. Erschöpft erreichte er den Parkplatz, drehte sich um, warf einen zweiten Blick die menschenleere Straße hinauf und schlich zu den Fenstern. Sehen konnte er nicht viel. Die dunkelroten Vorhänge waren nicht dicht genug, um alles Licht zu filtern, aber einen Blick ins Innere gestatteten sie nicht. Er schlich ums Haus, hatte für einen Moment die Hoffnung, dass vielleicht nur jemand vergessen haben könnte, das Licht auszuschalten, sah das beschädigte Siegel, zog die Pistole aus dem Halfter und sagte leise »Scheiße«.

Vorsichtig schlich er durch den Keller zur Treppe, registrierte erleichtert, dass der süßliche Gestank verflogen war und tastete sich die Treppe hoch. Eine Holzstiege, die knarrte, wie er wusste. Er bewegte sich vorsichtig und setzte seine Füße am äußeren Rand der Stufen auf. Als er die Türklinke in der Hand hatte, hörte er eine vertraute Stimme. Es war Thanat, der laut etwas sagte, das Kugelmeyer nicht verstand. Es klang wie »Betten«. Er war erleichtert, drückte die Klinke millimeterweise nach unten und hörte Thanat plötzlich jubeln.

Kugelmeyer schlich vorwärts, bis er die Tür zum Schankraum erreicht hatte, steckte die Waffe wieder weg, legte die Hand auf die Klinke und sein Ohr an die Tür. Thanat redete nicht mehr, aber Kugelmeyer war, als höre er ihn summen. Er hätte es auch später nicht begründen können, aber Kugelmeyer ging davon aus, dass er es nur mit Thanat zu tun haben würde. Er hatte ihn reden gehört und sich, ohne wirklich darüber nachzudenken, vorgestellt, dass der eitle Pfau Selbstgespräche führte, dass er in der Kneipe stand und mit sich selber redete, so wie er im Grunde immer nur mit sich selber redete.

Behutsam öffnete er die Tür, zwang sich durch den Spalt, sah Thanat mit dem Rücken zu ihm tatsächlich fröhlich summend auf einer Bank sitzen und die Nonne, die ihn anstarrte. Sie saß da und regte sich nicht, glotzte nur und schwieg wie immer. Sie war die Nummer zwei, solange Thanat im Raum war. Saß nur da und wartete, wie Thanat reagieren würde. Kugelmeyer fand's lächerlich. Schnell stand er neben Thanat, sagte »Was für eine Freude, jetzt sehen wir uns ja heute Abend schon«, riss ihm die Zettel aus der Hand, ergänzte: »Es stört Sie doch nicht, wenn ich mal einen Blick draufwerfe«, las *Sehr geehrter Herr Kommissar*, fügte »Oh, ist ja sogar für mich«, hinzu und machte einen Schritt zurück.

Er überflog hastig die ersten Zeilen, kam bis *alte Leutchen umgebracht*, sah eine Bewegung und einen Schatten. Sie schlug nach ihm und traf ihn am Kopf. Alles, was folgte, war nur Reflex. Das viele Blut, das ihn verwirrte, die Furie, die nicht aufgeben wollte, der Griff zur Waffe, der nur als Drohung gemeint war. Thanat, der plötzlich zwischen ihnen stand und nach der Waffe griff. Merkwürdiges Sich-Winden und Drehen im Kampf um die Pistole, die der immer noch chemisch beruhigte Kugelmeyer gar nicht benutzen wollte. Ein Kampf um nichts, wie er fand. Er, der nicht begriff, dass Thanat die Waffe gar nicht haben, sondern zielen wollte, der auch nicht begriff, warum geschossen wurde und nur ganz langsam erfasste, dass gar nicht er, sondern Thanat geschossen hatte.

»Sie haben sie umgebracht.«

Thanat betonte den Satz zweifach. Am Anfang und am Ende. Brüllte das »Sie« fast, hauchte »haben sie« und dehnte »umgebracht« wieder laut und theatralisch. Der immer noch betäubte Kugelmeyer sah auf die Tote, glotzte Thanat an und schüttelte den Kopf, blieb stumm.

Der blickte ihn in der Erwartung von etwas an, das

nicht kam, schnaufte verächtlich und wandte sich ab. Er nahm seinen Blick mit einer Geste von Kugelmeyer, als könne er den Anblick des Dummkopfs nicht länger ertragen. Er setzte sich wieder auf seinen Platz, so wie er gesessen hatte, als Kugelmeyer den Raum betreten hatte, ignorierte den Kommissar mit der Waffe in seinem Rücken, warf noch einen Blick auf die Tote und vergrub sein Gesicht in den Händen. Er hatte eine Entscheidung treffen müssen, eine wichtige Entscheidung, eine über Leben und Tod. Alles unter Zeitdruck, enormem Zeitdruck! Nicht einfach so etwas. Auch nicht für ihn. Walburga hatte ihm mit ihrem unsinnigen Ausbruch die Denkpause verschafft, die er gebraucht hatte, um sich über das klar zu werden, was passieren musste. Als er Kugelmeyer neben sich hatte stehen sehen und nicht verhindern konnte, dass dieser den Krawotz-Brief las, war ihm klar, dass er umdenken musste. Umdenken – war eigentlich schon falsch, weil er die Möglichkeit, dass alles, was in den letzten Monaten unter dem Aspekt einer gesellschaftlichen Gesamtverantwortung geschehen war, uminterpretiert werden müsste, immer mit einkalkuliert hatte. Nie war er auch nur in die Nähe eines Medikamentenschranks gekommen. Darauf hatte er geachtet.

»Mein Gott, Kugelmeyer, Sie Idiot, Sie haben ein Menschenleben auf dem Gewissen, so dumm, so überflüssig.«

Kugelmeyer stand immer noch am Tisch, riss die Augen auf, als könne er den Unverstand in seinem Kopf durch Bewegung der Augenbrauen bekämpfen, und drehte sich zu Thanat.

»Ich habe nicht abgedrückt, Sie haben geschossen.«

Thanat drehte sich scheinbar müde um, lachte leise,

warf ihm einen Seitenblick zu und begann, sich mit beiden Händen den Nacken zu massieren.

»Sie wissen das, ich weiß das und wer sonst? Es ist Ihre Pistole, Sie sind angegriffen worden, Sie haben sich verteidigt, es sind Ihre Fingerabdrücke auf Ihrer Waffe. Ich war vorsichtig, von mir werden sie keine finden, jedenfalls nicht dort, wo es kritisch wäre. Nein, nein, Kugelmeyer, Sie haben sie umgebracht, gewöhnen Sie sich an den Gedanken, Sie werden damit leben müssen, und Sie werden verstehen, dass ich Ihnen da keine große Entlastung sein kann.«

Thanat sah Kugelmeyer an, stand auf, stellte sich dicht vor ihn und betrachtete dessen Stirn.

»Eine Platzwunde, harmlos, aber wir sollten versuchen, die Blutung zu stoppen. Setzen Sie sich.«

Kugelmeyer glotzte Thanat verblüfft an.

»Na, nun setzen Sie sich schon. Vom Rumstehen wird nichts besser. Ich besorge Ihnen etwas.«

Kugelmeyer blieb stehen und sah Thanat zu, wie er zwei Schubfächer hinter der Theke aufzog. »Ah, hier«, murmelte er und kam mit einem Handtuch zurück.

»Setzen Sie sich«, wiederholte er herrisch, drückte Kugelmeyer in die Bank und hielt ihm das Handtuch hin: »Pressen Sie es gegen die Wunde.«

»Warum haben Sie das getan?«, fragte Kugelmeyer.

»Sie, nicht ich«, korrigierte Thanat, »auch wenn es noch schwer fällt, Sie haben es getan. Sie sind angegriffen worden und haben sie in Notwehr getötet.«

Er lehnte sich zurück, warf über die rechte Schulter einen nachdenklichen Blick auf die Tote und schüttelte den Kopf. »Na ja, wird vielleicht nicht ganz einfach, die Verhältnismäßigkeit herzustellen. Ich meine, vielleicht muss man eine Frau, die einem kräftigen Kerl mit einem Pokal eins überbraten will, nicht gleich erschießen, aber da möchte ich mich eigentlich nicht einmischen.«

Er grinste Kugelmeyer an, sah dessen Widerstand, hob die Hand und schüttelte den Kopf.

»Hören Sie endlich auf, auf dieser kleinen Hilfestellung, die ich Ihnen gegeben habe, herumzureiten. Wir beide wissen davon, aber sie ist bedeutungslos. So bedeutungslos, dass ich Ihnen nur dringend davon abraten kann, in Gegenwart Dritter darauf zu bestehen. Aber bitte, ich weiß, Sie haben sich bislang standhaft geweigert, irgendeinen Rat von mir anzunehmen. Bravo, sehr männlich, sehr tapfer. Sie sehen, wohin Sie damit gekommen sind. Vielleicht macht Sie das ja stolz. Also gehe ich davon aus, dass Sie Ihre Version zum Besten geben werden und ich die meine. Sie möchten dann aber auch sicherlich auf eine Einschätzung meinerseits verzichten, wem geglaubt werden wird?«

Kugelmeyer sah ihn an und schüttelte den Kopf.

»Warum haben Sie sie getötet?«

Thanat schüttelte den Kopf und machte eine verächtliche Handbewegung. Er sah wieder auf Walburga, stand auf und hob den Krawotz-Brief auf, der in dem Handgemenge zu Boden gefallen war. Er kam zurück zum Tisch und legte ihn vor Kugelmeyer. »Hier, das wollen Sie doch sicher nicht rumliegen lassen. Und achten Sie bitte darauf, dass Sie den nicht auch noch mit Ihrem Blut beschmieren.«

Kugelmeyer warf Thanat einen überraschten Blick zu, presste sich das Handtuch etwas fester an die Stirn und las. Thanat blieb die ganze Zeit gelangweilt sitzen, bis Kugelmeyer den Brief sinken ließ.

»Er belastet Sie massiv.«

»Mich?« Thanat schien amüsiert. »Herr Hauptkommissar, oder wollen wir uns lieber gleich daran gewöhnen, dass es die Leiter wieder ein wenig runter geht? Herr Oberkommissar. Wie kommen Sie darauf? Die wilden Kombinationen eines offensichtlich nicht ganz ausgelasteten Kochs? Einer, der selber Dreck am Stecken hat und jetzt plötzlich wild um sich fabuliert? Kugelmeyer, verstehen Sie doch: Krawotz hat beschissen, er hat diese Kaschemme hier mit Lieferungen, die eigentlich für die Küche im Stift bestimmt waren, betrieben. Ich bin ihm draufgekommen, habe ihn zur Rede gestellt. Natürlich diskret, aber ich habe darauf bestanden, dass er für den Schaden aufkommt. Ich kann das im Übrigen nachweisen. Es gibt Zeugen für seine Betrügereien.«

Thanat blickte Kugelmeyer schulmeisterlich an.

»Was wollte Krawotz? Erpressen! Der hat um seinen Job, um seine finanzielle Existenz gekämpft. Unser Koch hatte teure Hobbys. Fußball, Huren, und das nächste Auto sollte ein besonders hübsches werden. Der Mann stand nach meiner Entdeckung finanziell mit dem Rücken zur Wand.«

»Ich glaube ihm«, gab Kugelmeyer trotzig zurück, »aber es ist ja vielleicht gar nicht wichtig, was ich glaube. Eine Obduktion der Leichen wird das klären.«

»Da sagen Sie was, mein lieber Kugelmeyer!«

Thanat tippte mit dem Finger auf den Briefbogen.

»Haben Sie gesehen? Eine Kopie! Deswegen bin ich doch hergekommen mit ihr. Sie hat Andeutungen gemacht, wollte aber nicht richtig raus mit der Sprache. Jetzt, im Nachhinein glaube ich fast, sie muss im Kloster irgendwo in den Krawotz'schen Hinterlassenschaften rumgestöbert und einen ähnlichen oder gleichen Brief gefunden haben. Sie wirkte sehr verstört. Ich hatte ja keine Ahnung. Ich habe gesagt, gut, fahren wir hin und sehen nach. Ich hatte wirklich keine Ahnung.«

Er grinste wieder und schüttelte energisch den Kopf.

»Absolut keine Ahnung.«

Thanat beugte sich vor: »Ich glaube, Sie müssen nicht mehr so fest pressen, lassen Sie mich mal sehen.«

Er nahm Kugelmeyers Hand und drückte sie sanft nach unten.

»Hm, sieht böse aus, das muss genäht werden, wird eine hübsche kleine Narbe zur Erinnerung bleiben. Lassen Sie das Handtuch lieber noch ein bisschen auf der Wunde. Wissen Sie«, fuhr er fort, »Krawotz hat sich da was zusammengesponnen. Dass er Schwester Walburga und mich in einen Topf wirft, kann man sicherlich leicht nachvollziehen, hat aber mit den Realitäten nichts zu tun. Um das Medizinische habe ich mich nie gekümmert, davon habe ich nicht den Hauch einer Ahnung. Ich habe noch nie in meinem Leben jemandem eine Spritze gegeben. Das könnte ich gar nicht.«

Er zeigte mit dem Finger auf die Bank neben der Toten.

»Da habe ich eben gesessen und, jetzt mal ganz ehrlich, mich zu Tode erschrocken. Deshalb habe ich auch so sträflich langsam reagiert. Ich habe dagesessen, den Brief gelesen und mich natürlich erstmal gesträubt, habe innerlich: ›Nein, alles Quatsch‹, gebrüllt. Aber der Schrecken blieb, das kann ich Ihnen sagen. Er wurde sogar größer. Ich habe da gesessen und hatte den Verdacht, dass sie zu mir gekommen ist, um zu beichten. Die arme Seele.«

Er machte eine Pause: »Wenn es so war, würde das vielleicht auch ihre Aggressivität erklären. Ein Verhalten, das ihr sonst völlig fremd war. Sie muss sich in einer seelischen Ausnahmesituation befunden haben.«

Thanat strich sich durchs Haar, schloss kurz die Augen und sammelte sich.

»Haben Sie ein Handy?«

»Warum?«

»Wir müssen die Polizei anrufen. Sie haben eben jemanden erschossen. Schon vergessen?«

»Sie haben eine Zeugin beseitigt«, fuhr Kugelmeyer ihn an, »das ist die Wahrheit. Von dem Gequatsche glaube ich kein Wort.«

»Müssen Sie auch nicht. Es ist völlig irrelevant, was Sie glauben oder besser, was Sie nicht glauben. Das ist eine Erfahrung, die Ihnen noch bevorsteht, und ich fürchte, es wird eine schmerzhafte sein. Und doch nichts gegen die traurige Erkenntnis, die Ihnen bevorsteht, wenn es um die von Ihnen so großkotzig ins Feld geführte Wahrheit geht. Mein lieber Kugelmeyer, Wahrheit ist das, was am besten passt, und es passt immer das am besten, was am wenigsten wehtut. Da werden Sie staunen, mein Bester, weil es nämlich gar nicht um uns gehen wird. Aber machen Sie es wie ich, warten Sie in aller Ruhe ab, Herr Oberkommissar.«

Völlig entspannt lehnte er sich zurück, sah kurz zu Walburga und dann nachdenklich auf die Tischkante vor sich.

»Sie war tief religiös.«

Thanat machte eine Pause: »Wissen Sie, wir haben oft

zusammengesessen und ein wenig philosophiert. Das hat ihr immer gut gefallen, sie hat gestrahlt, war richtig dankbar, wenn man den Blick ein bisschen über das Kleinklein hinauswandern ließ. Natürlich bewegt man sich gedanklich auch mal in Grenzbereichen. Das muss ich mir vielleicht vorwerfen. Aber das ist doch eine ganz aktuelle Frage: Wenn Gott uns das Geschenk macht, Leben nahezu beliebig zu verlängern, gibt er uns dann nicht auch die Verantwortung, damit umzugehen? Fragen, über die man an meinem Schreibtisch ins Grübeln geraten kann. Natürlich, aber das ist etwas für den Feierabend, etwas für eine Tasse Tee. Ich habe das nicht zu entscheiden, ich doch nicht! Das war immer ganz klar. Aber wissen Sie, ich fürchte fast, sie hatte da einen ganz anderen Zugang. Sie näherte sich der Frage gewissermaßen von der anderen Seite, eher transzendental.«

Er beugte sich zu Kugelmeyer, sah ihn mit großen Augen an und sprach leise, fast konspirativ.

»Wenn man das Gefühl hat, auf der anderen Seite quasi schon zu Hause zu sein, verlieren Grenzen, die ja auch in den modernen Gesellschaften leidenschaftlich diskutiert werden, offensichtlich noch ein wenig mehr an Bedeutung. Sterbehilfe, mein lieber Kugelmeyer, ist ein ganz komplexes Thema!«

Er zuckte die Schultern, lehnte sich wieder zurück und sprach in normaler Lautstärke weiter.

»Aber das sind alles nur Vermutungen, die ich Ihnen, sozusagen noch unter Schock stehend, mitteile. Zunächst bin ich von ihrer Unschuld überzeugt, fest überzeugt. Kein Wort glaube ich von dem, was diese zwielichtige Gestalt auf das Papier geschmiert hat. Kein Wort.«

Thanat schwieg, sah Kugelmeyer an, spreizte Daumen und kleinen Finger der rechten Hand, machte eine Bewegung, als wolle er telefonieren und zeigte dann auf Kugelmeyer.

»Was ist, wollen Sie die Kollegen nicht mal anrufen, oder haben Sie Angst, ihnen den Feierabend zu versauen?«

Kugelmeyer zog langsam das Handy aus der Tasche, sah Thanat dabei an, begann zu wählen, brach aber ab.

»Sie sind ein Schwein.«

»Wenn«, schnaufte Thanat, »Sie das so sehen wollen, bitte. Ich werde Sie nicht vom Gegenteil überzeugen können. Aber glauben Sie mir, das spielt überhaupt keine Rolle. Aus der Nummer kommen Sie nicht mehr raus. Sie sind zu blöd für diese Welt. Aber das ist meine Meinung, Sie mögen das anders sehen.«

KAPITEL 16

Kugelmeyer hätte nie aufgegeben. Nie! Denn diese drei Buchstaben n-i-e waren, wenn man es genau nahm, das Einzige, was von ihm übrig geblieben war. Kugelmeyer kämpfte. Er, der seine Trilogie des Grauens, der falsche Ort, die falsche Ehe, der falsche Beruf bis in die Depression bejammert hatte, kämpfte um den Status quo. Biss, klammerte und flüchtete sich in das Einzige, was am Ende blieb: Sturheit. Dass er dann doch die Waffen streckte, das Telefon nahm, die Nummer wählte und um einen Termin bat, lag an Kongo.

Kugelmeyer hatte seinen Wagen die Straße heraufkommen sehen und den Mäher angeworfen. Es war der dritte Oktober, bereits recht kalt, den Herbst konnte man schon riechen, der Rasen brauchte den letzten Schnitt. Ein neuer Mäher, elektrisch, lief gut. Allerdings schon das zweite Kabel, das erste hatte er einmal zersäbelt, geflickt und nochmal zerschnitten. Musste sich erst daran gewöhnen. Tat, als habe er Kongo nicht bemerkt. Kongo spielte den Vermittler zwischen dem, was er die Realität nannte, und Kugelmeyer, den er jetzt immer ein wenig betont seinen Freund nannte.

Kugelmeyer ließ den Mäher laufen und versteckte sich hinter einer Wand aus Lärm. Die kleine Vorstellung schien Kongo allerdings kalt zu lassen. Der Blödmann grinste, grinste auch, weil Kugelmeyer ihn noch ignorierte, als er bereits neben ihm stand. Kongo drehte sich um, ging zur Außensteckdose und zog das Kabel heraus.

»Ich habe Neuigkeiten, wird dich interessieren.«

»Leck mich am Arsch.«

Kongo grinste ihn unerschütterlich an.

»Steck das Kabel wieder rein, wie du siehst, habe ich Wichtigeres zu tun, als mir schon wieder dein Gequatsche anzuhören.«

»Das glaube ich nicht, es geht um Thanat.«

Kugelmeyer wandte sich zu Kongo und sah ihn fragend an.

»Ja, ja, gute Nachrichten. Geh rein, du Blödmann, und mach mir einen Kaffee, stark, wenn's geht.«

Als Kongo wieder fuhr, war Kugelmeyers Kampf vorbei. Gut vier Monate hatte er sich aufgelehnt und verbissen Widerstand geleistet. Er sah Kongo nach, drehte sich um, setzte sich neben das Telefon, nahm noch einen kleinen Anlauf und wählte.

Kugelmeyer hatte gegen Thanats Weissagung gekämpft, hatte sich dagegen aufgelehnt, dass er am Ende mit allem Recht behalten sollte. Wahrheit ist, was am besten passt, und es passt immer das am besten, was am wenigsten wehtut. Der Schweinehund war so verdammt sicher gewesen und hatte Recht behalten – mit allem: Da kommen Sie nicht mehr raus; Sie sind zu blöd für diese Welt.

Die erste Pressemitteilung zum Geschehen an jenem späten Donnerstagabend in der Klosterschänke wurde am folgenden Sonntag herausgegeben. Per E-Mail gegen 16.30 Uhr an die Redaktionen. Schön knapp, fünfzehn Zeilen. War die Idee des Landrats gewesen, es so zu machen. Der Sonntagnachmittag sei ein guter Termin für Nachrichten, die man gerne ohne große Nachfragen veröffentlichen lassen wolle: »Um diese Zeit fragen Lokaljournalisten sonntags nicht mehr nach, dann wollen sie Kaffee trinken. Gedanken machen die sich erst Montag wieder.«

Natürlich kamen die Nachfragen am Montag. In der Presseerklärung war ein bisschen vage von »einer Notwehrsituation« die Rede gewesen, in der ein Polizeibeamter eine 32-jährige Frau erschossen habe. Nähere Angaben zur Person könnten nicht gemacht werden, da die Ermittlungen noch nicht abgeschlossen seien. Also nichts Neues. Unter der Hand gab es für die Hartnäckigen und die, die man gut kannte, noch ein paar Details für die Zusicherung, sie nicht zu schreiben. Da war dann von Unregelmäßigkeiten zum Nachteil des Ludgerus-Stifts die Rede, in die der wenige Tage zuvor ums Leben gekommene Koch verwickelt sei. Da gebe es noch Vernehmungen, weil man leider davon ausgehen müsse, dass Krawotz Helfer oder, wie ausdrücklich betont wurde, eine Helferin im Stift gehabt haben müsse. Man sei dabei, mögliche Querverbindungen zu untersuchen, was sich allerdings schwierig gestalte, da beide Betroffene nicht mehr aussagen könnten. Denn auch der Tod des Kochs erscheine unter diesen Bedingungen in einem ganz anderen Licht. Schon auffällig, wie sich die beiden Besen verklemmt hätten. Und dann noch die

Sache mit dem Hund. Eingesperrt im Schankraum! Alles merkwürdig, aber Konkretes gebe es noch nicht. »Ganz schwierige Situation« waren die drei Worte, die alle zu hören bekamen und dann noch: »Das wird sich mit Sicherheit ein paar Wochen hinziehen.«

Kugelmeyer und Thanat waren natürlich gleich am Tatort das erste Mal vernommen worden. Unglückliche Konstellation, Oberkommissar Lamers, der immer noch leichte Probleme mit dem Oberkiefer hatte, notierte Kugelmeyers Version. War halt Lamers' Art, durch Nachfragen in einer ziemlich dämlichen Tonlage seinen Unglauben deutlich zu machen. Kugelmeyer spürte, dass es dieses Mal wirklich schwierig werden würde und grub sich innerlich ein. Stellungskrieg.

Thanat war ganz anders, sehr kooperativ. Machte sich sogar für Kugelmeyer stark, als er erfuhr, dass der noch unter Medikamenteneinfluss gestanden hatte: »Tatsächlich? Dann ist mir alles klar, dann mache ich ihm auch keinen Vorwurf. Die Frau war von Sinnen, wer's nicht gesehen hat, kann es sich nicht vorstellen. Eine Furie! Und das viele Blut – ich habe gedacht, die schlägt ihn tot!«

Am Samstagnachmittag, 14.30 Uhr, fand eine Konferenz auf Führungsebene beim Landrat statt. Auf dem Tisch Kaffee, Mineralwasser, etwas Gebäck und für jeden ein kleiner Stapel mit Kopien, zu denen auch der Krawotz-Brief gehörte. Kleiner Kreis: Landrat Udo Schneider, Kreisdirektor Bernd Reichel, Viktor Möllendiek und Dr. Benedikta Mechtersheim sowie der ermittelnde Staatsanwalt Alexander Mertin. Begrüßung durch den Landrat, ein paar Sätze von Möllendiek, eine Einschätzung des Staatsanwaltes, Bewegendes von

Mechtersheim und eine Zusammenfassung vom Landrat. 15.14 Uhr gelöste Stimmung. Niemand hatte Interesse daran, durch offensichtlich aussichtslose Ermittlungen einer Institution zu schaden, die sich durch ihr vielfältiges und verdientes Engagement im Sozialen zu einem verlässlichen Partner der Politik entwickelt hatte. Das Bekanntwerden des Krawotz-Briefes wäre, unabhängig vom Wahrheitsgehalt der Anschuldigungen, das Endes des St.-Ludgerus-Stifts gewesen. Im Übrigen war das Stift nicht das einzige Servimus-Projekt im Kreis Olpe. Man stand in aussichtsreichen Verhandlungen, bei denen es um die Übernahme eines Krankenhauses ging, das dem kommunalen Träger Jahr um Jahr siebenstellige Löcher in den Etat riss.

Die Notwehrsituation für Kugelmeyer war nach der Aussage von Thanat zu rechtfertigen. Die Glaubwürdigkeit des Zeugen Thanat wurde nicht in Zweifel gezogen, die Wahrnehmung des unter dem Einfluss eines starken Beruhigungsmittels stehenden Kugelmeyers mit Fragezeichen versehen.

Staatsanwalt Mertin hatte den Krawotz-Brief – das Original – lange oben auf seinem Stapel liegen lassen. Ihn immer mal wieder aufgenommen und darin geblättert. Eine Botschaft an die Servimus, die ankam. Nachdem Möllendiek energisch und immer in Blickkontakt mit dem Landrat deutlich gemacht hatte, dass Kugelmeyers Vorgehen unabhängig von einer rechtlichen Würdigung disziplinarische Konsequenzen haben würde, und er, Möllendiek (»Aber ich will da nicht vorgreifen«), sich auch nicht vorstellen könne, dass Kugelmeyer künftig der gleichen Dienststelle zugeordnet bleiben könne, meldete sich Mechtersheim noch einmal zu

Wort. Bereits seit längerem sei geplant, den Vorstand um eine Assistenz zu erweitern. Der Bereich der Perspektivplanung habe mit den bestehenden personellen Möglichkeiten nur unzureichend abgedeckt werden können. Ein Mann wie Thanat mit seinen großen Erfahrungen sei dafür wie geschaffen, die Berufung nur noch Formsache. Das förmliche Bewerbungsverfahren für die freien Positionen im St.-Ludgerus-Stift beginne in der folgenden Woche. Um 15.13 Uhr packte Staatsanwalt Mertin seine Akten in die kleine Ledertasche, anschließender Dank des Landrats an alle, 15.14 Uhr gelöste Stimmung.

Aber nicht bei allen.

Möllendiek ahnte etwas, er kannte Kugelmeyer.

Stoisch hatte er alle Drohungen, die das Beamtenrecht zuließ, und auch die, die das Beamtenrecht eigentlich nicht zuließ, ertragen und an sich abprallen lassen. Kugelmeyer bestand auf seiner Aussage. Nicht er habe Schwester Walburga getötet, Thanat sei's gewesen. »Mord«, wiederholte er ein ums andere Mal, »das war kaltblütiger Mord. Tötung zur Verdeckung einer Straftat, das ist Mord.« Weder die Drohung mit Versetzung, finanziellen Konsequenzen oder mit der Fortführung eines Ermittlungsverfahrens mit unsicherem Ausgang beeindruckten ihn. Kugelmeyer stand morgens auf, sah im Spiegel die Narbe auf der Stirn und hatte genug Motivation für den Tag.

Kongo sollte goldene Brücken bauen: deutlich machen, dass eine Zusammenarbeit nach dem, was geschehen war, für alle keine Perspektive war. Deshalb Verabschiedung aus dem Dienst in allen Ehren und aus gesundheitlichen Gründen – alles machbar. Dann Kontakt zu einem Exkollegen, dessen Nummer in jedem Büro lag. Hatte sich eine Detektei aufgebaut. Sehr seriös und sehr erfolgreich, arbeitete häufig mit Versicherungen zusammen. Finanziell würde er unter dem Strich zweifellos besser stehen.

Kugelmeyer sah die Narbe auf der Stirn, lehnte ab und kapselte sich ab.

Auch zu Hause redete er nicht viel. Hielt den Haushalt in Schuss, war aber oft unterwegs. Lange Spaziergänge, kurze Läufe, immer alleine. Er war zum Flüsterer gefahren. Zweimal an der Haustür gescheitert, weil sie aufmachte. Klein, rundlich und immer bekümmert: »Mein Mann ist nicht zu Hause«, log sie beim ersten, »er will nicht mit Ihnen reden« beim zweiten Mal. Als Kugelmeyer zum dritten Mal vor der Tür stand, öffnete Leowald selber. Sie stand dicht hinter ihm, eine Hand immer an seinem Arm. Leowald sah schlecht aus. Blass, er hatte abgenommen, die Haare waren strähnig. »Wie geht es Ihnen?«, fragte Kugelmeyer, der eigentlich mit: »Ich muss nochmal mit Ihnen reden« beginnen wollte. Der Krawotz-Brief, er wollte vom Flüsterer eine Einschätzung der Glaubwürdigkeit des Kochs, wollte hören, was sonst noch erzählt worden war. Fragte aber: »Wie geht es Ihnen?« und bekam eine Antwort von der Bekümmerten: »Das sehen Sie doch«, fauchte sie und zog ihren Mann zurück in den Flur. Leowald schüttelte den Kopf, befreite seinen Arm aus ihrem Griff und sah Kugelmeyer an: »Nicht besser als Ihnen.« Blickte an Kugelmeyer vorbei auf die gegenüberliegende Straßenseite und ihm dann wieder ins Gesicht: »Einer Ihrer Kollegen war hier und hat mich als Zeugen vernommen. Dem habe ich schon gesagt, dass ich nichts weiß. Ich bin kein

Zeuge, ich weiß gar nichts. Ich habe mich mit einem Anwalt beraten. So ist es am besten, und so bleibt es.« Kugelmeyer nickte, drehte sich um und ging, ohne sich zu verabschieden. Jede weitere Frage wäre sinnlos gewesen. Fuhr nach Hause, die Tankanzeige wieder im roten Bereich. Sie war eigentlich ständig im roten Bereich. Kurz nach dem Besuch beim Flüsterer hatte er mittels einer Annonce in einem Fachblatt erfolglos versucht, den Landrover wieder zu verkaufen und sich danach Bücher über Island besorgt. Als er eine Reiseroute im Kopf hatte, war er aufgestanden und hatte seine Frau: »Wie geht es dir?« gefragt. Sie hatte ihn überrascht angesehen, schnell geantwortet und gelogen: »Gut«. Und dann: »Wir müssen miteinander reden.« »Ja«, hatte er geantwortet, »aber nicht jetzt.«

Sonst wurde nur besprochen, was unbedingt nötig war. Mit einer Ausnahme. Kugelmeyer schlief schlecht, lag oft lange wach in der Nacht. Er hatte auf dem Rücken gelegen, an die dunkle Decke gestiert und plötzlich gespürt, dass sie auch wach war.

»Hast du mit ihm geschlafen?«

Sie hatte nicht so getan, als würde sie schlafen, aber auch nicht geantwortet. War vielleicht auch besser so.

Alles änderte sich erst, als er von Thanat hörte.

Dr. Mechtersheim hatte sich keine besondere Mühe gegeben, Thanat die Berufung in den Vorstand der Verwaltungsgesellschaft als gute Nachricht zu verkaufen. Es war ein kurzes, frostiges Gespräch, bei dem die Krawotz-Kopien wieder auf dem Tisch lagen. Seine Lage begriff Thanat, als er vorschlug, nach einer Schamfrist von vielleicht einem halben Jahr von sich aus zu kündigen. Sechs Monate, so meinte er, müssten ausreichen, um sich Erfolg versprechend nach etwas anderem umzusehen. Dr. Benedikta Mechtersheim schwieg einen Moment, warf einen langen Blick auf die Krawotz-Kopien und lehnte ab. Sie stelle sich eine langfristige Zusammenarbeit vor. Eine, bei der er seine Talente zum Wohle des Unternehmens einbringen könne: »Etwas anderes ist nicht mehr vorstellbar.«

Nicht mehr hatte sie gesagt. Thanat schwieg. Das »mehr« irritierte ihn. Mechtersheim trommelte mit dem rot lackierten Zeige- und Mittelfinger der rechten Hand auf der Kopie: »Die Weiterbeschäftigung im Unternehmen an einer im weitesten Sinne strategischen Position entspricht wohl dem allgemeinen Interesse. Ich hatte ja, wie Sie wissen, das nicht besonders große Vergnügen, mit Staatsanwalt und Polizei die Einzelheiten zu besprechen. Zu meinem Bedauern konnten wohl nicht alle Zweifel an Ihrer Person restlos ausgeräumt werden. Dieser Kugelmeyer hat das Geschehen immer noch ganz anders in Erinnerung. Aber bitte, ich werte das nicht, das macht der Staatsanwalt. Ich sag das jetzt mal ganz neutral: Es besteht bei den Organen der Rechtspflege der Wunsch, langfristig sicherzustellen, dass Sie sich im Bereich der Altenpflege künftig mehr mit dem Grundsätzlichen als mit dem Praktischen beschäftigen.«

Thanat nickte, hatte das Wort Sicherungsverwahrung im Kopf, sprach es aber nicht aus. Mechtersheim auch nicht.

»Die Angleichung Ihrer finanziellen Bezüge an die neue Tätigkeit ist selbstverständlich«, fügte sie hinzu, stand auf und gab ihm zu verstehen, dass das Gespräch beendet sei.

Nach drei Wochen hatte Thanat eine Vorstellung davon, was ein Vorstandsassistent mit dem Aufgabenbereich Perspektivplanung zu tun hatte. Das Wort »alles« traf es am besten. Er sortierte Post, schrieb Reden, übernahm die Redaktion des internen Mitteilungsblattes, bereitete Pressekonferenzen vor, plante Feiern und Feste, kümmerte sich um Öffentlichkeitsarbeit, besuchte Bürgerversammlungen, informierte den Vorstand, kochte Kaffee, bestellte das Mittagessen, kaufte Kuchen für den Geburtstag. Sein Schreibtisch war der Mülleimer für alles, was auf anderen liegen geblieben war. Seine Anwesenheit bei Konferenzen war ebenso selbstverständlich wie die Tatsache, dass er das Protokoll führte. Tage, an denen er nach zehn Stunden das Haus verließ, waren die positive Ausnahme – und das alles zu Bezügen, die ziemlich genau bei fünfundsiebzig Prozent von dem lagen, was er als Leiter des Ludgerus-Stifts erhalten hatte.

Natürlich hatte er versucht, ein paar alte Kontakte zu nutzen. Aber der Landrat war für ihn nicht mehr zu sprechen und Viktor Möllendiek auch erst nach fünf oder sechs vergeblichen Bemühungen. Eine Viertelstunde lang sprudelte es aus ihm heraus. Diese vielen kleinen unsinnigen Verrichtungen, die er als Demütigung begriff, die Verschwendung seiner Lebenszeit, die er in endlos langen Konferenzen hinnehmen musste, in denen er wegen des Protokolls aber noch nicht einmal abschalten konnte: »Die alte Kuh will ein Wortprotokoll, nicht nur die Ergebnisse, sie will lesen, was die Einzelnen gesagt haben«, jaulte er, »zumindest das Wichtigste. Viktor! Ich halte das nicht aus. Es gibt nichts Wichtiges, wenn man anderthalb Stunden über die Vor-

und Nachteile von Einweggeschirr beim Sommerfest debattiert. Aber sie will das lesen – alles!« Lieber wolle er kündigen, sich arbeitslos melden und zur Not von Sozialhilfe leben.

»Lass das«, hatte Möllendiek geknurrt, »das gibt nur Ärger. Dort bist du gut aufgehoben. Das sehen alle so, niemand will, dass sich etwas ändert. Das Ermittlungsverfahren ist noch nicht abgeschlossen, Kugelmeyer bleibt stur bei seiner Version. Rühr dich nicht, alle wollen das Gefühl haben, dass jemand ein Auge auf dich hat. Es gibt einige, die sind noch richtig sauer. Warte ein paar Jahre, dann kannst du kündigen.«

Mehr hatte er ihm nicht zu sagen.

Nach sechs Wochen wurde ihm die erste kleine Hafterleichterung gewährt. Er durfte die Mittagspause dazu nutzen, seine körperliche Fitness mit den gewohnten Trainingseinheiten auf dem Rad zu erhalten. Von einer kehrte er nicht zurück. Jedenfalls nicht nach den gewohnten sechzig Minuten.

Arthur Branik, Fahrer des Kleinbusses, gab zu Protokoll, dass er »schon so'n Gefühl« gehabt habe: »Der Quatschkopp ist so rumgeeiert, den Kopf nach hinten, als wollte er hören, wann ich komme. Das kam mir schon komisch vor, ich hatte den Fuß auf der Bremse, als er rauszog. Ich bin nicht drüber, habe ihm nur einen mitgegeben.«

Branik war ein bulliger Typ, Inhaber einer gut gehenden Imbisskette, und er reagierte ausgesprochen ungehalten. Im Bus sechs kräftige Touristen aus der Ukraine, denen er den Rohbau seines künftigen Eigenheims zeigen wollte, drei kleine Zelte, ein Kasten Sprudel, Haltbares aus dem Aldi-Regal und Campingkocher. »Geht mich ja nix an«, bollerte er, »aber in so einer Situation fahre ich doch zur Brücke und spring in die Wiese. Jetzt hält einer alle auf. Das gibt nur Scherereien.« Er sollte Recht behalten.

Thanat, der entgegen sonstiger Gepflogenheiten ohne Helm unterwegs gewesen war, zog sich schwere Verletzungen zu, überlebte aber dank seiner immer noch guten körperlichen Gesamtverfassung.

Die ersten Wochen im Rollstuhl waren schwierig, in vielen Dingen benötigte er Hilfe. Die bekam er. Saß tagsüber in der Anmeldung der Verwaltungsgesellschaft und bediente das Telefon. Die übrige Zeit des Tages verbrachte er in einem nahe gelegenen Servimus-Pflegeheim. Kleines Zimmer, für Rollstuhlfahrer geeignet. Die Heimleitung war unterrichtet und achtete darauf, dass er an allen Veranstaltungen teilnahm, an den religiösen, aber auch an denen, die für ein wenig Unterhaltung sorgten. Sogar beim Kostümball im Sommer war er dabei. Nichts Besonderes, gibt ja nicht viel, was wirklich gut zu einem Rollstuhl passt. Aber so ein Hütchen mit bunten Federn hatte er auf.

»Er lebt«, hatte Kongo Kugelmeyer gesagt, »aber nicht mehr gerne. Es ist nicht sicher, ob er nochmal aus dem Rollstuhl kommt. Glaube mir, der würde sich gerne endgültig verabschieden.«

Dann zeigte er das breiteste Grinsen, das er hatte.

»Die lassen ihn aber nicht. Der bleibt.«

Kugelmeyer hatte telefoniert und um einen Termin gebeten. Sehr positives Echo. Möglichst schnell, eigentlich schon gestern – gute Leute wurden gesucht. Händeringend! Schwachköpfe und Spinner gab es an jeder

Ecke, aber einen Hauptkommissar, dem man Probleme machte, weil er einen guten Riecher hat …

Kongo hatte offensichtlich schon ein bisschen was erzählt.

»Du«, sagte Kugelmeyer nachdenklich, als Ursel von der Schule nach Hause kam, »ich glaube, ich quittiere den Dienst. Das hat keinen Sinn mehr. Ich habe ein Angebot von einer Detektei. Klingt nicht schlecht.« Er machte eine Pause, sah sie an und nickte: »Ja, ich glaube, ich bin jetzt so weit.«

Sie lächelte ihn an, sagte »schön«, und Kugelmeyer wurde unvermittelt klar, dass sie es jetzt sagen würde, dass seine Schonzeit vorbei war. Alles in allem war es ein kurzes Gespräch. Finanziell würde es keinen Streit geben. Er konnte im Haus bleiben, solange er es für sinnvoll hielt. Sie wollte ausziehen, nicht zum Künstler, jedenfalls nicht sofort. Aber sie wollte weg. Möglichst schnell.

Gab dann gleich doch noch eine blöde Situation. Für sie – Kugelmeyer sah's locker. Die Trennung war ausgesprochen, und sie brauchte seine Hilfe – irgendwie unpassend. Ursel hatte sich von einem Kollegen nach Hause bringen lassen, ihr Auto stand in der Werkstatt. War doch selbstverständlich, dass er half. Herrgott, sie trennten sich ja nicht im Streit. Ihr war's peinlich. Kugelmeyer gar nicht. Sie saßen im Auto, und Ursel sagte: »Ich komme heute Abend dann eher nicht.« Kugelmeyer nickte. »Dachte ich mir.« Blieb ganz gelassen, musste nur die Tankanzeige im Blick behalten, der Zeiger lehnte schon wieder ganz links, zuckte in den Kurven aber noch. »Eher nicht«, hatte sie gesagt. Kugelmeyer beobachtete die Tankanzeige, dachte über das »Eher nicht« nach und darüber, dass er sie jetzt sozusagen aus dem Haus schaffte. So konnte man es sehen. Hätte was sagen können, aber sein »Dachte ich mir« blieb das Letzte. Es hatte so gelassen geklungen. »Tschüss«, sagte sie beim Aussteigen und: »Ich melde mich.« Kugelmeyer nickte und lächelte. »Mach's gut.«

Es waren fast achtzehn Kilometer bis zur Werkstatt gewesen. Eine Tankanzeige, die nicht mehr zuckt, bietet wenig Ablenkung. Er fuhr zurück und dachte an die Spritze der Notärztin. Hätte sich gern ruhig gestellt. Nicht »ganz ruhig«, nur »ruhig«. Wäre dann vermutlich leichter gewesen. Er schaffte es bis Olpe, holte vor der Tankstelle nochmal Schwung und ließ es dann laufen. Viel Schwung. Es ging am Ende auch nur um ein paar Zentimeter. Am Defender war so gut wie nichts zu sehen, aber der Twingo machte einen Satz und sah knittrig aus. Die kleinen Dinger vertragen nichts. Nur Sachschaden! Fahrerin und Tochter waren beide in der Tankstelle gewesen, hatten noch nach Zeitschriften geguckt, als Geräusche von der Zapfsäule kamen. Sicher, es gab Tränen, das Töchterchen sah ein bisschen traurig aus, weil die Reitsachen im Kofferraum gelitten hatten, aber die Fahrerin war überraschend ruhig. War froh, dass nichts wirklich Schlimmes passiert war. Kugelmeyer entschuldigte sich, schüttelte ungläubig den Kopf und entschuldigte sich wieder. Fragte, ob er helfen könne. Seine Schuld, ganz klar. Er suchte nach einer Erklärung, die er gar nicht geben wollte, und dann nochmal die Frage, ob er helfen könne. Ein freundliches: »Nein, nicht nötig«. Der Ehemann habe es nicht weit, er arbeite in der Nähe, sie wolle ihn rufen. Kugelmeyer nickte und war dankbar für die Freundlichkeit in einer schwierigen

Situation. Er war nämlich nicht sicher, wie belastbar er noch war.

Konnte er dann aber ausprobieren.

»Kugelmeyer« sagte er, als sie die Adressen austauschen wollten.

»Elmar Kugelmeyer?«, fragte sie schon ein bisschen unruhig.

»Ja.«

Sie schwieg, weil das Töchterchen Kontakt mit dem Handy hergestellt hatte.

»Papa, du musst kommen. Der Kugelmeyer hat den Twingo geschrottet.«

Kugelmeyer warf der Fahrerin einen überraschten Blick zu.

»Möllendiek«, sagte sie, »Gabi Möllendiek. Sie kennen ja meinen Mann.«